呼应了清代注重骈文写作的社会风尚。

　　许梿《六朝文絜》在编选、评点上都很有时代特色。六朝文的选录,最初当推梁代萧统的《文选》,以后又有明代王志坚《四六法海》,清代李兆洛《骈体文钞》、王先谦《骈文类纂》等。与这些文本的求全不同,许梿的编选则以择精见长。他取法《文选》,分文体18类,收作家36名、作品72篇。尽管篇幅有限,但入选作品已大致包含了六朝时骈文的各种类型。除了赋之外,有出自帝王的诏、敕、令、教、策问,臣子的表、疏等朝廷官方应用性公文,也有文人日常使用的启、笺、书、移文、序、论、铭、碑、诔、祭文等。其中以书信类作品居多,内容十分精彩,有君臣间往来诗作的酬答、抒写离别和别后的相互牵挂,有记述旅途的劳累愁苦、描写山水的奇异景观,也有被称为"香奁绝作"、代人书写给妻妾的家书,甚至还有见了死者未寄出的信而追答的。入选作家则上起晋陆机,下至隋杨暕,包括宋、齐、梁、陈、北魏、北齐、北周各个朝代,历时三百多年。入选的作家作品也极具代表性,如宋鲍照《芜城赋》、齐孔稚珪《北山移文》、梁江淹《恨》《别》两赋、吴均《与宋元思书》、陈徐陵《玉台新咏序》、北周庾信《小园赋》等,颇能完整地呈现六朝各个阶段骈文创作的历史风貌和显著成就。也许正因为此,黎经诰(觉人)才决定为之作注,从而完成了《六朝文絜笺注》一书。

　　对于入选的骈文,许梿采取随文鉴赏的评点,形式有别于前此梁代刘勰《文心雕龙》、北宋王铚《四六话》、清代孙梅《四六丛话》等论著、诗话,显得灵活精妙,要言不烦。如谓孔稚珪《北山移文》"此六朝中极雕绘之作。炼格炼词,语语精辟。其妙处尤在数虚字旋转得法。当与徐孝穆《玉台新咏》并为唐人规范";说梁江淹《恨赋》"通篇奇峭有韵,语法俱自千锤百炼中来,却无痕迹。至于分段叙事,慷慨激昂,读之英雄雪涕";评北周庾信《小园赋》"前半俱从小园落想,

前 言

曹明纲

六朝是骈文的形成兴盛期。骈文，顾名思义，其基本特点就是行文句式整饬、两两相对，不同于散文的不拘一格。它所要求的句式相对，首先指字义、词性的互相对应，其次是用事、引文的排比映衬，最后发展为字句声律平仄的错落和谐。因此可以说，骈文体现了历代文人对古代文体形式美的极致追求。

在中国古代文学的发展过程中，六朝骈文介于汉赋与唐诗之间，呈现出空前的繁荣。尽管后来历朝历代不乏作者，但因多被诟病，总体风光不再。这种状况直到清代，才有了较大的改观。骈文不仅再次进入众多文人学者的视野，成为他们日常写作竞相使用的热门文体，涌现出不少名家佳作，而且理论上也再度受到重视，应有的历史地位和重要贡献也得到了充分肯定。

《六朝文絜笺注》作为出现在清代后期的一个简易读本，从编定到最终成书，前后经历了数十年的时间。最初许梿（字叔夏，浙江宁海人，道光进士）历时二十年，四易其稿，用心编选、校勘、评点了四卷本《六朝文絜》，分别于道光五年（1825）、光绪三年（1877）两次刊行。后来黎经诰（江西九江人）为之笺注，把原书分为十二卷，改题现名，于光绪十五年（1889）由枕溢书屋付梓，一直流传至今。从书前张澂的序来看，黎氏当时作注的目的，是为后学者提供一个"家塾读本"。它的问世，既反映了清人对六朝骈文的欣赏和推崇，同时也

1

图书在版编目(CIP)数据

六朝文絜 /（清）许梿评选；（清）黎经诰笺注；
曹明纲点校. —上海：上海古籍出版社,2020.9 (2023.6重印)
（国学典藏）
ISBN 978-7-5325-9750-5

Ⅰ.①六… Ⅱ.①许… ②黎… ③曹… Ⅲ.①骈文-
作品集-中国-六朝时代 Ⅳ.①I222.5

中国版本图书馆 CIP 数据核字(2020)第 168592 号

国学典藏

六朝文絜

［清］许 梿 评选

［清］黎经诰 笺注

曹明纲 点校

上海古籍出版社出版发行

（上海市闵行区号景路159弄1-5号A座5F 邮政编码 201101）

(1) 网址：www.guji.com.cn

(2) E-mail：guji1@guji.com.cn

(3) 易文网网址：www.ewen.co

江阴市机关印刷服务有限公司印刷

开本 890×1240 1/32 印张 8.375 插页 5 字数 165,000

2020 年 9 月第 1 版 2023 年 6 月第 3 次印刷

印数：4,601 — 6,700

ISBN 978-7-5325-9750-5

I·3509 定价：42.00 元

如有质量问题,请与承印公司联系

六朝文絜

【清】许梿 评选

【清】黎经诰 笺注

曹明纲 点校

上海古籍出版社

后半以乡关之思为哀怨之词。近人摹拟是题,一味写景赋物,失之远已"。在揭示和鉴赏六朝骈文的多种艺术风格时,评语既看重"选声炼色"的"旖语闲情",也醉心于"绝去饾饤艰涩之习"的"简澹高素";既赞叹何逊"寄书闺阁"的"婉娈极艳",也称赏宋武帝诏敕之文的"丽语能朴,隽语能淳"。在众多作家中,许梿最倾心庾信,说"吾于子山无复遗恨",又说"吾于开府,当铸金事之",再说"骈语至兰成,所谓采而不滞骨,隽而弥絜",凡三致意焉。同时认为他和徐陵最能代表六朝骈文的成就:"骈语至徐、庾,五色相宣,八音迭奏,可谓六朝之渤澥,唐代之津梁。"至于用"奇峭幽洁"概括鲍照的特色,说他"高视六代";用"生涩"点出江淹的佳处,说他"的是凿山通道巨手";又说铭文"明远以峭胜,兰成以秀胜,蹊径自别",都以少总多,点到即止,十分精准。这种对骈文作家作品的具体评点,应该说是清代骈文理论宝库中的碎金片玉,弥足珍贵,不容忽视。

　　黎经诰熟读经、史,沉浸子、集,尤谙《文选》义理。他的注释,约有五分之二是沿用旧注。其中《文选》已收入的作品用唐代李善注,徐陵用吴兆宜注(包括据原本附入顾樵、徐炯等七家注),庾信用倪璠注。但他不是简单地沿用,而是对其作了细致的梳理。注中有补充的,江淹《别赋》李注"晦高堂之流黄",仅引张衡诗和《环济要略》揭示"流黄"字面来历,而黎氏补注则引《西京杂记》"会稽岁时献竹簟供御,世号为流黄簟",说明"流黄"是指竹簟。庾信《小园赋》倪注于"连珠细菌,长柄寒匏"仅注下句,黎氏则引《抱朴子》、张衡《西京赋》补出上句;另对"镇宅神以蘸石,厌山精而照镜"两句,也在倪注的基础上作了新的补充。又《春赋》引《通礼义纂》,补出"节鼓"之义。徐陵《玉台新咏序》吴注于"邓学《春秋》"先云"未详",后引后汉马皇后好读《春秋》,黎补注则引邓皇后好经传,曾从曹大家学事实之。有辨正的,如李善注谢庄《月赋》"引玄兔"两句,引《论语》"皇皇后帝",黎补注指其误,谓句"见《鲁颂》,'论语'两字宜改'毛诗'"。又同赋李注引侯瑛《筝赋》,黎氏指其误,谓"侯瑛"应作"侯瑾",见《后汉书·文苑传》。这类例子很多,足见黎氏作注的细致和用心。至于没有旧注可依的作品,他在笺注时也多广征博引,审慎周密。如注梁简文帝的《相宫寺碑》一文,除了出入经、史、子、集外,还引用佛经达17种之多。对于那些一时未能坐实来源出典的字句,则以"未详"标出,以示有待来者,治学堪称严谨。

当然,评注本也有可议之处。如编选方面,于晋代只选陆机一篇,稍嫌单薄;庾信多选早期之作,似有偏颇。在评注方面,江淹《为萧骠骑谢被侍中慰劳表》许评指"萧骠骑"为齐明帝,据史书相关记载推断当为齐高帝;梁简文帝《与萧临川书》许评谓"萧临川"指萧子云,而书中"分竹南川"注指"南川"为西阳郡南川县,则与史载子云仕历不符;史载颜延之任始安太守时作《祭屈原文》,而许评误作"始平太守"。另梁简文帝《与湘东王论王规令》"金刀掩芒,长淮绝涸"、江淹《为萧拜太尉扬州牧表》"徒怀汉臣伏阙之诚"等句失注,梁简文帝《与萧临川书》注"郑司农"当作"郑玄"、江淹《建平王聘隐逸教》注将《汉书》误作《后汉书》、庾信《小园赋》补注将《隋书·经籍志》误作《艺文志》等,都有待修订补苴。

但总体来看,六朝骈文的这个评注本选篇适中、评点精彩、注释详赡,既适合一般阅读欣赏,又可作为学者研究的入门阶梯。它之所以能在清代同类诸多选本中脱颖而出,而且影响一直延续至今,并非偶然。

这次重新整理,以复旦大学图书馆藏清光绪十五年(1889)枕溢书屋刻本为底本。标点方面要说明的是,鉴于古人引书常有择要、省略、拼接、记忆等情况,因此除了诗赋作品外,对注文中的引文一般不加引号框定,以免滋生歧义。校勘时对原刻中的异体字、俗写字径改，不出校；避讳字则改用原字，同时出校。对原刻评注中一些疏失，则用注在页末加以说明。至于原书引文时有与现行文集相异的情况，除了明显错讹外，一般不予出校。又因收入《国学典藏》，原刻竖排的夹注、眉批均改横排，一并移至每文篇末，加【黎笺】、【许评】予以区分。成稿后，复见上海图书馆藏枕溢书屋刻本的另一印本，前有黎经诰《叙》，为底本所缺，故移作《附录》，一并存于书末。

正如前人所言，"四六盛于六朝，庾、徐推为首出。其时法律尚疏，精华特浑。譬诸汉京之文、盛唐之诗，元气弥沦，有非后世所能造其域者"（孙梅《四六丛话》）；而"三唐奥突，未有不胎息六朝者。由此上溯汉魏，裕如尔"（许梿《六朝文絜原序》）。因此要欣赏六朝骈文自有的独特魅力，探求它上承汉魏、下启三唐的重要作用，这个评注本或不失为最合适的向导。

2019 年重阳

目　录

六朝文絜原序

　　余盖深韪乎刘舍人之言也，析词尚絜。然则文至六朝，絜矣乎？曰：繁冗莫六朝若矣。或曰：既繁冗之，复"絜"名之，厥又何说？曰：繁冗奚虑？夫蹊要所司，职在镕裁，薙繁冗而絜是弋，则絜者弥絜矣，繁冗奚虑哉！往余齿舞勺，辄喜绎徐庾诸家文，塾师禁弗与，夜篝灯窃记之，始未尝不赆盲者镜、予蹩者履也。习稍稍久，怳然于三唐奥窔，未有不胎息六朝者。由此上溯汉魏，裕如尔。岁丙寅，辑选斯帙，不揆窳陋，为甄别其义，迄今二十祀矣。易稿者数四，凡雕句比字，掯理务核，然犹未哜其胾，为歉歉也。今年春，示朱君小沤。小沤喜欲狂，亟鸠工镂版，阅七月蒇事。小沤曰：子曷不骈言于首乎？余曰：是犹鸟雀于佛髻放粪矣，岂非以不絜者颣絜耶？不获已，姑错落赘数语。

　　道光五年岁在旃蒙作噩壮月，海昌许梿书于古韵阁。

1

六朝文絜笺注序

　　注书之不易，觉人尽闻而尽知之矣。今所为《六朝文絜注》，体例一本李善，则诚知取法矣。第吾闻李氏之注《选》也，有初注、再注、三注之别，惜其本今皆不传，是则以李氏之博雅，固有草创而不能尽善者乎？且历久而又有引伸补苴者乎？觉人以稿本寄予审定。予老病荒落，且久置骈俪不为，于此道无能为役。而及门林琴南孝廉、丁耕邻茂才，皆喜博览。雠校之余，共称其详赡。维予略反覆之，亦无以易二生之言也。虽然，觉人近又治《尔雅》而欲搜罗故训，成一家言，所志转而愈上。是注特其著述之发轫，虽善未足为觉人多也。年富才殷，千秋何所不至！浔阳、溢浦之间，觉人之书屋在焉。日斜风定，江天萧瑟，其乐与素心人共晨夕乎？寻章摘句之余，其无有上下数千年、纵横十万里之思乎？

　　光绪戊子春，老友长乐谢章铤书于致用书院院西维半室。

1

甲戌乙亥间，予友胡子顺馆于寻阳黎氏。予往来鄂垣，道经寻，尝主其书塾。其高足觉人，年方舞勺，出肃客，应对间聪颖英隽，秀出班行，已决为不易才。甫成童，补博士弟子员，即有声庠序。主讲鹿洞、濂溪诸名宿咸加识拔，视为畏友。觉人于攻举业暇，辄流览典籍，把卷忘疲。阅数年，就甥馆于望江何氏，侨寓广陵。何氏藏书极富。觉人寝馈其间，凡经、史、子、集，靡不悉心研究，而尤熟精《选》理。因取许氏评辑《六朝文絜》详加笺释，以作家塾读本。岁丁亥，予复下榻何氏，觉人出所注。阅之，喜其有益初学，劝付梓，而觉人以间有不敢信心处，谦让未遑。予曰：考据之学，郑康成为最。然三国虞翻犹驳正康成经义一百六十处。康成一代大儒，尚不免后人驳正，况我辈乎？觉人曰：诺。遂梓之。予于是益知觉人之心之虚、功之勤，其所进未可限。兹刻殆其嚆矢钦？爰勉掇数言于简端以贻之。

光绪戊子孟冬月，通家生新蔡张澂心如氏序于三桂书屋。

卷　一

赋

芜城赋①[1]

鲍　照②

李善注③

　　涤同"涤"迆平原④，南驰苍梧、涨海，北走紫塞、雁门⑤；柂以漕渠，轴以昆冈⑥—作"岗"；重江复关—作"重关复江"之陕，四会五达之庄⑦。当昔全盛之时，车挂轊，人驾肩⑧；廛闹扑地，歌吹沸天⑨；孳货盐田，铲利铜山⑩；才力雄富，士马精妍⑪[2]。故能侈秦法，佚周令⑫；划崇墉，刳濬洫；图修世以休命⑬。是以版筑雉堞之殷，井幹烽橹之勤⑭，格高五岳，袤广三坟⑮，崒若断岸，矗似长云⑯，制—作"製"碱—作"磁"石以御冲，糊赪壤以飞文⑰[3]。观基扃之固护，将万祀而一君⑱。出入三代，五百余载，竟瓜剖—作"割"而豆分⑲！

　　泽葵依井，荒葛罥涂⑳。坛罗虺蜮，阶斗麇鼯㉑。木魅山鬼，野鼠城狐㉒，风嗥雨啸，昏见晨趋㉓。饥鹰厉吻，寒鸱吓雏㉔。伏虣藏虎，乳血飧肤㉕。崩榛塞路，峥嵘古馗㉖。白杨早落，塞草前衰㉗。棱棱霜气，蔌蔌风威㉘。孤蓬自振，惊沙—作"砂"坐飞㉙。灌莽杳而无际，丛薄纷其相依㉚。通池既已夷，峻隅又已頹^㉛；直視千里外，唯見起黃埃^{㉜[4]}。凝思寂聽，心傷已摧^㉝。

　　若夫藻扃、黼帳，歌堂、舞閣之基，璿同"璇"淵、碧樹，弋林、釣渚之館^㉞；吳、蔡、齊、秦之聲，魚、龍、爵、馬之玩^㉟，皆薰歇燼滅，光沉響絕^㊱。東都妙姬，南國麗—作"佳"，本注引陳王詩正作"佳"人，蕙心紈質，玉貌絳唇^㊲，莫不埋魂幽石，委骨窮塵^㊳。豈憶同輿之愉樂，離宮之苦辛哉^{㊴[5]}！天道如何？吞恨者多。抽琴命操，為蕪城之歌^{㊵[6]}。歌曰：邊風急兮城上寒，井徑滅兮丘隴殘^㊶。千齡兮萬代，共盡兮何言^{㊷[7]}！

【黎箋】

① 集云：登廣陵故城作。《漢書》曰：廣陵國，高帝十一年屬吳，景帝更名江都，武帝更名廣陵。江都易王非、廣陵厲王胥，皆都焉。[補]孫志祖《補正》曰：何云：世祖孝建三年竟陵王誕據廣陵反，沈慶之討平之，命悉誅城內丁男，以女口為軍賞。照蓋感事而賦。

② 沈約《宋書》曰：鮑照，字明遠。文辭贍逸。世祖時，照為中書舍人。上好為文章，自謂物莫能及。照悟其旨，為文多鄙言累句，當時咸謂照才盡，實不然也。臨海王子頊為荊州，照為前軍參軍，掌書記之任。子頊敗，為亂兵所殺。[補]按鮑照，《宋書》附《臨川烈武王道規傳》。頊，"頊"字之誤，豈避神廟諱改耶？

③ 經誥曰：有舊注者，因而留之，並於篇首題其姓名；若於原注外有所補緝，並稱"補"字以別之。許氏評語精核，仍備錄之。他皆仿此。

④ 沵，相連漸平之貌也。《廣雅》曰：迆，斜也。平原，即廣陵也。

⑤ 南馳、北走，言所通者遠也。《漢書》有蒼梧郡。謝承《後漢書》曰：陳茂常渡漲海。如淳《漢書》注曰：走，音奏，趨也。崔豹《古今注》曰：秦所築長城土色皆紫，漢塞亦然，故稱紫塞。《漢書》有雁門郡。[補]《廣雅》曰：

驰,奔也。

⑥《广雅》曰:柂,引也。漕渠,邗沟也。《左氏传》曰:吴城邗,沟通江淮。杜预:通粮道。《说文》曰:漕,水转谷也。又曰:轴,持轮也。昆岗,广陵之镇平也,类车轴之持轮。《河图括地象》曰:昆冈之山,横为地轴。柂或为陁,轴或为袖。

⑦ 南临二江曰重,滨带江南曰复。《苍颉篇》曰:隩,藏也。《洛阳记》曰:铜驼二枚,在四会道头。《尔雅》曰:五达谓之康,六达谓之庄。

⑧ 全盛,谓汉时也。《史记》:苏秦说齐王曰:临菑之涂,车毂击,人肩摩。《说文》曰:辖,车轴端。杜预《左氏传》注曰:驾,陵也,谓相迫切也。

⑨ 郑玄《周礼》注曰:廛,民居区域之称。《说文》曰:闬,闾也。《方言》曰:扑,尽也。郭璞曰:今种物皆生,云"扑地出"也。

⑩《声类》曰:挚,蕃也。挚,滋古字,通。木华《海赋》曰:陆死盐田。《苍颉篇》曰:铲,削平也,初产切。《史记》:吴有豫章郡铜山,吴王濞盗铸钱,煮海水为盐。

⑪《班固传赞》曰:材力有余,士马强盛。范晔《后汉书》曰:王元说隗嚣曰:今天水完富,士马最强。

⑫《声类》曰:夅,"侈"字也。轶,过也。佚与轶通。《西都赋》曰:"览秦制,跨周法。"

⑬《字林》曰:锥刀曰刓。刳,谓除消其土也。《周易》曰:刳木为舟。薛综《西京赋》注:墉,谓城;洫,池也。《左氏传》:北宫文子曰:其有国家,令问长世。《尚书》曰:俟天休命。《春秋元命苞》曰:命者,天之命也。

⑭ 郭璞《三苍解诂》曰:板,筑墙上下板。筑,杵头铁沓也。郑玄《周礼》注曰:雉,长三丈,高一丈。杜预《左氏传》注曰:堞,女墙也。殷,盛也。《淮南子》曰:大构架,兴宫室,鸡栖井干。许慎:皆屋构饬也。郭璞《上林赋》注曰:橹,望楼也。

⑮《苍颉篇》曰:格,量度也。《尔雅》曰:太山为东岳,华山为西岳,衡山为南岳,常山为北岳,嵩山为中岳。南北曰袤。三坟未详;或曰《毛诗》曰"遵彼汝坟",又曰"铺敦淮坟"。《尔雅》曰:坟,莫大于河坟。此盖三坟。

[补] 孙志祖曰：田艺蘅曰：兖州土黑坟，青州土白坟，徐州土赤埴坟，此三州与扬州接。

⑯　崒，高峻也。蠹，齐平也。

⑰　《三辅黄图》曰：阿房宫以磁石为门，怀刃者止之。《广雅》曰：冲，突也。《字书》曰：糊，黏也，户徒切。毛苌《诗传》曰：赪，赤也。《七启》曰：耀飞文。

⑱　《说文》曰：扃，外闭之关也。凡文士之言基扃，泛论城阙，犹车称轸，舟谓之舻耳，非独指扃也。固护，言牢固也。

⑲　王逸《广陵郡图经》曰：郡城，吴王濞所筑。然自汉迄于晋末，故云"出入三代，五百余载"也。《汉书》：贾谊上疏曰：高帝瓜分天下，王功臣也。

⑳　王逸《楚辞》注曰：风萍，水葵，生于池中。罥，犹绾也。

㉑　王逸《楚辞》注曰：坛，堂也。《毛诗》曰："为鬼为蜮。"毛苌曰：蜮，短狐也。《公羊传》曰：有麑而角。刘兆曰：麑，麏也，麏与麑音、义同。鼫，鼩鼠也。

㉒　《说文》曰：魅，老物精也，莫愧切。《楚辞·九歌》有祭《山鬼》。《汉书》曰：苏武掘野鼠草实而食之。魏明帝《长歌行》："久城育狐兔，高墉多鸟声。"[补]《史记》：始皇曰：山鬼不过知一岁事耳。《韩非子》曰：社鼠不熏，城狐不灌。

㉓　《左氏传》曰：豺狼所噑也。胡高切。

㉔　厉，摩也。郑玄《周礼》注曰：吻，口边也。亡粉切。郑玄《毛诗笺》曰：口拒人曰吓。火嫁切。郭璞《尔雅》注曰：雏生而能自食者，谓鸟子也。[补]《魏书》：陈登曰：鹰饥则依人。《庄子·秋水篇》曰：鹓得腐鼠，鹓雏过之，仰而视之，曰：吓！

㉕　《字书》曰：虣，古文"暴"字，蒲到切。虣或为"魁"，《尔雅》曰：魁，白虎。魁，户甘切。

㉖　服虔《汉书》注曰：榛，木丛生也。《广雅》曰：峥嵘，深冥也。《韩诗》曰："肃肃兔罝，施于中馗。"薛君曰：中馗，馗中九交之道也。仇悲切。

㉗ 崔豹《古今注》曰：白杨叶圆。李陵书曰：凉秋九月，塞外草衰。塞或为"寒"。

㉘ 棱棱霜气，严冬之貌。薪薪风声，劲疾之貌。薪，素鹿切。

㉙ 无故而飞曰坐飞。

㉚ 《广雅》曰：灌，丛也。王逸《楚辞》注曰：草木交曰薄。

㉛ 通池，城壕也。峻隅，城隅也。

㉜ 王逸《楚辞》注曰：埃，尘也。

㉝ 孙绰《游天台山赋》曰："凝思高岩。"

㉞ 藻扃，扃施藻画也。司马相如《美人赋》曰："芳香芬烈，黼帐高张。"琁渊，玉池也。碧树，玉树也。[补]《淮南子》曰：昆仑山有碧树。

㉟ 《楚辞》曰："吴歈、蔡讴。"《汉书·艺文志》有齐歌、秦歌。张平子《西京赋》曰："海鳞变而成龙。"又曰："大雀踆踆。"又曰："爵马同辔。"

㊱ 杜预《左氏传》注曰：薰，香草也。又曰：烬，火之余木。

㊲ 陆机《拟东城一何高》曰："京洛多妖丽，玉颜侔琼蕤。"然京洛即东都也。曹子建诗曰："南国有佳人，华容若桃李。"左九嫔《武帝纳皇后颂》曰：如兰之茂。《登徒子好色赋》曰："腰如束素。"兰、蕙同类，纨、素兼名，文士爱奇，故变文耳。宋玉《笛赋》曰："赪颜臻，玉貌起。"扬雄《蜀都赋》曰："眺朱颜，离绛唇。"

㊳ 委，犹积也。

㊴ 《魏志》曰：明帝悼毛皇后有宠，出入与帝同舆辇。司马长卿《长门赋》曰："期城南之离宫。"

㊵ 《韩诗外传》曰：孔子抽琴去轸，以授子贡。《广雅》曰：命，名也。《琴道》曰：琴有伯夷之操。夫遭遇异时，穷则独善其身，故谓之操。

㊶ 《周礼》曰：九夫为井。又曰：夫间有遂，遂上有径。

㊷ 《庄子》曰：化穷数尽，谓之死。

【许评】

[1] 宋孝武时，临海王子顼有逆谋。照为参军，随至广陵，见故城荒芜，

乃汉吴王濞所都。濞以叛逆被灭,照因赋其事讽子顼。

    [2] 从盛时极力说入,总为"芜"字张本。如此方有势有力。

    [3] 笔笔从"城"字洗发,此名手胜人处。

    [4] 极言其芜。于浓腴中仍见奇峭,绝不易得。

    [5] 有昔日之盛,即有今日之衰。两段俱以二语兜转,何等遒劲。

    [6] 题字至此揭出。

    [7] 收局感慨淋漓。每读一过,令人辄唤奈何。

月　赋①[1]

谢　庄②

李善注

　　陈王初丧应、刘，端忧多暇③。绿苔生阁，芳尘凝榭④。悄焉疚怀，不—作"弗"怡中夜⑤。乃清兰路，肃桂苑⑥，腾吹寒山，弭盖秋阪⑦。临浚壑而怨遥，登崇岫而伤远[2]。于时斜汉左界，北陆南躔⑧。白露暧空，素月流天⑨[3]。沉吟齐章，殷勤陈篇⑩。抽毫进牍，以命仲宣⑪。

　　仲宣跪而称曰⑫：臣东鄙幽介，长自丘樊⑬，昧道懵学，孤奉明恩⑭。臣闻沉潜既义，高明既经⑮，日以阳德，月以阴灵⑯。擅扶光于东沼，嗣若英于西冥⑰。引玄兔于帝台，集素娥于后庭⑱。脉胁警阙，朏魄示冲⑲。顺辰通烛，从星泽风⑳。增华台室，扬采轩宫㉑。委照而吴业昌，沦精而汉道融㉒[4]。

　　若夫气霁地表，云敛天末㉓，洞庭始波，木叶微脱㉔。菊散芳于山椒，雁流哀而—作"于"江濑㉕。升清质之悠悠，降澄辉之蔼蔼㉖。列宿掩缛，长河韬映㉗。柔祇雪凝，圆灵水镜㉘。连观霜缟，周除冰净㉙[5]。君王乃厌晨欢，乐宵宴；收妙舞，弛清县㉚；去烛房，即月殿；芳酒登，鸣琴荐。

　　若乃凉夜自凄，风篁成韵㉛，亲懿莫从，羁孤递进㉜。聆皋禽之夕闻，听朔管之秋引㉝。于是丝—作"弦"桐练响，音容选和㉞[6]。徘徊《房露》，惆怅《阳阿》㉟[7]。声林虚籁，沦池灭波㊱。情纡轸其何托，愬皓月而长歌㊲。

歌曰[8]：美人迈兮音尘阙，隔千里兮共明月㊳。临风叹兮将焉歇？川路长兮不可越㊴。歌响未终，余景就毕，满堂变容，回遑如失㊵。又称歌曰：月既没兮露欲晞，岁方晏兮无与归㊶。佳期可以还，微霜沾人衣㊷[9]。陈王曰"善"，乃命执事，献寿羞—作"荐"觞㊸。敬佩玉音，复之无斁㊹。

【黎笺】

①《周易》曰：坎为月，阴精也。郑玄曰：臣象也。《广雅》云：夜光谓之月，月御谓之望舒。《说文》曰：月者，太阴之精。《释名》曰：月，阙也，言有时盈，有时阙也。

②沈约《宋书》曰：谢庄，字希逸，陈郡阳夏人也。太常弘微子也。年七岁，能属文。仕至光禄大夫。泰初二年卒，时年四十六。谥曰宪子。所著文章四百余首，行于代。

③假设陈王、应、刘，以起赋端也。陈王，曹植也。应、刘，应玚、刘桢也。魏文帝书曰：徐、陈、应、刘，一时俱逝。孙卿子曰：其为人也多暇日者，其出入不远。[补]按注孙卿子即荀况也。

④言无复娱游，故绿苔生而芳尘凝也。高诱注《淮南子》曰：苍苔，水衣。庾阐《扬都赋》曰："结芳尘于绮疏。"郭璞《尔雅》注曰：榭，台上起屋也。

⑤《毛诗》曰："忧心悄悄。"悄悄，忧貌。七小切。《尔雅》曰：疚，病也。怡，乐也。《家语》：孔子云：日出听政，至于中夜。

⑥兰路，有兰之路。桂苑，有桂之苑。《楚辞》曰："皋兰被径。"王逸曰：径，路也。刘渊林《吴都赋》注曰：吴有桂林苑。

⑦王逸《楚辞》注曰：腾，驰也。《礼记》曰：季秋入学习吹。王逸《楚辞》注曰：珥，按也。

⑧《大戴礼》曰：七月，汉案户。汉，天汉也。案户，直户也。李陵诗曰："天汉东南驰。"《左传》：申丰曰：日在北陆而藏冰。杜预曰：陆，道也。《汉书》曰：冬则南，夏则北。《汉书音义》：韦昭曰：躔，处也，亦次也。《方

言》曰：日运为躔。躔，历行也。

⑨《长歌行》曰："昭昭素明月，辉光烛我床。"

⑩《楚辞》曰："意欲兮沉吟。"《毛诗·齐风》曰："东方之月兮，彼姝者子，在我闼兮。"又《陈风》曰："月出皎兮，佼人憭兮。"

⑪ 此假王仲宣也。毫，笔毫也。陆士衡《文赋》曰："或含毫而邈然。"《说文》曰：牍，书版也。

⑫《声类》曰：跪，跽也。跪，渠委切。跽，奇几切。

⑬ 仲宣，山阳人，故云东鄙。《战国策》：范雎谓秦王曰：臣东鄙贱人。《尔雅》曰：樊，藩也。郭璞曰：藩，篱也。

⑭《说文》曰：懵，目不明也。莫赠切。

⑮《尚书》曰：沉潜刚克，高明柔克。孔安国曰：沉潜，谓地。高明，谓天。《左氏传》：子太叔曰：子产云：礼，天之经，地之义。

⑯《春秋说题辞》曰：阳精为日。《易辩终备》曰：日之既，阳德消。郑玄曰：日既蚀，明尽也。《春秋感精符》云：月者，阴之精。

⑰ 扶光，扶桑之光也。东沼，汤谷也。若英，若木之英也。西冥，昧谷也。月盛于东，故曰擅。始生于西，故曰嗣。《山海经》曰：汤谷有扶木，九日居下枝，一日居上枝。又曰：灰野之山，有赤树，青叶，名曰若木，日之所入处。郭璞曰：扶木，扶桑也。《尚书》曰：宅西，曰昧谷。孔安国曰：昧，冥也。《淮南子》曰：日出于汤谷，拂于扶桑。又曰：若木末有十日，其华照下地。高诱曰：若木端有十日，状如莲华。

⑱ 张衡《灵宪》：月者，阴精之宗，积成为兽，象兔形。《春秋元命苞》曰：月之为言阙也。两说蟾蜍与兔者，阴阳双居，明阳之制阴，阴之倚阳。张泉《观象赋》曰："渐台可升。"自注曰：渐台，天台之名，四星在织女东。《淮南子》曰：羿请不死之药于西王母，常娥窃而奔月。注曰：常娥，羿妻也。《归藏》：昔常娥以不死之药奔月。《论语》：皇皇后帝。张泉《观象赋》曰："寥寥帝庭。"自注云：帝庭，谓太微宫也。《春秋元命苞》曰：太微为天庭。[补]案注皇皇后帝，见《鲁颂》。"论语"二字宜改"毛诗"。

⑲《说文》曰：朒，朔而月见东方，缩朒然。朓，晦而月见西方也。朏，

月未成光。魄，月始生魄然也。《尚书五行传》曰：晦而月见西方谓之朓，朓则王侯奢也；朔而月见东方谓之侧匿，侧匿则王侯肃。郑玄曰：朓，条达行疾貌也。警阙，谓朒朓失度，则警人君有所阙德。示冲，言朏魄得所，则表示人君有谦冲，不自盈大也。《礼记》注曰：月三日而成魄，是以礼有三让也。朒，女六切。朓，大鸟切。朏，芳尾切。

⑳ 辰，十二辰，言月顺之以照天下也。《淮南子》曰：正月建寅，月从左行十二辰。许慎曰：历十二辰而行。《尚书》曰：月之从星，则以风以雨。孔安国《尚书传》曰：月经于箕则多风，离于毕则多雨。然泽则雨也。

㉑ 台室，三公位。轩宫，轩辕之宫。《史记》曰：中宫文昌魁下六星，两两相比，名曰三能。能，古"台"字也。齐色则君臣和也。《淮南子》曰：轩辕者，帝妃之舍。高诱曰：轩辕，星名。

㉒《吴录》曰：长沙桓王名策，武烈长子。母吴氏，有身，梦月入怀。《汉书》：元后母李，亲梦月入怀而生后，遂为天下母。昌，盛也。融，明也。

㉓《说文》曰：霁，雨止也。《西京赋》曰："眇天末以远期。"霁，才计切。

㉔《楚辞》曰："洞庭波兮木叶下。"

㉕《礼记》曰：仲秋，菊有黄华。王逸《楚辞》注曰：土高四堕曰椒。《汉书》：武帝《伤李夫人赋》曰："释舆马于山椒。"山椒，山顶也。《说文》曰：濑，水流沙上也。

㉖《楚辞》曰："白日出兮悠悠。"《长门赋》曰："望中庭之蔼蔼，若季秋之降霜。"

㉗《楚辞》曰："若列宿之错置。"《说文》曰：缛，繁采饰也。《毛诗》曰："倬彼云汉。"毛苌曰：云汉，天河也。

㉘ 柔祇，地也。圆灵，天也。

㉙ 观，宫观也。徐幹《七喻》曰：连观飞榭。《说文》曰：除，殿陛也。

㉚ 边让《章华台赋》："妙舞丽于《阳阿》。"马融《长笛赋》："磬襄弛县。"《周礼》曰：大忧弛县。郑玄曰：弛，释也。《字林》曰：弛，解也。韦昭曰：弛，废也。[补]《周礼》曰：天子宫县，诸侯轩县。

㉛ 篁，竹丛生也。风篁，风吹篁也。

㉜ 亲懿,懿亲也。《左氏传》:富辰曰:兄弟虽有小忿,不废懿亲。杜预曰:懿,美也。羁孤,羁客、孤子也。言亲懿不从游而羁旅之孤更进也。[补]羁孤,羁臣、孤客也。

㉝《诗》曰:"鹤鸣九皋。"皋禽,鹤也。《抱朴子》曰:峻概独立而皋禽之响振也。朔管,羌笛也。《说文》曰:管,十二月位在北方,故云朔。秋引,商声也。

㉞ 丝桐,琴也。《埤苍》曰:练,择也。练与拣音、义同。桓谭《新论》曰:神农始削桐为琴,练丝为弦。侯瑛《筝赋》曰:"察其风采,拣其声音。"郑玄《礼记》注曰:选,可选择也。[补]按注"侯瑛"应作"侯瑾"。侯瑾见《后汉书·文苑传》。

㉟《房露》,古曲名。陆士衡《文赋》:"寤《防露》与《桑间》,又虽悲而不雅。"房与防古字通。《淮南子》曰:夫歌《采菱》,发《阳阿》,鄙人听之,不若《延露》以和也。

㊱ 此言风将息也。声林而籁管虚,沦池而大波灭。牟秀《相风赋》曰:"幽林绝响,巨海息波。"《庄子》曰:子綦谓子游曰:夫大块噫气,其名曰风。是以无作,作则万窍怒号。泠风则小和,飘风则大和,厉风济则众窍为虚。子游曰:地籁则众窍是已。郭象曰:烈风作则众窍实,及其止则众窍虚。薛君《韩诗章句》曰:从流而风曰沦。沦,文貌。《说文》曰:波,水涌也。

㊲《楚辞》曰:"郁结纡轸兮,离愍而长鞠。"王逸曰:纡,曲;轸,痛也。《毛诗》曰:"如彼愬风。"毛苌曰:愬,乡之也。

㊳《楚辞》曰:"望美人兮未来。"陆机《思归赋》曰:"绝音尘于江介,托影响乎洛湄。"《淮南子》曰:道德之论,譬如日月,驰骛千里,不能改其处也。

㊴《楚辞》曰:"临风怳兮浩歌。"

㊵《说文》曰:满堂饮酒。《庄子》:子贡曰:夫子见之,变容失色。范晔《后汉书》曰:戴良见黄宪反归,罔然若有失也。

㊶《楚辞》曰:"岁既晏兮孰与归?"

㊷《楚辞》曰:"与佳人期兮夕张。"又曰:"微霜兮夜降。"魏文帝《善哉行》:"溪谷多悲风,霜露沾人衣。"

㊸《左氏传》:厚成叔曰:敢私于执事。《史记》曰:平原君以千金为鲁

连寿。《韩诗外传》曰：楚襄王遣使持白璧百双聘庄子。

㊹《毛诗》曰："无金玉尔音。"《尚书》曰：我有周无斁。《尔雅》曰：斁，厌也。[补]左太冲《魏都赋》曰："复之而无斁，申之而有裕。"

【许评】

[1] 此赋假陈王仲宣立局，与小谢《雪赋》同意。兹刻遗《雪》取《月》者，以《雪》描写著迹，《月》则意趣洒然。所谓写神则生，写貌则死。

[2] 怨遥伤远，一篇关目。

[3] "白露"二句，神来之笔。看似平淡，而实精缛。作文须知此境。

[4] 此段尚嫌著迹。

[5] 数语无一字说月，却无一字非月，清空澈骨。穆然可怀。

[6] 笔能赴情，自情生于文，正不必苦镂。而冲淡之味，耐人咀嚼。

[7] 阳阿，古善歌者。

[8] 以二歌总结全局，与怨遥伤远相应。深情婉致，有味外味。后人摹拟便落套，觉厌矣。

[9] 前写月之始升，此写月之既没。畦径分明。

采莲赋[①]

梁元帝[②]

　　紫茎兮文波[③]，红莲兮芰荷[④]。绿房兮翠盖[⑤]，素实兮黄螺[⑥]。于时妖童媛女，荡舟心许[⑦]。鹢首徐回[⑧]，兼传羽杯[⑨]。櫂将移而藻挂，船欲动而萍开[1]。尔其纤腰束素[⑩]，迁延顾步[⑪]。夏始春余，叶嫩花初[⑫][2]。恐沾裳而浅笑，畏倾船而敛裾[⑬]。故以水溅兰桡，芦侵罗裸[⑭]。菊泽未反，梧台迥见[⑮]。荇湿沾衫[⑯]，菱—作"菱"长绕钏[⑰][3]。泛柏舟而容与，歌采莲于江渚[⑱]。

　　歌曰：碧玉小家女，来嫁汝南王[⑲]。莲花乱脸色，荷叶杂衣香。因持荐君子，愿袭芙蓉裳[⑳]。

【黎笺】

①《尔雅》曰：荷，芙蕖。其茎茄，其叶蕸，其本蔤，其华菡萏，其实莲，其根藕。《古乐府》："江南可采莲，莲叶何田田。"

②姚思廉《梁书》曰：元帝讳绎，字世诚，武帝第七子。母，采女阮修容。初封湘东王，镇江州。侯景破台城，武帝崩，绎与王僧辩、陈霸先共败景，景伏诛。僧辩等上表劝进，乃即位于江陵。

③《楚辞》曰："紫茎屏风，文缘波些。"

④谢朓诗曰："红莲摇弱荇。"《淮南子》："夫容芰荷。"高诱注：芰，菱角交苕也。宋玉《招魂》曰："芙蓉始发，杂芰荷些。"汉昭帝《淋池歌》曰："挥纤手兮折芰荷。"

⑤汉王延寿《鲁灵光殿赋》曰："绿房紫菂，窋诧垂珠。"晋陆云《芙蕖诗》曰："绿房含青实。"晋夏侯湛《芙蓉赋》曰："绿房翠蒂。"《淮南子》曰：游于江浔海裔，驰要袅，建翠盖。

⑥ 晋夏侯湛《芙蓉赋》曰："尔乃采淳葩，摘圆质。析碧皮，食素实。"又云："黄螺圆出，垂蕤散舒。"

⑦ 妖，艳也，媚也。《说文》曰：媄女，美女也，人所援也。荡，摇也。

⑧《淮南子》曰：鸣鹄鹔鹴，稻粱饶余，龙舟鹢首，浮吹以娱。此遁于水也。高诱注：鹢，大鸟也。画其象于船头也。汉张衡《西京赋》曰："浮鹢首，翳云芝。"

⑨《晋书·束晳传》：周公成洛邑，因流水以泛酒。故《逸诗》云："羽觞随波。"

⑩ 汉张衡赋曰："舒妙婧之纤腰兮，扬杂错之袿徽。"《登徒子好色赋》曰："腰如束素，齿如含贝。"

⑪ 周宋玉《神女赋》曰："迁延引身。"李善注曰：迁延，却行去也。

⑫《管子》曰：以春日为始，数四十六日，春尽而夏始。嫩与"嫩"同，弱也。

⑬《尔雅·释器》曰：衱谓之裾。郭注曰：衣后裾也。

⑭ 溅，水激也。《博雅》曰：楫，谓之桡。兰桡，盖取其香也。《汉武故事》曰：帝斋于寻真台，设紫罗荐。荐与"裧"同。

⑮《列子》曰：宋之愚人，得燕石于梧台之侧。

⑯ 毛苌《诗传》曰：荇，接余也。

⑰ 两角曰菱，四角曰芰。《说文》曰：钏，臂环也。

⑱《毛诗》曰："泛彼柏舟。"《史记·司马相如传》：弭节徘徊，翱翔容与。《离骚》曰："聊逍遥兮容与。"鲍照诗曰："櫂女歌《采莲》。"《毛诗》曰："江有渚。"传云：水岐曰渚。

⑲ 乐府有《情人碧玉歌》，一云汝南王妾。按碧玉姓刘。北周庾信诗曰："定知刘碧玉，偷嫁汝南王。"

⑳《楚辞》曰："制芰荷以为衣兮，集芙蓉以为裳。"

【许评】

[1] 体物浏亮，斯为不负。

[2] 生撰语却佳，以有藻饰，所以读之不厌。

[3] 映炼。

荡妇秋思赋①

梁元帝

荡子之别十年，倡妇之居自怜[1]。登楼一望，惟见远树含烟②。平原如此，不知道路几千③？天与水兮相逼，山与云兮共色。山则苍苍入汉，水则涓涓不测④。谁复堪见鸟飞，悲鸣只翼⑤！秋何月而不清，月何秋而不明？

况乃倡楼荡妇，对此伤情。于时露萎庭蕙⑥，霜封一作"堆"阶砌⑦。坐视带长⑧，转看腰细⑨[2]。重以秋水文波⑩，秋云似罗，日黯黯而将暮⑪，风骚骚而渡河⑫。妾怨回文之锦，君思出塞之歌⑬[3]。相思相望，路远如何！鬓飘蓬而渐乱，心怀疑一作"愁"而转叹。愁紫翠眉敛，啼多红粉漫⑭[4]。

已矣哉！秋风起兮秋叶飞，春花落兮春日晖⑮。春日迟迟犹可至，客子行行终不归⑯。

【黎笺】

① 古诗曰："昔为倡家女，今为荡子妇。荡子行不归，空床难独守。"《说文》曰：秋，禾谷熟也。

② 王粲《登楼赋》曰："登兹楼以四望兮。"谢朓诗曰："远树暖芊芊，生烟纷漠漠。"

③《说文》曰：高平曰原。《尔雅·释地》曰：大野曰平，广平曰原。

④ 曹植诗曰："山树郁苍苍。"《家语·金人铭》曰：涓涓不壅，终成江湖。

⑤ 陆机诗曰："良人久不归，偏栖独只翼。"

⑥《南方草木状》曰：蕙，一名薰草。《玉篇》曰：香草生下湿地。《尔雅

翼》曰：一干数花而香不足者曰蕙。

⑦《广雅》曰：砌，阢也，且计切。

⑧ 古诗曰："相去日以远，衣带日以缓。"

⑨《后汉书》曰：楚王好细腰，宫中多饿死。

⑩ 文波，见《采莲赋》注。

⑪ 陈孔璋《游览诗》曰："肃肃山谷风，黯黯天路阴。"

⑫ 张衡《思玄赋》曰〔一〕："寒风凄其永至兮，拂穹岫之骚骚。"李善注曰：骚骚，风劲貌。

⑬《晋书》曰：窦滔妻苏氏，名蕙，字若兰。善属文。苻坚时，滔为秦州刺史，被徙流沙。苏氏思之，织锦为回文璇图诗以寄滔，宛转循环读之，词甚凄惋。《西京杂记》曰：汉高帝令戚夫人歌《出塞》、《归来》之曲，侍婢数百齐和，声入云霄。

⑭《古今注》曰：魏宫多作翠眉警鹤髻。古诗曰："娥娥红粉妆，纤纤出素手。"

⑮《说文》曰：晖，光也。

⑯《毛诗》曰："春日迟迟。"古诗曰："行行重行行，与君生别离。"

【许评】

[1] 起得超。语浅而思深，故妙。

[2] 逼真荡妇情景。琢磨入细。

[3] 写出幽愤意，却是可怜。

[4] 史称帝不好声色，颇有高名。观此婉丽多情，余未之信。

〔一〕玄，底本作"元"，避讳字。

恨　赋①[1]

江　淹②

试望平原，蔓草萦骨，拱木敛魂③[2]。人生到此，天道宁论！于是仆本恨人，心惊不已④，直念古者，伏恨而死。

至一作"假"如秦帝按剑，诸侯西驰⑤[3]，削平天下，同文共规⑥。华山为城，紫渊为池⑦。雄图既溢，武力未毕。方架一作"驾"鼋鼍以为梁，巡海右以送日⑧。一旦魂断，宫车晚出⑨[4]。

若乃赵王既虏，迁于房陵⑩[5]。薄莫同"暮"心动，昧旦神兴⑪。别艳姬与美女，丧金舆及玉乘⑫。置酒欲饮，悲来填膺⑬，千秋万岁，为怨一作"恨"难胜⑭。

至于一作"如"李君降北，名辱身冤⑮[6]，拔剑击柱⑯，吊影惭魂⑰。情往一作"住"上郡，心留雁门⑱。裂帛系书，誓还汉恩⑲。朝露溘至，握手何言⑳[7]？

若夫明妃去时[8]，仰天太息㉑。紫台稍远，关山无极㉒。摇风忽起，白日西匿㉓。陇雁少飞，代一作"岱"云寡色㉔。望君王兮何期？终芜绝兮异域㉕[9]。

至乃敬通见抵，罢归田里㉖[10]。闭关却扫，塞门不仕㉗。左对孺人，右顾一作"顾弄"稚子㉘。脱略公卿，跌宕文史㉙。赍志没地，长怀无已㉚。

及夫中散下狱，神气激扬㉛[11]。浊醪夕引，素琴晨张㉜。

17

秋日萧索,浮云无光③。郁青霞之奇意—作"念",入修夜之不旸③[12]。

或有孤臣危涕,孽子坠心㉟[13]。迁客海上,流戍陇阴㊱。此人但闻悲风汩—作"飓"起,血—作"泣"下沾衿㊲;亦复含酸茹—作"如"叹,销落湮沉㊳。

若乃骑叠迹,车同—作"屯"轨㊴[14];黄尘匝地,歌吹四起㊵。无不烟断火绝,闭骨泉里㊶。

已矣哉㊷!春草莫兮秋风惊,秋风罢兮春草生。绮罗毕兮池馆尽,琴瑟灭兮丘陇—作"垄"平㊸。自古皆有死,莫不饮恨而吞声㊹[15]。

【黎笺】

① 意谓古人不称其情,皆饮恨而死也。

② 刘璠《梁典》曰:江淹,字文通,济阳考城人。祖耽,丹阳令。父康之,南沙令。淹少而沉敏,六岁能属诗。及长,爱奇尚异。自以孤贱,厉志笃学。洎于强仕,渐得声誉。尝梦郭璞谓之曰:君借我五色笔,今可见还。淹即探怀以笔付璞。自此以后,材思稍减。前后二集,并行于世。宋桂阳王举秀才。齐兴,为豫章王记室。天监中为金紫光禄大夫。卒,赠醴泉侯,谥宪子。

③ 《尔雅》曰:试,用也。《毛诗》曰:"野有蔓草。"《左氏传》:秦伯谓蹇叔曰:中寿,尔墓之木拱矣!注:两手曰拱。《古蒿里歌》曰:"蒿里谁家地,聚敛魂魄无贤愚。"

④ 《列女传》:赵津吏女歌曰:诛将加兮妾心惊。

⑤ 《说苑》曰:秦始皇帝太后不谨,幸郎嫪毐。茅焦上谏,始皇按剑而坐。《战国策》:苏代曰:伏轼而西驰。

⑥ 《礼记》曰:书同文,车同轨。

⑦ 贾谊《过秦论》曰：践华为城，因河为池。司马长卿《上林赋》曰："丹水更其南，紫渊径其北。"

⑧ 郑玄《毛诗笺》曰：方，且也。《纪年》曰：周穆王三十七年，征伐纣，大起九师，东至于九江，叱鼋鼍以为梁。《列子》曰：穆王驾八骏之乘，乃西观日所入。

⑨《史记》：王稽谓范雎曰：宫车一日晏驾，是事之不可知也。韦昭曰：凡初崩为晏驾者，臣子之心，犹谓宫车当驾而晚出。《风俗通》曰：天子夜寝早作，故有万机，今忽崩陨，则为晏驾。

⑩《淮南子》曰：赵王迁流房陵，思故乡，作《山木》之呕，闻者莫不陨涕。高诱曰：赵王张敖，秦灭赵，虏王，迁徙房陵。房陵在汉中。《山木》之呕，歌曲也。

⑪《楚辞》曰："薄莫雷电。"宋玉《高唐赋》曰："使人心动。"《左氏传》曰：昧旦不显。

⑫ 杜预《左氏传》注曰：美色曰艳。《史记》曰：为之金舆错衡，以繁其饰。玉乘，玉辂也。

⑬《汉书》曰：上置酒沛宫。郑玄《礼记》注曰：填，满也。

⑭《战国策》：楚王谓安陵君曰：寡人万岁千秋之后，谁与乐此也？

⑮《汉书》：武帝天汉二年，李陵为骑都尉领步卒三千，出居延。至浚稽山，与匈奴相值。战败，弓矢并尽，陵遂降。《孙卿子》曰：功废而名辱，社稷必危。

⑯《汉书》曰：汉高已并天下，尊为皇帝。群臣饮，争功，醉或妄呼，拔剑击柱。

⑰ 曹子建表曰：形影相吊。《晏子春秋》曰：君子独寝，不惭于魂。

⑱《汉书》有上郡、雁门郡，并秦置。

⑲《汉书》曰：常惠教汉使者谓单于，言天子射上林中，得雁，足有系帛书，苏武等在某泽中。李陵书曰：欲如前书之言，报恩于国主耳。

⑳《汉书》：李陵谓苏武曰：人生如朝露，何久自苦如此？《楚辞》曰："宁溘死以流亡。"王逸曰：溘，奄也。《史记》：缪贤曰：燕王私握臣手曰：

19

愿结交。潘岳《邢夫人诔》曰:"临命相决,交腕握手。"

㉑《汉书》:元帝竟宁元年春正月,呼韩邪单于来朝。诏掖庭王嫱为阏氏。应劭曰:王嫱,王氏之女,名嫱,字昭君。文颖曰:本南郡人也。《琴操》曰:王昭君者,齐国王襄女也。年十七,献元帝。会单于遣使请一女子,帝谓后宫欲至单于者起。昭君喟然而叹,越席而起。乃赐单于。石崇曰:王明君本为王昭君,以触文帝讳改之。《战国策》曰:樊於期仰天太息流涕。

㉒ 紫台,犹紫宫也。古乐府相和歌有《度关山曲》。

㉓《尔雅》曰:飙飖谓之飗。飙,音扶。飖与"摇"同。王粲《登楼赋》曰:"白日忽其西匿。"潘岳《寡妇赋》曰:"日杳杳而西匿。"

㉔《汉书》曰:凡望云气,勃、碣、海、代之间气皆黑。

㉕《鹖子》曰:君王欲缘五常之道而不失,则可以长矣。李陵书曰:生为异域之人。

㉖《东观汉记》曰:冯衍,字敬通。明帝以衍才过其实,抑而不用。《汉书》曰:高后怨赵尧,乃抵尧罪。冯衍《说阴就书》曰:衍冀先事自归,上书。报归田里。《汉书》曰:时多上书言便宜,辄下萧望之问状,下者或罢归田里。

㉗ 司马彪《续汉书》曰:赵壹闭关却扫,非德不交。《吴志》曰:张昭称疾不朝,孙权恨之,土塞其门。

㉘《礼记》曰:天子之妃曰后。大夫妻曰孺人。潘岳《寡妇赋》曰:"鞠稚子于怀抱兮,羌低佪而不忍。"

㉙ 杜预《左氏传》注曰:脱,易也。贾逵《国语》注曰:略,简也。扬雄《自叙》曰:雄为人跌宕。[补]《公羊》注曰:跌,过度。

㉚ 冯衍《说阴就书》曰:怀抱不报,赍恨入冥。祢衡《鹦鹉赋》曰:"眷西路而长怀。"毛苌《诗传》曰:怀,思也。

㉛ 臧荣绪《晋书》曰:嵇康拜中散大夫,东平吕安家事系狱。鼍阋之始,安尝以语康,辞相证引,遂复收康。王隐《晋书》曰:嵇康妻,魏武帝孙穆王林女也。《淮南子》曰:古之人神气,不荡乎外。《汉书》:谷永上疏曰:赞命之臣,靡不激扬。

㉜ 嵇康《与山巨源书》曰：浊醪一杯，弹琴一曲。又《赠秀才诗》曰："习习谷风，吹我素琴。"

㉝ 郑玄《礼记》注曰：索，散也。

㉞ 青霞奇意，志言高也。曹毗《临园赋》曰："青霞曳于前阿，素籁流于森管。"《汉书》：武帝《李夫人赋》曰："释舆马于山椒，奄修夜之不旸。"张衡《司徒吕公诔》曰：玄室冥冥，修夜弥长。孔安国《尚书传》曰：旸，明也，音阳。

㉟ 《孟子》曰：孤臣孽子，其操心也危，其虑患也深。王粲《登楼赋》曰："涕横坠而弗禁。"《字林》曰：孽子，庶子也。然心当云危，涕当云坠，江氏爱奇，故互文以见义。

㊱ 《汉书》曰：匈奴乃徙苏武北海上无人处，使牧羝羊。《史记》曰：娄敬齐人也，戍陇西。

㊲ 《琴道》：雍门周说孟尝君曰：幼无父母，壮无妻子，若此人者，但闻秋风鸣条，则伤心矣。《毛诗》曰："鼠思泣血。"《尸子》曰：曾子每读丧礼，泣下沾衿。

㊳ 《广雅》曰：茹，食也。又曰：湮，没也。销，犹散也。

㊴ 此言荣贵之子，车骑之多也。左思《吴都赋》曰："跃马叠迹。"《楚辞》曰："屯余车其千乘。"王逸曰：屯，陈也。

㊵ 《山阳公载记》曰：贾诩鸣鼓雷震，黄尘蔽天。李陵书曰：边声四起。

㊶ 烟断火绝，喻人之死也。王充《论衡》曰：人之死也，犹火之灭，火灭而耀不照，人死而智不慧。

㊷ 孔安国《尚书传》曰：已，发端叹辞。

㊸ 《琴道》：雍门周曰：高堂既已倾，曲池又已平，坟墓生荆棘，狐兔穴其中。

㊹ 《论语》：子曰：自古皆有死。张奂《与崔元始书》曰：匈奴若非其罪，何肯吞声？

【许评】

[1]《恨》《别》二赋，乃文通创格。

21

〔2〕通篇奇峭有韵,语法俱自千锤百炼中来,然却无痕迹。至分段叙事,慷慨激昂,读之英雄雪涕。

〔3〕帝王之恨。

〔4〕愈说得威赫,愈觉得冷落。笔法简劲,悲思淋漓。

〔5〕列侯之恨。

〔6〕名将之恨。

〔7〕此段可与苏子卿"黄鹄"一诗并读。

〔8〕美人之恨。

〔9〕独怜青冢,幽恨谁知。文语语凄绝。

〔10〕才士之恨。

〔11〕高人之恨。

〔12〕如此埋没者,不知凡几。一叹。

〔13〕贫困之恨。

〔14〕荣华之恨。

〔15〕世事循环无端,枯荣同归一尽。亟读数过,不异冷水浇背,热心顿解。

别　赋^[1]

別　赋^[1]

江　淹

李善注

　　黯然销魂者^[2]，唯别而已矣①。况秦吴兮绝国，复燕宋兮千里②。或春苔同"苔"兮始生，乍秋风兮蹔同"暂"起③。是以行子肠断^[3]，百感凄恻④。风萧萧而异响，云漫漫而奇色⑤。舟凝滞于水滨，车逶迟—作"逦"于山侧⑥。櫂同"棹"容与而讵前，马寒鸣而不息⑦。掩金觞而谁御，横玉柱—作"筋"而霑同"沾"轼⑧^[4]。居人愁卧^[5]，恍若有亡⑨。日下壁而沉彩，月上轩而飞光⑩^[6]。见红兰之受露，望青楸之离—作"罹"霜。巡层楹而空掩，抚锦幕而—作"以"虚凉⑪。知离梦同"梦"之踯躅，意别魂之飞扬⑫。故别虽一绪，事乃万族⑬。

　　至若龙马银鞍^[7]，朱轩绣轴⑭，帐饮东都，送客金谷⑮。琴羽张兮箫鼓陈，燕赵歌兮伤美人⑯。珠与玉兮艳莫秋，罗与绮兮娇上春。惊驷马之仰秣—作"素沫"，耸渊鱼之赤鳞⑰。造分—作"携"手而衔涕，感—作"各"，又作"咸"寂寞而伤神⑱^[8]。

　　乃有剑客惭恩^[9]，少年报士⑲。韩国赵厕，吴宫燕市⑳。割慈忍爱，离邦去里。沥泣共诀，抆—作"刎"血相视㉑。驱征马而不顾—作"观"，见行尘之时起㉒。方衔感于一剑，非买价于泉里㉓^[10]。金石震而色变，骨肉悲而心死㉔。

　　或乃边郡未和^[11]，负羽从军㉕。辽水无极，雁山参—作"惨"云㉖^[12]。闺中风暖，陌上草薰薰，香气也。日出天而曜同

23

"耀"景,露下地而腾文。镜朱尘之照同"炤"烂,袭青气之烟煴㉗。攀桃李兮不忍别,送爱子兮霑同"沾"罗裙㉘。

至如一赴一作"去"绝国[13],讵相见期㉙!视乔木兮故里,决一作"诀"北梁兮永辞㉚。左一本上有"顾"字右兮魂动,亲一本上有"视"字宾兮泪滋㉛[14]。可班荆兮赠一作"增"恨,唯尊罍、樽通酒兮叙悲㉜。值秋雁兮飞日,当白露兮下时。怨复怨兮远山曲,去复去兮长河湄㉝[15]。

又若君居淄右[16],妾家河阳㉞,同琼珮之晨照,共金炉之夕香㉟。君结绶兮千里,惜瑶草之徒芳㊱。惭幽闺一作"宫"之琴瑟,晦高台之流黄㊲[17]。春宫一作"闺"闷此青苔色,秋帐含兹明月光㊳。夏簟清一作"青"兮昼不莫,冬釭凝兮夜何长㊴[18]!织锦曲兮泣已尽,回文诗兮影独伤㊵。

傥有华阴上士[19],服食一作"术"还仙一作"山"㊶。术既妙而犹学,道已寂而未传㊷。守丹灶而不顾,炼金鼎而方坚㊸。驾鹤上汉,骖鸾腾天㊹[20]。暂同"暂"游万里,少别千年㊺。唯世间兮重别,谢主人兮依然㊻[21]。

下有芍药之诗,佳人之歌㊼,桑中卫女,上宫陈娥㊽。春草碧色,春水绿波。送君南浦,伤如之何㊾[22]!至乃秋露如珠,秋月如珪㊿。明月白露一本下有"兮"字,光阴一作"阴景"往来。与子之别,思心徘徊。

是以别方不定[23],别理千名㍘,有别必怨,有怨必盈㍙。使人意夺神骇,心折骨惊㍚。虽渊云之墨妙,严乐之笔精㍛,金闺一作"门"之诸彦,兰台之群英㍜,赋有凌云之称,辩有雕龙之声㍝[24],谁能摹暂离之状,写永诀之情者乎[25]?

【黎笺】

① 黯，失色将败之貌。言黯然魂将离散者，唯别而然也。夫人魂以守形，魂散则形毙，今别而散，明恨深也。《说文》曰：黯，深黑也。《楚辞》曰："魂魄离散。"《家语》：孔子曰：黯然而黑。贾逵曰：唯，独也。

② 言秦、吴、燕、宋四国川涂既远，别恨必深，故举以为况也。《文子》曰：为绝国殊俗，立诸侯以教诲之。

③ 言此二时别恨逾切。

④ 鲍照《东门行》曰："野风吹秋木，行子心肠断。"

⑤ 荆轲歌曰："风萧萧兮易水寒。"《尚书大传》：帝唱曰：卿云烂兮，体漫漫兮。

⑥《楚辞》曰："船容与而不进，淹回水以凝滞。"《广雅》曰：凝，止也。《毛诗》曰："周道逶迟。"毛苌曰：逶迟，历远貌。

⑦《楚辞》曰："楫齐扬以容与。"

⑧ 韦诞诗曰：旨酒盈金觞，清颜发朱华。毛苌《诗传》曰：御，进也。论曰：鼓琴者于弦设柱，然琴有柱，以玉为之。袁淑《正情赋》曰："解蕴麝之芳衾，陈玉柱之鸣筝。"《楚辞》曰："涕潺湲兮霑轼。"

⑨ 鲍昭〔一〕《东门行》曰："居人掩闺卧。"《庄子》曰：君惝然若有亡。

⑩ 轩，槛版也。

⑪ 层，高也。空，息也。掩，掩涕也。凉，悲凉也。《典略》曰：卫夫人南子在锦帷中。《广雅》曰：帷，幔帐也。《纂要》曰：帐曰幕。

⑫《说文》曰：蹢躅，住足也。蹢与"踟"同，驰戟切。躅，驰录切。曹植《悲命赋》曰："哀魂灵之飞扬。"

⑬ 孔安国《尚书传》曰：族，类也。

⑭《周礼》曰：马八尺以上为龙。《后汉书》明德马皇后曰：前过濯龙门上，见外家问起居者，车如流水，马如游龙。辛延年《羽林郎诗》曰："银鞍何焜煌，翠盖空踟蹰。"《尚书大传》曰：未命为士，不得朱轩。郑玄曰：轩，舆

〔一〕昭，或作"照"。

25

也。士以朱饰之。轩，车通称也。《鲁连子》：门客谓陈无宇曰：君车衣文绣。

⑮《汉书》曰：高祖过沛，帐饮三日。又《汉书》曰：疏广，字仲翁，东海兰陵人也。广兄子受，字公子。广为太子太傅，公子为少傅。甚见器重，朝廷为荣。广谓受曰：吾闻知足不辱，知止不殆，功成身退，天之道也。广遂退，称疾笃，上疏乞骸骨。上以其年老，皆许之，加赐黄金二十斤，皇太子赐五十斤。公卿大夫，故人邑子，为设祖道供帐东都门外，送车数千两，辞决而去。苏林曰：长安东都门也。石崇《金谷诗序》曰：余元康六年，从太仆卿出为使持节青徐诸军事征虏将军。有别庐在河南县金谷涧中。时征西将军祭酒王诩当还长安，余与众贤共送涧中。

⑯琴羽，琴之羽声。《说苑》曰：雍门周以琴见孟尝君，微挥角羽。张晏《甘泉赋》注曰：声细不过羽。汉武帝《秋风辞》曰："箫鼓鸣兮发櫂歌。"《古诗》曰："燕赵多佳人，美者颜如玉。"

⑰言乐之盛也。《韩诗外传》曰：昔伯牙鼓琴而渊鱼出听，瓠巴鼓瑟而六马仰秣。成公绥《琴赋》曰："伯牙弹而驷马仰，子野挥而玄鹤鸣。"

⑱谢宣远《送王抚军诗》曰："分手东城闉。"《吕氏春秋》曰：圣人不以感私伤神。

⑲《汉书》：李陵曰：臣所将屯边者，奇材剑客也。又曰：郭解以躯藉友报仇；少年慕其行，亦辄为报仇。

⑳《史记》曰：聂政者，轵深井里人也。濮阳严仲子事韩哀侯，与韩相侠累有郄。严仲子告聂政而言：臣有仇，闻足下高义，故进百金，以交足下之欢。聂政拔剑至韩，直入上阶，刺杀侠累。又曰：豫让者，晋人也。事智伯，智伯甚尊宠之。赵襄子灭智伯，让乃变姓名为刑人，入宫涂厕，欲刺襄子。故言赵厕。又曰：专诸者，棠邑人也。吴公子光具酒请王僚。酒既酣，使专诸置匕首鱼炙之腹中而进。既至王前，专诸以匕首刺王僚，王僚立死。又曰：荆轲者，卫人也。至燕，与高渐离饮于燕市，旁若无人。后荆轲为燕太子丹献燕地图，图穷匕首见，因以匕首揕秦王。

㉑服虔《通俗文》曰：与死者辞曰诀。《史记》曰：今太子请辞诀矣。郑

玄《毛诗笺》曰：往矣，决别之辞。诀与"决"音、义同。《广雅》曰：扷，拭也。泣血已见《恨赋》。扷，武粉切。

㉒《史记》曰：荆轲遂发，就车不顾。

㉓ 言衔感恩遇，故效命于一剑，非买价于泉壤之中也。《尉缭子》：吴起曰：一剑之任，非将军也。

㉔《燕丹太子》曰：荆轲与武阳入秦。秦王陛戟而见燕使，鼓钟并发，群臣皆呼万岁。武阳大恐，面如死灰色。《战国策》曰：武阳色变。《史记》曰：聂政刺韩相侠累死，因自皮面决眼，屠腹而死，莫知其谁。韩取政尸暴于市，能知者与千金。久之，莫知。政姊曰：何爱妾之身，而不扬吾弟之名于天下哉！乃之韩市，抱尸而哭，曰：此妾弟轵深井里聂政。自杀于尸旁。晋、楚、齐闻之，曰：非独政之贤，乃其姊亦烈女。《庄子》：仲尼谓颜回曰：夫哀莫大于心死。

㉕ 司马相如《檄蜀文》曰：边郡之士，闻烽举燧燔。《汉书》曰：有障徼曰边郡。服虔曰：士负羽。扬子云《羽猎赋》曰："蒙楯负羽，杖镆邪而罗者以万计。"

㉖《水经》曰：辽山在玄菟高句丽县，辽水所出。《海内西经》曰：大泽方百里。鸟所生。在雁山，雁出其间。《孟子》注曰：大山之高，参天人云。谢承《后汉书》：刘诩曰：程夫人富贵参云。

㉗《楚辞》曰："经堂入奥，朱尘筵些。"王逸曰：朱画承尘也。或曰：朱尘，红尘。《楚辞》曰："芳菲菲兮袭人。"《易通卦验》曰：震，东方也，主春分。日出，青气出震，此正气也。司马彪注曰：袭，入也。

㉘ 言当盛春之时而分别，不忍也。《左氏传》：赵盾曰：括，君姬氏之爱子。杜预曰：括，赵盾异母弟。赵姬，文公女也。

㉙《琴道》曰：雍门周以琴见孟尝君。孟尝君曰：先生鼓琴，亦能令悲乎？对曰：臣之所能令悲者，无故生离，远赴绝国，无相见期，臣为一挥琴而太息，未有不凄怆而流涕者。绝国，绝远之国。

㉚ 王充《论衡》曰：睹乔木，知旧都。《孟子》：见齐宣王曰：所谓故国者，非谓有乔木之谓也，有世臣之谓也。赵岐注曰：非但见其木，当有累世

修德之臣也。《楚辞》曰："济江海兮蝉蜕，决北梁兮永辞。"

㉛ 苏武诗曰："泪为生别滋。"

㉜《左氏传》曰：楚声子与伍举俱楚人。举将奔晋，声子将如晋，遇之于郑郊，班荆而坐，相与食。苏武诗曰："我有一樽酒，欲以赠远人。愿子留斟酌，叙此平生亲。"

㉝《毛诗》曰："居河之湄。"《尔雅》曰：水草交曰湄。

㉞《汉书》有淄川国。又：河内郡有河阳县。淄或为塞。

㉟《毛诗》曰："有女同车，颜如舜华。将翱将翔，佩玉琼琚。"司马相如《美人赋》曰："金炉香薰，黼帐周垂。"

㊱ 结绶，将仕也。颜延年《秋胡诗》曰："脱巾千里外，结绶登王畿。"《汉书》曰：萧育与朱博友。长安语曰：萧朱结绶。宋玉《高唐赋》曰："我帝之季女，名曰瑶姬。未行而亡，封于巫山之台。精魂为草，实曰灵芝。"《山海经》曰：姑瑶之山，帝女死焉，名曰女尸。化为䔄草，其叶胥成，其花黄，其实如兔丝。服者媚于人。郭璞曰：瑶与䔄并音遥，然䔄与瑶同。

㊲ 张载《拟四愁诗》曰："佳人赠我筒中布，何以报之流黄素。"《环济要略》曰：间色有五：绀、红、缥、紫、流黄也。[补]《西京杂记》：会稽岁时献竹簟供御，世号为流黄簟。

㊳《毛诗》曰："閟宫有侐。"毛苌《诗传》曰：閟，闭也。班婕妤《自伤赋》曰："应门闭兮玉阶苔。"刘休玄《拟古诗》曰："罗帐延秋月。"

㊴ 张俨《席赋》曰："席为冬设，簟为夏施。"夏侯湛《釭灯赋》曰："秋日既逝，冬夜悠长。"

㊵《织锦回文诗序》曰：窦韬，秦州，被徙沙漠。其妻苏氏。秦州临去别苏，誓不更娶；至沙漠便娶妇，苏氏织锦端中作此回文诗以赠之。符国时人也。

㊶《列仙传》：修芊者，魏人也。华阴山下石室中有龙石，假其上，取黄精食之。后去，不知所之。

㊷《方言》曰：寂，安静也。

㊸《南越志》曰：长沙郡浏阳县东有王乔山，山有合丹灶。不顾，不顾

于世也。炼金鼎，炼金为丹之鼎也。《抱朴子》曰：郑君唯见授金丹之经。又曰：九转丹内神鼎中。《史记》曰：黄帝采首山铜铸鼎，鼎成，龙下迎黄帝也。方坚，其志方坚也。

㊽《列仙传》曰：王子晋吹笙作凤鸣，游伊洛之间。道士浮丘公接晋上嵩高。三十余年后，上见柏良曰：可告我家，七月七日，待我缑氏山头。至期，果乘白鹤驻山头，可望不可到。举手谢世人，数日去。祠于缑山下。雷次宗《豫章记》曰：洪井西鸾岗鹤岭，旧说洪崖先生与子晋乘鸾鹤憩于此。张僧鉴《豫章记》曰：洪井有鸾冈，旧说云洪崖先生乘鸾所憩处也。鸾冈西有鹤岭，王子乔控鹤所经过处。

㊺《神仙传》曰：若士者，仙人也。燕人卢敖者，秦时游北海而见，若士曰：一举而千里，吾犹未之能。今子始至，于此乃语穷，岂不陋哉！马明生随神女还岱，见安期生语神女曰：昔与女郎游于安息西海之际，忆此未久，已二千年矣。

㊻《说文》曰：谢，辞也。

㊼《诗·溱洧》章：刺乱也。兵革不息，男女相弃，淫风大行，莫之能救云。维士与女，伊其相谑，赠之以芍药。注：芍药，香草也。笺曰：伊，因也。士女往观，因相与戏谑，行夫妇之事；其别，则送与芍药，结恩情也。《汉书》李延年歌曰："北方有佳人，绝世而独立。"

㊽卫、陈二国名也。《毛诗·桑中》章曰："期我乎桑中，要我乎上宫，送我乎淇之上。"注：桑中、淇上、上宫，所期之地。笺云：此思孟姜之爱厚己也。与我期于桑中，要我于上宫，送我于淇水之上。又《竹竿》章：卫女思归，适异国而不见答，思而能以礼也。女子有行，远父母兄弟。笺云：行，道也。女子之道当嫁耳。不以答，违妇道也。又《燕燕》章：卫庄姜送归妾也。注：庄姜无子。陈女戴妫生子名完，庄姜以为己子。庄公薨，完立而州吁杀之，戴妫于是大归。庄姜送于野，作诗以见己志。《方言》曰：秦晋之间，美貌谓之娥。

㊾《楚辞》曰："子交手兮东行，送美人兮南浦。"

㊿陆云《芙蓉诗》曰："盈盈荷上露，灼灼如明珠。"《遁甲开山图》曰：禹

游于东海，得玉珪，碧色，圆如日月，以自照，目达幽冥。

㊿ 千名，言多也。《南都赋》曰："百种千名。"

52 蔡琰诗曰："心吐思兮胸愤盈。"

53 亦互文也。《左氏传》：卫太子祷曰：无折骨。

54《汉书》曰：王褒，字子渊。扬雄，字子云。《汉书》曰：严安，临淄人也。徐乐，燕无终人也。上疏言时务。上召见，乃拜乐安皆为郎中。

55 金闺，金马门也。《史记》曰：金门，宦者署，承明金马著作之庭。东方朔曰：公孙弘等待诏金马门。兰台，台名也。傅毅、班固等为兰台令史是也。《论衡》曰：孝明好文人，并征兰台之官，文雄会聚。

56《史记》：荀卿，赵人。年五十，始来游学于齐。邹衍之术迂大而闳辩，奭也文具难施。齐人为谚曰：谈天衍。刘向《别录》曰：邹衍之所言，五德终始，天地广大。书言天事，故曰"谈天衍"。邹奭修邹衍之术文饰之，若雕镂龙文，故曰"雕龙奭"。[补]《史记》：司马相如既奏《大人》之颂，天子大悦，飘飘有凌云之气。

【许评】

[1] 立格与《恨赋》同。前以激昂胜，此以柔婉胜。

[2] 起四字无限凄凉，一篇之骨。

[3] 行子。

[4] 确是欲别未别光景。但即眼前意，无不入妙。

[5] 居人。

[6] 夕阳之凄、月色之苦，痴心梦想，居人往往有此。

[7] 富贵别。

[8] 以下七段，极摹"黯然销魂"四字。状景写物，缕缕入情。醴陵于六朝，的是凿山通道巨手。

[9] 任侠别。

[10] 肝胆相酬，有一往无前之概。

[11] 从军别。

［12］高旷有余。全不雕琢,而雕琢者莫能及。

［13］绝国别。

［14］摹想尊酒泣别情状,百般呜咽,历历如绘。

［15］折腰句酝酿有味。

［16］伉俪别。

［17］从军别单拈春,绝国别单拈秋。

［18］此则四时具备。乃古人用意变换处。

［19］方外别。

［20］卓荦有奇气。

［21］狭邪别。

［22］极自然,极幽秀,有渊涵不尽之致。想是笔花入梦时也。

［23］总论。

［24］一气呵成,有天骥下峻阪之势。

［25］言尽意不尽。

丽人赋

沈　约①

　　有客弱冠未仕,缔交戚里②。驰骛王室③,遨游许史④。归而称曰:狭邪—作"袤"才女,铜街丽人⑤。亭亭似月⑥,嫣婉如春⑦。凝情待价,思尚衣巾⑧。芳逾散麝⑨,色茂开莲⑩。陆离羽佩—作"瑁"⑪,杂错花钿⑫。响罗衣—作"帏"而不进⑬,隐明灯而未前⑭。中步檐而一息⑮,顺长廊而迥归⑯[1]。池翻荷而纳影,风动竹而吹衣⑰。薄暮延伫,宵分乃至⑱。出暗入光⑲,含羞隐媚⑳[2]。垂罗曳锦㉑,鸣瑶动翠㉒。来脱薄妆㉓,去留余腻㉔。霑粉—作"妆"委露,理鬓清渠㉕。落花入领,微风动裾㉖[3]。

【黎笺】

① 刘璠《梁典》曰:沈约,字休文,吴兴人。少为蔡兴宗所知,引为安西记室。梁兴,稍迁至侍中、丹阳尹、建昌侯。薨,谥曰隐。

② 贾谊《过秦论》曰:合从缔交,相与为一。张晏注曰:缔,连结也。

③《说文》曰:驰,大驱也。又曰:骛,乱驰也。《楚辞》曰:"舒并节以驰骛。"

④《西京赋》曰:"丽美奢乎许史。"《汉书》曰:孝宣许皇后,元帝母。帝封外祖父广汉为平恩侯。又曰:卫太子史良娣,宣帝祖母。兄恭。宣帝立,恭死,封长子高为乐陵侯。

⑤ 庾信《齐王宪神道碑》曰:铁市铜街。倪注:铜街,铜驼街也,在洛阳。陆机《洛阳记》曰:洛阳凡三市,大市曰金市。又曰:铜驼街,在洛阳宫南金马门外,人物繁盛。俗语云"金马门外集群贤,铜驼街上集少年"是也。

⑥ 司马长卿《长门赋》曰："澹偃蹇而待曙兮,荒亭亭而复明。"李善曰:亭亭,远貌。一云将至之意。又谢朓诗曰:"亭亭映江月。"宋玉《神女赋》曰:"其少进也,皎若明月舒其光。"

⑦《西京赋》曰:"从嫵婉。"李善曰:《韩诗》:"嫵婉之求。"嫵婉,好貌。嫵,於见切。婉,於万切。

⑧《毛诗》曰:"缟衣綦巾,聊乐我员。"

⑨《说文》曰:麝,如小麋,脐有香。《抱朴子》曰:昔西施常以心痛卧于道侧,兰麝芬芳,人皆美之。

⑩ 蔡邕《协初赋》曰:"色若莲葩,肌如凝蜜。"

⑪《楚辞》曰:"高余冠之岌岌兮,长余佩之陆离。"又《九歌》曰:"玉佩兮陆离。"王逸曰:陆离,参差众貌。羽佩者,交趾有鸟名翡翠,其羽可用为饰,言佩之饰以羽毛者也。

⑫《说文》曰:钿,金华也。《六书通》曰:金华为饰田田然。

⑬ 罗衣飘飖,如闻其声也。边让《章华台赋》曰:"罗衣飘飖,组绮缤纷。"

⑭ 明灯闪烁,若露其影也。曹植诗曰:"不辞无归来,明灯以继夕。"

⑮ 左思《魏都赋》曰:"方步櫩而有逾。"李善曰:步櫩,长廊也。《楚辞》曰:"曲屋步櫩宜扰畜。"《上林赋》曰:"步櫩周流,长途中宿。"櫩、檐同。

⑯《说文》曰:廊,东西序也。《玉篇》:庑下也。《西京赋》曰:"长廊广庑,途阁云蔓。"

⑰ 张揖《广雅》曰:纳,入也。陶渊明《归去来辞》:"风飘飖而吹衣。"

⑱ 陆机《答张士然诗》曰:"终朝理文案,薄暮不遑瞑。"《广雅》曰:日将暮曰薄暮。《楚辞》曰:"日暧暧其将罢兮,结幽兰而延伫。"王逸曰:延,长也。伫,立貌。

⑲ 郑氏《礼记》注曰:暗,昏时也。《说文》曰:光,明也。

⑳ 班婕妤《捣素赋》曰:"弱态含羞,妖风靡丽。"媚,容貌也。《玉篇》:隐,匿也。梁元帝诗:"婕妤初选入,含媚向罗帏。"

㉑《释名》曰:罗,文疏罗也。《类篇》曰:帛也。《战国策》曰:下宫糅罗纨,曳绮毂。《说文》曰:锦,襄色织文也。《诗》曰:"衣锦褧衣。"传云:

锦,文衣也。《说文》曰:曳,臾曳也。臾曳双声,犹牵引也。引之则长,故衣长曰曳地。

㉒《说文》曰:瑶,玉之美者。翠,青羽雀,出郁林。瑶,可以为佩。翠,可以为饰。

㉓宋玉《神女赋》曰:"嬿被服,倪薄装。"倪,通作"脱";装,通作"妆"。

㉔《说文》曰:腻,上肥也。《玉篇》曰:垢腻也。宋玉《招魂》曰:"靡颜腻理。"

㉕《说文》曰:鬓,颊上发也。嵇康《养生论》曰〔一〕:劲刷理鬓,醇醴发颜。《说文》曰:渠,水所居也。

㉖《方言》曰:袿,谓之裾。曹植《美女篇》曰:"轻裾随风还。"

【许评】

[1]曼声柔调,顾盼有情。自是六朝之俊。

[2]意态曲尽,即常情便有无限风致。名手擅场,必以此法。

[3]戛然而止,局段自高。

〔一〕嵇,底本作"稽",误。

小园赋①

庾　信②

倪璠注

若夫一枝之上[1]，巢父得安巢之所③；一壶之中，壶公有容身之地④。况乎管宁藜床，虽穿而可坐⑤；嵇康锻灶，既暖而堪眠⑥。岂必连闼洞房，南阳樊重之第⑦；绿—作"赤"墀青琐，西汉王根之宅⑧。余有数亩敝庐，寂寞人外，聊以拟伏腊，聊以避风霜。虽复晏婴近市，不求朝夕之利⑨；潘岳面城，且适闲居之乐⑩。况乃黄鹤戒露，非有意于轮轩⑪；爰居避风，本无情于钟鼓⑫[2]。陆机则兄弟同居⑬，韩康则舅甥不别⑭。角蚊睫，又足相容者也⑮。

尔乃窟室徘徊，聊同凿坏⑯。桐间露落，柳下风来⑰。琴号珠柱，书名《玉杯》⑱。有棠梨而无馆，足酸枣而非台⑲。犹得敧侧八九丈，纵横数十步⑳，榆柳两三行，梨桃百余树㉑。拨蒙密兮见窗，行敧斜兮得路㉒。蝉有翳兮不惊，雉无罗兮何惧㉓。草树混淆，枝格相交㉔[3]。山为篑覆，地—作"水"有堂坳㉕。藏狸并窟，乳鹊重—作"同"巢㉖。连珠细菌—作"茵"，长柄寒匏㉗，可以疗饥，可以栖迟㉘。敧陂—作"崎岖"兮狭室，穿漏兮茅茨。檐直倚而妨帽，户平行而碍眉㉙[4]。坐帐无鹤，支床有龟㉚。鸟多闲暇，花随四时。心则历陵枯木，发则睢阳乱丝㉛。非夏—作"暇"日而可畏，异秋天而可悲㉜。

一寸二寸之鱼，三竿两竿之竹㉝[5]。云气荫于丛著，金精养于秋菊㉞。枣酸梨酢，桃椀李薁㉟[6]。落叶半床，狂花满屋㊱。名为野人之家，是谓愚公之谷㊲。试一作“诚”偃息于茂林，乃久羡于抽簪㊳。虽有门而长闭，实无水而恒沉㊴。三春负锄一作“锄”相识，五月披裘见寻㊵。问葛洪之药性，访京房之卜林㊶。草无忘忧之意，花无长乐之心㊷。鸟何事而逐酒，鱼何情而听琴㊸！

加以寒暑异令，乖违德性㊹[7]。崔骃以不乐损年，吴质以长愁养病㊺。镇宅神以薶石，厌山精而照镜㊻。屡动庄舄之吟，几行魏颗之命㊼。薄晚闲闺，老幼相携[8]，蓬头王霸之子，椎髻梁鸿之妻㊽。燋麦两瓮，寒菜一畦㊾。风一作“树”骚骚而树一作“风”急，天惨惨而云低(50)。聚空仓而雀噪，惊懒妇而蝉一作“蛩”嘶一作“啼”(51)。

昔早一作“草”滥于吹嘘，藉《文言》之庆馀(52)[9]。门有通德，家承一作“藏”赐书(53)。或陪玄武之观，时参凤凰之墟(54)。观受厘于宣室，赋《长杨》于直庐(55)。遂乃山崩川竭，冰碎瓦裂[10]，大盗潜移，长离永灭(56)。摧一作“推”直辔于三危，碎平途于九折(57)。荆轲有寒水之悲，苏武有秋风之别(58)。关山则风月凄怆，陇水则肝肠断绝(59)。龟言此地之寒，鹤讶今年之雪(60)。百龄一作“灵”兮倏忽，菁一作“精”，又作“光”华兮已晚(61)！不雪雁门之踦，先念鸿陆之远(62)。非淮海兮可变，非金丹兮能转(63)。不暴骨一作“腮”于一作“兮”龙门，终低头于一作“兮”马坂(64)。谅天造兮昧昧，嗟生民兮浑浑(65)。

【黎笺】

①《小园赋》者，伤其屈体魏周，愿为隐居而不可得也。其文既异潘岳

之《闲居》，亦非仲长之《乐志》，以乡关之思，发为哀怨之辞者也。

② 李延寿《北史》曰：庾信，字子山，南阳新野人。祖易，父肩吾，并《南史》有传。信幼而俊迈，聪敏绝伦，博览群书，尤善《春秋左氏传》。身长八尺，腰带十围，容止颓然，有过人者。父肩吾，为梁太子中庶子掌管记；东海徐摛，为右卫率。摛子及信，并为钞撰学士。父子东宫，出入禁闼，恩礼莫与比隆。既文并绮艳，故世号"徐庾体"焉。当时后进，竞相模范，每有一文，都下莫不传诵。累迁通直散骑常侍。聘于东魏，文章辞令，盛为邺下所称。还为东宫学士，领建康令。侯景作乱，梁简文帝命信率宫中文武千余人营于朱雀航。及景至，信以众先退。台城陷后，信奔于江陵。梁元帝承制，除御史中丞。及即位，转右卫将军，封武康县侯，加散骑侍郎。聘于西魏。属大军南讨，遂留长安。江陵平，累迁仪同三司。周孝闵帝践阼，封临清县子，除司水下大夫，出为弘农郡守，迁骠骑大将军、开府仪同三司、司宪中大夫，进爵义城县侯。俄拜洛州刺史。信为政简静，吏民安之。时陈氏与周通好，南北流寓之士，各许还其旧国。陈氏乃请王褒及信等十数人，武帝惟放王克、殷不害等，信及褒并惜而不遣。寻征为司宗中大夫。明帝、武帝并雅好文学，信特蒙恩礼。至于滕、赵诸王，周旋款至，有若布衣之交。群公碑志，多相托焉。惟王褒颇与信埒，自余文人，莫有逮者。信虽位望通显，常作乡关之思，乃作《哀江南赋》以致其意。大象初，以疾去职。隋开皇元年卒。有文集二十卷。文帝悼之，赠本官加荆雍二州刺史，子立嗣。

③ 巢父，山父也。谯周《古史考》曰：许由，夏常居巢，故一号巢父。《琴操》曰：许由夏则居巢，冬则穴处，饥则仍山而食，渴则仍河而饮。尧大其志，禅为天子。放发优游，可以安己不惧，非以贪天下也。《庄子》曰：鹪鹩巢林，不过一枝。

④《神仙传》曰：壶公常悬一壶空屋上，日入之后，公跳入壶中，人莫能见。惟费长房楼上见之，知非凡人也。赋之发端，言一枝一巢，犹可栖迟游息，己本长安羁旅之人，结庐容身而已，不必有高堂邃宇也。

⑤《高士传》曰：管宁，字幼安，北海朱虚人，常坐一木榻，积五十年，未常箕踞，榻上当膝皆穿。

⑥《文士传》曰：嵇康，性绝巧，能锻铁。家有盛柳树，激水以圜之，夏天甚清凉。恒居其下傲戏，乃身自锻。家虽贫，有人说锻者，康不受直。惟亲旧以鸡酒往与啖，清谈而已。

⑦《后汉书》曰：樊宏，南阳湖阳人。父重，其所起庐舍，皆有重堂高阁，陂池灌注。《西都赋》："门闼洞开。"《说文》：闼，门也。薛综《西京赋》注：宫门小者曰闼。枚乘《七发》云："洞房清宫。"连闼，谓门闼相连属也。洞，通也，谓相当也。[补]《淮南子》：广厦阔屋，连闼通房，人之所安也，鸟入之而忧。

⑧《汉书·元后传》：曲阳侯王根，骄奢僭上，赤墀青琐。孟康曰：以青画户边镂中，天子制也。师古曰：青琐，刻为连琐文，而以青涂之也。《说文》：墀，涂地也。《礼》：天子赤墀。

⑨《左传》昭三年曰：景公欲更晏子之宅，曰：子之宅近市，湫隘嚣尘，不可以居，请更诸爽垲者。辞曰：君之先臣容焉，臣不足以嗣之，于臣侈矣。且小人近市，朝夕得所求，小人之利也。[补]《左传》：若免于罪，犹有先人之敝庐在。陶潜诗："敝庐何必广，取足蔽床席。"晋孔淳之性好山水，旬日忘归。偶过沙门释法崇，留住三载。法崇叹曰：自甘人外，垂三十年，不意倾盖于兹，不觉老之将至也。《汉书》：秦德公作伏祠。孟康曰：六月伏日历忌。《释》曰：伏者，何也？金气伏藏之日也。四时代谢，皆以相生：立春木代水，水生木；立夏火代木，木生火；立冬水代金，金生水；至于立秋以金代火，金畏火，故至庚日必伏。庚者，金故也。腊者，《风俗通》礼传曰：夏曰嘉平，殷曰清祀，周曰大蜡，汉改为腊。腊，猎也，言猎取禽兽以祭其先祖，故曰腊也。〔一〕秦孝公始置伏，始皇改腊曰嘉平。潘岳《闲居赋》："牧羊酤酪，以俟伏腊之费。"

⑩《晋书》：潘岳作《闲居》之赋，以歌事遂情焉。其辞曰："退而闲居于洛之涘。"赋又曰："陪京泝伊，面郊后市。"杨佺期《洛阳记》曰：城南七里，名曰洛水。是其居面城也。

〔一〕此段系引自《风俗通·祀典·腊》按语。

⑪《左传》闵二年曰：卫懿公好鹤，鹤有乘轩者。周处《风土记》曰：鸣鹤戒露。

⑫《左传》：文二年曰：臧文仲祀爰居。《鲁语》曰：海鸟曰爰居，止于鲁东门之外三日，命国人祭之。展禽曰：今兹海其有灾乎？夫广川之鸟，皆知避其灾。是岁海多大风，冬暖。《尔雅》：爰居一名杂县。郭注云：汉元帝时有大鸟如马驹，时人谓之爰居。樊光云：似凤凰。江淹诗："《咸池》飨爰居，钟鼓或愁辛。"言懿公好鹤，故鹤有乘轩，而黄鹤非有意于轮轩也。臧文不知，故祀爰居，而爰居本无情于钟鼓也。以喻魏、周强欲己仕，而己本无情于禄仕也。

⑬《世说》曰：蔡司徒在洛，见陆机兄弟住参佐廨中，三间瓦屋，士龙住东头，士衡住西头。士龙为人文雅可爱；士衡身长七尺，其声如钟，言多慷慨。[补]《晋书》：陆机与弟云，太康末俱入洛，造太常张华。华素重其名，如旧相识。

⑭《晋书》曰：韩伯，字康伯，颍川长社人。又《殷浩传》：浩甥韩伯，浩素赏爱之，随至徙所。经岁还都，浩送至渚侧，咏曹颜远诗云："富贵他人合，贫贱亲戚离。"因而泣下。子山本吴人，流寓长安，引此二人，皆羁旅之时也。[补]《后汉书·韩康传》：字伯休，京兆霸陵人。逃名不仕，隐霸陵山中。

⑮《庄子》曰：有国于蜗之左角，曰触氏；有国于蜗之右角，曰蛮氏；相与争地而战，伏尸数万，逐北，旬有五日而后反。《尔雅》郭注云：蜗牛音瓜。蜗角，喻小也。崔豹《古今注》：蜗牛，陵螺也，形如蟯蝓，壳如小螺，热则自悬于叶下。野人结圆舍如蜗牛之壳，故曰"蜗舍"。亦曰"蜗牛之舍"也。《山海经》：青要之山，是多仆累。郭云：仆累，蜗牛也。《晏子春秋》：东海有虫巢于蚊睫，飞乳去来，而蚊不为惊。臣婴不知其名，而东海渔者命曰焦冥。　以上似赋序，至"尔乃"句始是赋，然以古韵按之，"若夫"以下疑用韵语，盖赋之发端，非序文也。今附读于后：所，音徙。班固《西都赋》云："缭以周墙，四百余里。离宫别馆，三十六所。"古无四声，徙与地、第皆通韵矣。"眠"疑作"眠"，《汉书·叙传》云：伯惶恐起眠事。注：眠，古视字，视亦今

韵之上声者也。至"西汉王根之宅"句换韵，下皆从之。"寂寞人外"，外，鱼厥切。《黄庭经》云：洞视得见无内外，存漱五牙不饥渴。与腊同韵。"风霜"疑作"风雪"。利，力蘗切，如厉之音烈矣。乐读如栎。《楚辞》："弃彭咸之娱乐兮，灭巧倕之绳墨。"至"非有意于轮轩"句换韵。轩，许斤切。陆云《夏府君诔》曰："丘园靡滞，鸾骥冯轩。岂方伊类，捉发躬勤。"风，防愔切。《楚辞》曰："上葳蕤而防露兮，下泠泠而来风。孰知其不合兮，若松柏之苦心。"又曰："乘鄂渚而反顾兮，叹秋冬之绪风。步余马兮山皋，低余车兮芳林。""钟鼓"疑倒文鼓钟，《小雅》有《鼓钟》之诗。钟鼓、鼓钟随文上下，钟字，如中之切为"渚"，仍《周易讼卦》，中与成同韵矣。"陆机"至"又足相容"，同前韵。容音淫。《楚辞》曰："贤士穷而隐处兮，廉方正而不容。子胥谏而靡躯兮，比干忠而剖心。"若云"陆机则同居兄弟，韩康则不别舅甥"，甥字亦同韵，然古赋用韵，或至数语一见。今依文读之，至"又足相容"，乃成音也。凡"者"、"也"等字，皆助语之辞，不在韵列，如《易象》去"也"字，《诗》去"兮"及"之"、"乎"、"矣"等字，读之成韵；《楚辞·招魂》去"些"字，《大招》去"只"字，皆七言诗也。或云五言始苏李，七言始魏帝，岂知去此助语，自《三百篇》俱备其体矣。子山用古韵处，见此赋数语及《喜晴应诏敕自疏韵》诗。

⑯《左氏传》曰：郑伯有嗜酒，为窟室，而夜饮酒击钟焉。杜预曰：窟室，地室。《淮南子》曰：颜阖，鲁君欲相见而不肯，使人以币先焉，凿坏而遁之。扬雄《解嘲》曰：或凿坏以遁。言己纵酒昏酣，脱落政事，亦如隐士凿坏而遁也。

⑰《世说》云：王恭尝行至京口射堂，于是清露晨流，新桐初引，恭目之曰：王大故自濯濯。

⑱琴有柱，以珠为之。江淹《恨赋》云："横玉柱而沾轼。"吕延济曰：瑟有柱，以玉为之，知琴瑟皆有柱，饰以珠玉矣。《汉书》曰：董仲舒说《春秋》事得失，《玉杯》、《蕃露》、《清明》、《竹林》之属数十篇，十余万言。

⑲《汉书》曰：甘泉有封峦棠梨。扬雄《甘泉赋》云："度三峦兮偈棠梨。"翰曰：度三峦山，息棠梨馆也。《水经注》曰：酸枣县城西有韩王望气

台,孙子荆《故台赋》序曰:酸枣寺门外夹道左右有两故台,访之国老,云韩王听讼观,台高一十五仞,虽楼榭泯灭,然广基似于山岳。召公大贤,犹舍甘棠,区区小国,而台观隆崇,骄盈于世。以鉴来今,故作赋云:"蔑丘园之逦迤,亚五岳之嵯峨。"言壮观也,谓园中但有梨枣而无台馆之丽矣。

⑳ 敧侧,不正貌。《小尔雅》曰:五尺谓之墨,倍墨谓之丈。孟康曰:南北为纵,东西为横。《小尔雅》曰:跬,一举足也。倍跬谓之步。《司马法》曰:六尺为步。

㉑《尔雅》云:榆,白枌。郭注曰:枌榆,先生叶,却著荚,皮色白。《尔雅》曰:柳有柽、旄、杨三种。《说文》云:柳,小杨也。《尔雅》云:梨,山櫄。疏云:在山曰櫄,人植之曰梨。又:桃有荆桃、冬桃、山桃之别。言园中有此榆、柳、梨、桃四种树木也。

㉒ 范蔚宗《乐游应诏诗》曰:"遵渚攀蒙密。"

㉓《月令》曰:寒蝉鸣。《尔雅》郭璞注云:寒螀也。《方言》云:蝉,楚谓之蜩,宋、卫谓之螗蜩,陈、郑谓之蜋蜩,秦、晋谓之蝉,海岱谓之蝖。其小者谓之麦蚻,有文者谓之蜻。《尔雅》云:蔽者翳。郭注云:树荫翳覆地者。言蝉有树翳蔽,故不惊也。按《尔雅》释雉有五,曰翚、鹞、鹨、鸪、鹎,《左传》"五雉"是也。又有鸦雉、鸿雉、鷩雉、海雉、翟雉、鷁雉、鹎雉,皆雉类也。《说文》曰:罗,以丝罟鸟也。高诱曰:罗,鸟网也。言雉无网罟,可不惧也。[补]《晋书》:顾长康好谐谑,尤信小术。桓灵宝以一柳叶绐之,曰:此蝉翳叶也,取以自蔽,人不见己。顾信其言,甚珍之。《毛诗》曰:"有兔爰爰,雉罹于罗。"

㉔ 言园中草树,随其所长,不加修葺也。树高长枝为格。[补]司马相如《上林赋》曰:"夭蟜枝格。"李善引《埤苍》曰:格,木长貌也。

㉕ 言园之极小,任其自然而成山水也。《论语》曰:譬如为山,未成一篑。包咸曰:篑,土笼也。《庄子》曰:覆杯水於坳堂之上,则芥为之舟;置杯焉,则胶。水浅而舟大也。崔云:堂道谓之坳。司马云:涂地令平。支遁亦谓有坳垤形也。坳,於交反。

㉖ 颜师古《急就篇注》云:狸,一名豾,江、淮、陈、楚谓之为貅,其子貘。

鹊者,亦因声以为名也。其为鸟也,知来作巢,则避太岁。《淮南子》曰:鸟鹊识岁之多风,去乔木而巢扶枝。[补]《诗疏》:狸者,狐类。善搏,为小步以拟物,发无不获,谓之狸步;好伏,又称伏兽。

㉗《世说》曰:陆士衡诣刘道真,刘无他言,惟问东吴有长柄壶芦,得种来不?《论语》何晏注云:匏,瓠瓜也。[补]《抱朴子》:珠芝,二十四枚辄相连,而垂如贯珠也。汉张衡《西京赋》:"浸石菌于重涯,濯灵芝以朱柯。"李善注曰:菌,芝属也。案原注,"菌"本作"茵",今删。

㉘《高士传》:四皓歌曰:"晔晔华芝,可以疗饥。"《诗》曰:"衡门之下,可以栖迟。"言己在小园,并鸟兽以栖迟,食草实以疗饥,无求于安饱也。

㉙言园小而处所亦极狭漏也。"妨帽"、"碍眉",言其低也。庾阐著《狭室赋》。《墨子》曰:尧舜茅茨不剪。

㉚《神仙传》曰:介象,字元则,会稽人也。吴王征至武昌,甚尊敬之,称为介君。诏令立宅供帐,皆是绮绣。遗黄金千镒,从象学隐形之术。后告言病,帝以美梨一奁赐象。象食之,须臾便死。帝埋葬之。以日中死,晡时已至建邺,所赐梨付苑吏种之。吏后以表闻。先主即发棺视之,惟一符耳。帝思之,与立庙,时时躬往祭之。常有白鹤来集座上,迟回复去。坐帐无鹤者,言己无仙术可归建邺也。时梁都建邺,思归故国矣。《抱朴子》曰:《史记·龟策传》云:江、淮间居人为儿时,以龟支床,至后死,家人移床而龟犹生。此亦不减五六十岁也。不饮不食,如此之久而不死,其与凡物不同亦远矣。亦复何疑于千岁哉!仙家象龟之息,岂不有以乎?支床有龟者,喻已久住长安,若龟支床矣。

㉛历陵,地名,汉属豫章郡。《宋书·五行志》曰:永嘉六年七月,豫章郡有樟树久枯,是月忽更荣茂。《水经注》曰:豫章城之南门曰松阳门,门内有樟树,高七丈五尺,大二十五围,枝叶扶疏,垂荫数亩。应劭《汉官仪》曰:豫章郡树生庭中,故以名郡矣。此树尝中枯,逮晋永嘉中,一旦更茂,丰蔚如初,咸以为中兴之祥。按历陵即《禹贡》敷浅原,虽所属递迁,是即豫章枯木矣。又《地理志》曰:梁国睢阳故宋国。按墨翟宋人也。《吕氏春秋》曰:墨子见染素丝者而叹,故云"睢阳乱丝"。言园中虽有花鸟可乐,而己心

灰如槁木,发白如乱丝也。乱丝,言蓬头白发,其色若素丝也。又按《史记》:梁孝王筑东苑,广睢阳城七十里。《西京杂记》曰:梁孝王游于忘忧之馆,集诸游士,各使为赋。枚乘《柳赋》云:"于嗟细柳,流乱轻丝。"是亦睢阳乱丝,然不如素丝之义,兼类白发也。

㉜《左传》云:赵盾夏日之日也。杜预曰:夏日可畏。宋玉曰:"悲哉!秋之为气也。"言心中惟有怖畏悲凉而已,不复知有乐也。

㉝《字林》曰:竿,竹挺也。

㉞《史记·龟策传》曰:闻蓍生满百者,其下必有神龟守之,其上必有云气覆之。传曰:天下和平,王道得而蓍茎长丈,其丛生满百茎。《礼记》曰:季秋,鞠有黄华。《玉函方》云:甘菊,九月上寅日采,名曰金精。[补]《抱朴子》:千岁之龟,五色具焉。解人言。或浮莲叶之上,或在丛蓍之下。

㉟《尔雅》曰:樲,酸枣。郭璞曰:树小实酢。马第伯《封禅记》曰:酢梨酸枣。《尔雅》曰:楔桃,山桃。郭璞曰:实如桃而小,不解核。疏云:生山中者名楔桃。谢灵运《酬弟诗》曰:"山楔发红萼。"薁,山李也。即《诗》所云唐棣。《草木疏》曰:粤李,一名雀梅,一名车下李,所在山皆有。其华或白或赤。六月中熟,大如李子,可食。

㊱以上言园中草木繁茂也。

㊲《后汉书》曰:桓帝延熹中幸竟陵,过云梦,临沔水,百姓莫不睹者,汉阴父老独耕不辍。尚书郎张温异之,下道百步自与言。父老曰:我野人耳,不达斯语。刘向《说苑》曰:齐桓公出猎,逐鹿而走入山谷之中,见一老公而问之,是为何谷?对曰:愚公之谷。桓公曰:何故?对曰:以臣名之。桓公曰:今视公之仪状,非愚人也,何以为公名?对曰:臣请陈之,臣故畜牸牛,生子而大,卖之而买驹。少年曰牛不生马,遂持驹去。傍邻闻之,以臣为愚,故名此谷为愚公之谷。言其如隐士之居也。[补]《宋书·隐逸传》:漳川陈元忠过南安,日暮投宿野人家,茅茨数椽,竹树蒙密,而几案间文籍散乱,皆经、子也。

㊳言己位望通显,实非其好,有隐遁之志也。以下皆言隐居之事。潘

岳《秋兴赋》曰：“仆野人也，偃息不过茅屋、竹林之下。”《论衡》曰：山种枣栗，名曰茂林。《兰亭序》云：茂林修竹。锺会《遗荣赋》曰：“散发抽簪，永纵一壑。”《通俗文》曰：帻道曰簪。[补]《淮南子》：舍茂林而集于枯，不弋鹄而弋乌，难与有图。

㊴ 陶潜《归去来辞》曰：“门虽设而长关。”《庄子》曰：与世违而心不屑与之俱，是陆沉者也。郭注云：人中隐者譬无水而沉曰陆沉。

㊵ 皇甫谧《高士传》曰：林类者，魏人也。年且百岁。底春披裘，拾遗穗于故畦，并歌并进。孔子适卫，望之于野，顾谓弟子曰：彼叟可与言者。子贡请行，逆之陇端。又曰：披裘公者，吴人也。延陵季子出游，见道中有遗金，顾披裘公曰：取彼金，公投镰瞋目，拂手而言曰：何子处之高，而视人之卑？五月披裘而负薪，岂取金者哉！季子大惊，既谢而问姓名。公曰：吾子皮相之士，何足语姓名也！[补]陶潜诗：“带月荷锄归。”

㊶《抱朴子·自序》曰：抱朴子，姓葛，名洪，字稚川，丹阳句容人也。终日默然，邦人咸称为抱朴之士，是以洪著书，因自号焉。其《内篇》言神仙方药、鬼怪变化、养生延年、禳邪却病之事，属道家；其《外篇》言人间得失，世事臧否，属儒家。《晋书·葛洪传》：洪师事南海太守上党鲍元。元亦内学，逆占将来，见洪，深重之，以女妻洪。洪传元业，兼综练医术，有《金匮药方》一百卷、《肘后要急方》四卷。《汉书》曰：京房，字君明，东郡顿丘人也。治《易》，事梁人焦延寿。其说长于灾变，分六十四卦，更直日用事，以风雨、寒温为候，各有占验，房用之尤精。[补]汉京房著有《周易集林》，见《隋书·经籍志》〔一〕。

㊷ 萱草，一名紫萱，又呼为忘忧草。《述异记》曰：吴中书生呼为疗愁花。嵇中散《养生论》云：萱草忘忧。崔豹《古今注》曰：欲忘人之忧，则赠之以丹棘。丹棘一名忘忧草，使人忘其忧也。《名医别录》曰：萱草，今之鹿葱。傅玄《紫华赋》序曰：“紫华一名长乐花。”言己在长安既无求于当世，又即景伤怀，视园中花草皆含忧也。

〔一〕底本作“隋书艺文志”，误。

㊸《庄子》曰：昔者，海鸟止于鲁郊，鲁侯御而觞之庙。鸟眩视悲忧，不敢饮一杯，三日而死。《韩诗外传》曰：昔伯牙鼓琴而渊鱼出听。喻己宜如飞鸟栖深林，当若游鱼潜重渊，今乃失其故性，非所乐也。

㊹言其忧劳成疾也。以下皆言其寝疾之事。

㊺《后汉书》曰：窦宪为车骑将军，辟崔骃为掾。宪擅权骄恣，骃数谏之。及出击匈奴，道路愈多不法，骃为主簿，前后奏记数十，指切长短，宪不能容，稍疏之。因察骃高第，出为长岑长。骃自以远去不得意，遂不之官，卒于家。《魏略》曰：吴质，字季重。与徐幹等并见友于太子。二十二年，魏大疫，诸人多死，故太子与质书。质报之曰：质已四十二矣，白发生鬓，所虑日深，实不复若平日之时也。但欲保身敕行，不蹈有过之地，以为知己之累耳。游宴之欢，难可再遇。盛年一过，实不可追。

㊻《淮南万毕术》曰：埋石四隅，家无鬼。汉黄门令史游《急就篇》曰：石敢当。颜师古注曰：敢当，言所当无敌也。按今俗居当冲道，犹埋石书"石敢当"，其遗意也。薶即"埋"字。《抱朴子·登涉篇》曰：万物之老者，其精能假托人形，以眩惑人目，而常试人，惟不能于镜中易其真形耳。是以古之入山道士，皆以明镜九寸已上悬于背后，即老魅不敢近人。《搜神后记》曰：王文献曾令郭璞筮己一年吉凶。璞曰：当有小不吉利，可取广州二大罂，盛水置床帐二角，名曰镜好，以厌之。至某时撤罂去水，其灾可消。至日忘之。寻失铜镜，不知所在。后撤去水，乃见所失铜镜在于罂中。罂口数寸，镜大尺余。王公复令璞筮镜罂之意。璞云：撤罂违期，故至此妖，邪魅所为，无他故也。使烧车辖而镜立出。山精，亦邪魅也。《山海经》曰：山精如人面而有毛。《抱朴子》曰：山之精形如小儿，而独足向后，喜来犯人，其名曰蚑。《元中记》曰：山精如人，头长三四尺，食山蟹，夜出昼藏。[补]梁宗懔《荆楚岁时记》：十二月暮日，掘宅四角，各埋一大石以镇宅。晋常璩《华阳国志》：武都有丈夫化为女子，盖山精也。蜀王纳为妃，无几物故。蜀王遣武丁之武都担土作冢，有石镜。

㊼《史记》曰：越人庄舄仕楚，执珪。有顷，病。楚王曰：舄思越则越声，不思越则且楚声。往听之，犹尚越声也。王仲宣《登楼赋》曰："庄舄显

而越吟。"《左氏传》曰：魏武子有嬖妾。武子有疾，命颗曰：必嫁是妾。疾甚，则曰：必以殉。及卒，颗嫁之，曰：从其治命。言己去梁即魏，常思故国，疾病至于昏乱也。

⑱ 谓己老幼皆入长安也。《后汉书》曰：太原王霸少立高节，光武时，连征不仕。妻亦美志行同。霸与同郡令狐子伯为友。后子伯为楚相而其子为郡功曹。子伯乃令子奉书于霸，车马服从，雍容如也。霸子时方耕于野，闻宾至，投耒而归。见令狐子，伹怍不能仰视。霸目之有愧容，客去而久卧不起。妻怪问其故。曰：吾与子伯素不相若，向见其子容服甚光，举措有适，而我儿曹蓬头历齿，未知礼则，见客有惭色，父子深恩，不觉自失耳。妻曰：君少修清节，不顾荣禄，今子伯之贵，孰与君之高？奈何忘宿志，而惭儿女子乎！霸屈起而笑曰：有是哉！遂终身隐遁。又曰：梁鸿，字伯鸾，娶同县孟氏女。始以装饰入门，七日而鸿不答。乃更为椎髻，著布衣，操作而前。鸿大喜曰：此真梁鸿妻也。按《哀江南赋》云："提挈老幼，关河累年。"又《滕王迫序》云：信携老入关，蒸蒸色养。及丁母忧，杖而后起。是子山有老母也。又《谢赵王赉丝布启》云：某息荀娘，昨蒙恩赐。是子山有幼子也。又《报赵王惠酒诗》云："稚子还羞出，惊起倒闭门。"子山虽为羁旅，老幼妻子，并在于周矣。

⑲ 《马汧督诔》曰：爨陈焦之麦。刘熙《孟子注》曰：今俗以五十亩为大畦。

⑳ 《后汉书》张衡《思玄赋》曰〔一〕："寒风凄其永至兮，拂穹岫之骚骚。"注云：骚音修。王粲《登楼赋》曰："天惨惨而无色。"

㉑ 汉苏伯玉妻《盘中诗》曰："空仓鹊，常苦饥。"崔豹《古今注》云：蟋蟀，一名吟蛩。秋初生，得寒则鸣。一云齐南呼为懒妇。宋均曰：促织，蟋蟀也。立秋，女功急，故趣之。《诗》疏：络纬鸣，懒妇惊。促织也。惊懒妇者非蝉而云蝉嘶，言促织之鸣类蝉嘶也。且以此名虫，若懒妇鱼矣。

㉒ 言己仕梁时也。《韩子》曰：齐宣王使人吹竽。南郭处士请为王吹竽，廪食与三百人等。宣王死，湣王即位，一一听之。处士乃逃。或云韩昭

〔一〕玄，底本作"元"，避讳字。

侯严使一一听之，乃知滥也。吹嘘，谓吹竽也。《易·乾卦·文言》曰：积善之家，必有余庆。谓己仕梁。承先世之德也。

㊸《后汉书》曰：郑玄，字康成，北海高密人。国相孔融深敬于玄，履屣造门，告高密县，为玄特立一乡，曰"郑公乡"云。昔东海于公仅有一节，犹或诫乡人侈其门间，矧郑公之德，而无驷牡之路！可广门衢，令容高车，号曰"通德门"。《汉书·叙传》曰：班彪，字叔皮。与仲兄嗣共游学，家有赐书，内足于财。好古之士自远方至，父党扬子云以下，莫不造门。"门有通德"者，谓祖易为齐征士，若汉郑公乡矣。"家承赐书"者，按《梁书·文学传》云：庾於陵，字子介。博学有才思，有文集十卷。弟肩吾，八岁能赋诗，特为於陵所友爱。又为东宫学士，文集行于世。於陵为肩吾仲兄，若班嗣矣。子山承之，大庾、小庾，又若叔皮、孟坚也。

㊹《三辅旧事》曰：未央宫北有玄武阙。《三辅黄图》曰：汉宫殿有凤凰殿。《西京赋》曰："凤凰鸳鸾也。"[补] 玄武湖本名桑泊〔一〕。晋大兴二年，始创北湖。宋元嘉二十三年黑龙见湖中，因改名玄武。梁筑园亭其上，名玄圃。玄武观，玄武湖之亭观也。按玄武湖在江宁府太平门外，今称后湖。《韩非子》：文王伐崇，至凤凰墟。

㊺《汉书》曰：文帝思贾谊，征之至。入则上方受厘，坐宣室。上因感鬼神事而问鬼神之本。苏林曰：宣室，未央前正室也。应劭曰：厘，祭余肉也。音僖。扬雄作《长杨赋》。《三辅黄图》曰：长杨宫在今盩厔县东南三十里。陆机《洛阳记》曰：吾常怪谒帝承明庐问张公。张公云：魏明帝在建始殿朝会，皆由承明门，然直庐在承明门侧。《汉书》张晏注云：直宿所止曰庐。本传云：父肩吾为梁太子掌管记，及信并为钞撰学士，父子在东宫，出入禁闼，恩礼莫与比隆。是其事也。

㊻ 言梁武帝太清二年侯景之乱也。《史记·周本纪》云：伯阳甫曰：山崩川竭，亡国之征也。《后汉书·光武赞》曰：炎政中微，大盗移国。注云：大盗谓王莽篡位也。西汉遭王莽之篡，光武迁都洛阳；建业遭侯景之乱，元

〔一〕玄，底本作"元"，避讳字。

帝迁都江陵。故云是矣。[补] 孔稚珪《褚伯玉碑》：徒侣判其冰碎，舟子悲其雹散。《尚书大传》：武王伐纣，纣之车瓦裂，纣之甲如鳞下。《路史》：伏戏氏时，长离徕翔，爰作荒乐，歌扶来，咏网罟，以镇天下之人。注：长离，凤也。

㊄ 高诱曰：三危，西极山名。《汉书》曰：王阳为益州刺史，行部至邛崃九折坂，叹曰：奉先人遗体，奈何数乘此险！杜笃《首阳山赋》曰："九坂娄卑而多艰。"言其多危难也。[补] 刘勰《新论》：策驷登山，不得直辔而行；泛舟入海，不得安身而坐。

㊈ 言聘于西魏也。《史记》曰：荆轲入秦，燕丹饯之易水。高渐离击筑，歌曰："风萧萧兮易水寒。"《汉书》曰：苏武字子卿。以天汉元年使匈奴，二十年不降。还为典属国。喻己出聘魏国，身留长安也。

㊉ 言在西魏时有乡关之思也。古乐府有《关山月》。《秦川记》曰：陇西郡陇山，其上悬岩吐溜，于中岭泉淳，因名万石泉。北人升此而歌，有云："陇头流水，鸣声幽咽。遥望秦川，肝肠断绝。"

⑥⓪ 《水经注》引车频《秦书》曰：苻坚建元十二年，高陆县民穿井，得龟大二尺六寸，背文负八卦古字。坚以石为池养之，十六年而死。取其骨以问吉凶，名为客龟。大卜佐高梦龟言，我将归江南，不遇，死于秦。高于梦中自解曰：龟三万六千岁而终，终必亡国之征也。为谢玄破于淮肥，自缢新城浮图中，秦祚因即沦矣。子山引此，谓己思归江南，不欲客死于秦也。刘敬叔《异苑》曰：晋太康二年冬，大寒。南州人见二白鹤语于桥下，曰：今兹寒不减尧崩年也。于是飞去。"龟言此地之寒"者，言己时在西魏如客龟也。"鹤讶今年之雪"者，言元帝死若尧崩矣。按江陵陷在冬十一月，至十二月，魏人戕帝。故以寒、雪为言。

⑥① 言己壮年，逢此丧乱，光阴瞬息，遂成暮齿。伤其遂老于此也。[补]《尚书大传》：帝载歌曰："菁华已竭，褰裳去之。"

⑥② 《山海经》曰：雁门之水，出于雁门之山，雁出其间。《汉书》：段会宗为都护。谷永闵其老，予书戒曰：愿吾子因循旧贯，毋求奇功，终更亟还，亦足以复雁门之踦。应劭曰：踦，隻也。会宗从沛郡下为雁门，又坐法免，为踦隻不偶也。踦，音居宜反。《易·渐卦·九三爻辞》曰：鸿渐于陆，夫征不

复。虞翻曰：高平称陆。谓初已变坎水为平，三动之坤，故鸿渐于陆。初已之正，三动成震，震为征为夫，而体复象坎，阳死，坤中坎象不见，故夫征不复也。"不雪雁门之踦"者，言己踦隻不偶也。"先念鸿陆之远"者，言己远征不复反也。

㊿《国语》：赵简子叹曰：雀入于海为蛤，雉入于淮为蜃。郭璞《游仙诗》云："淮海变微禽，吾生独不化。"《抱朴子》曰：郑君惟见授金丹之经。又曰：九转丹内神鼎中。金丹有一转至九转之法。言国破家亡，以致屈节，非如淮海之内，能变蜃蛤；金丹之药，可转烘炉。盖伤之也。

㉔《三秦记》曰：龙门山在河东界。禹凿山断门一里余，黄河自中流下，两岸不通车马。鱼登者，化为龙；不登者，点额暴腮而返。又《交州记》曰：有堤防龙门，大鱼登者化成龙；不得过，曝腮点额，血流此水，恒如丹池。《战国策》曰：昔骐骥驾盐车上吴坂，迁延负辕而不敢进。遭伯乐，仰而鸣之，知伯乐知己。二语喻己不能死节，致罹此辱也。

㉕《易》曰：天造草昧。《淮南子》曰：茫茫昧昧，从天之道。又曰：浑浑沉沉，孰知其前？言天道昧昧，不可问也。

【许评】

[1] 骈语至兰成，所谓采不滞骨，隽而弥絜，余子只蝇鸣蚓窍耳。乃唐令狐德棻等撰信本传，诋为淫放轻险，词赋罪人，何愚不自量至此。诗家如少陵，且极推重，况模范是出者，安得不俯首邪？

[2] 此赋前半俱从小园落想，后半以乡关之思为哀怨之词。近人摹拟是题，一味写景赋物，失之远已。

[3] 突接得宕远之神。

[4] 极意修饰，而仍不黏滞。此境惟兰成独擅。

[5] 二句乃叠股法，读之骚逸欲绝。

[6] 酢，仓故切，味之酸酽者也。醋，在各切，客酌主人也。凡醯醋之醋当用酢，酬酢之酢当用醋。自唐以后互误难改，今人更梦梦矣。

[7] 此段自伤屈体魏周，至于疾病。其眷眷故国之思，蔼然言外。

〔8〕子山当日提挈老幼,并在于周,故其言如此。

〔9〕此叙述在梁时官居侍从。时际承平,或陪侍于玄武湖之观[一],或参从于凤凰台之墟,如宣室之召贾谊、长杨之献扬雄,却极一时之盛。

〔10〕此言侯景之乱。大盗指侯景,长离指梁武子孙。三危九折本险地,而直辔以往,视若平途。致遭摧碎,指梁武纳侯景之降,以有此乱。荆轲、苏武指奉使西魏事。琐陈缕述,悲感淋漓,穷途一恸。

〔一〕玄,底本作“元”,避讳字。

春 赋①

庾 信

倪璠注

宜春苑中春已归，披香殿里作春衣②[1]。新年鸟声千种
啭，二月杨花满路飞。河阳一县并是花，金谷从来满园树③。
一丛香草足碍人，数尺游丝即横路④。开上林而竞入，拥河
桥而争渡⑤。出丽华之金屋，下飞燕之兰宫⑥。钗朵多而讶
重，髻鬟高而畏风⑦[2]。眉将柳而争绿，面共桃而竞红。影
来池里，花落衫中。

苔始绿而藏鱼，麦才青而覆雉⑧。吹箫弄玉之台，鸣佩
凌波之水⑨。移戚里而家富，入新丰而酒美⑩。石榴聊泛，
蒲桃酸酽⑪。芙蓉玉碗，莲子金杯⑫。新芽竹笋，细核杨
梅⑬。绿珠捧琴至，文君送酒来⑭。

玉管初调，鸣弦暂抚，《阳春》《渌水》之曲，对凤回鸾之
舞⑮。更炙笙簧，还移筝柱⑯。月入歌扇，花承节鼓⑰[3]。协
律都尉，射雉中郎⑱。停车小苑，连骑长杨⑲。金鞍始被，柘
弓新张。拂尘看马埒，分朋入射堂⑳。马是天池之龙种，带
乃荆山之玉梁㉑。艳锦安天鹿，新绫织凤皇㉒[4]。

三日曲水向河津，日晚河边多解神㉓。树下流杯客，沙头
渡水人㉔，镂薄窄衫袖，穿珠帖领巾㉕。百丈山头日欲斜，三晡
未醉莫还家。池中水影悬胜镜—作"锦"，屋里衣香不如花㉖[5]。

51

【黎笺】

①《春赋》以下，庾子山仕南朝时为东宫学士之文也。滕王逌《开府集序》以为太清值乱离之后，承圣遭军火之余。扬都有集，百不一存；江陵之文，无遗一字。所撰止入魏以来，爰洎周代，著述合二十卷。今集中所载，颇杂南朝旧文。迨逌所云，扬都之集，百不一存者耶！当宇文集序之日，地限南北，故所撰止魏、周时文。及隋唐一统之后，其江南遗稿，时或犹存，好事者增入旧编。今之所谓《庾子山集》，其非滕王故本可知也。且子山自入魏而后，大抵皆离愁之作，触景伤怀。似此诸赋，辞伤轻艳，恐非羁臣所宜。观其文气，略与梁朝诸君相似。晋安、湘东所赋，题颇类之。盖当时宫体之文，徐庾并称者也。至其历魏仕周，闵姬思亳，得南朝之精微，穷北方之枝叶。盖有骚人之风，非孝穆所能及也。于诗亦然。今皆附掳管见，为之列序诸篇，谓是在梁之作云尔。　《梁简文帝集》中有《晚春赋》，《元帝集》有《春赋》。赋中多有类七言诗者，唐王勃、骆宾王亦尝为之，云"效庾体"。明是梁朝宫中庾子山创为此体也。

②《史记·司马相如传》曰：上还过宜春宫。《正义》曰：《括地志》云：秦宜春宫在雍州万年县西南三十里，宜春苑在宫之东，杜之南。《始皇本纪》云：葬二世宜春苑中。《三辅黄图》曰：宜春宫本秦之离宫，在长安城东南杜县东，近下杜。又有宜春下苑在京城东南隅。《荆楚岁时记》曰：立春之日，悉剪彩为燕戴之，帖宜春二字。傅咸《燕赋》曰："御青书以赞时，著宜春之嘉祉。"皆取"宜春"之义也。《西都赋》曰："披香发越。"《黄图》云：武帝时后宫八区，有披香殿。《飞燕外传》曰：宣帝时，披香博士淖方成，白发教授宫中，号淖夫人。是汉宫阙名有披香殿也。《论语》包咸注曰：春服既成。衣单袷之时作春衣。当谓天子内官，主织作衣服者。

③《晋书》曰：潘岳为河阳令，满县皆栽桃花。石崇有金谷园。《思归引序》曰：河阳别业，柏木几于万株。

④《楚辞》王逸注曰：兰，香草也。沈休文诗曰："游丝映空转。"[补] 梁简文诗："带前结草香。"

⑤《汉旧仪》曰：上林苑方三百里。苑中养百兽，远方各献名果异卉三

千余种植其中。亦有制为美名，以标奇异。《晋书》曰：杜预以孟津渡险，起建河桥于富平津。

⑥《后汉书》：光武帝曰：娶妻当得阴丽华。《汉武故事》：武帝谓长公主曰：若得阿娇，当以金屋贮之。《汉书·孝成赵皇后传》曰：后本长安宫人，属阳阿主家，学歌舞，号曰飞燕。《三辅黄图》曰：赵皇后居昭阳殿。有女弟俱为婕妤，贵倾后宫。昭阳舍，兰房椒壁。《楚辞》曰："仿佛兮兰宫。"

⑦ 王子年《拾遗记》曰：魏文帝所爱美人薛灵芸入宫，居宠爱。外国献火珠龙鸾之钗。帝曰：明珠翡翠尚不胜，况乎鸾凤之重。乃止而不进。《后汉书》曰：梁冀妻孙寿色美，而善为妖态，作堕马髻。《风俗通》曰：堕马髻者，侧在一边。唐段柯《古髻鬟品》云：髻始自燧人氏，以发相缠而无系缚。周文王加株翠翘花，名曰凤髻，又名步摇髻。秦始皇有望仙髻、参鸾髻、凌云髻。汉有迎春髻。王母降武帝宫，从者有飞仙髻、九环髻。汉元帝宫中有百合分髾髻、同心髻。太元中公主妇女必缓鬓欣髻，又有假髻。合德有欣愁髻。贵妃有义髻。魏武宫有反绾髻，又梳百花髻。魏明帝有函烟髻。晋惠帝宫有芙蓉髻。梁宫有罗光髻。段氏言髻鬟者多，其余在子山之后者，不备录焉。[补]《后汉书》：城中好高髻，四方高一尺。

⑧ 周处《风土记》曰：石发，水苔也，青绿色，皆生于石也。师旷《禽经》曰：泽雉啼而麦齐。张华注云：泽雉如商庚，春季之月始鸣，麦平陇也。[补] 梁元帝诗："柳叶生眉上。"《三辅黄图》：武帝穿影娥池以玩月，使宫人乘舟弄月影。梁阴铿诗："莺啼歌扇后，花落舞衫前。"

⑨《列仙传》曰：箫史〔一〕，秦穆公时人。善吹箫。穆公有女号弄玉，好之，公遂以妻焉。遂教弄玉作凤鸣。为作凤凰台，夫妇止其上，一旦随凤凰去。故秦氏作《凤女辞》。曹子建《洛神赋》曰："凌波微步，罗袜生尘。"

⑩《汉书》曰：万石君奋徙家长安中戚里。师古曰：于上有姻戚者，则皆居之，故名其里为戚里。《三辅旧事》曰：太上皇不乐关中，思慕乡里。高祖徙丰、沛屠儿，酤酒、煮饼、商人，立为新丰。

〔一〕箫，亦作"萧"。

⑪《蜀都赋》曰:"蒲桃乱溃,石榴竞裂。"《广雅》曰:石榴,若榴也。《南都赋》曰:"樿枣若榴。"《扶南传》曰:顿孙国有安石榴,取汁停杯中数日,成美酒。《上林赋》注云:郭璞曰:蒲桃似燕薁,可作酒。《汉武帝外传》曰:西王母下降,帝设葡萄酒。魏文帝云:葡萄酿以为酒,甘于麹麦,善醉。《博物志》曰:西域有葡萄酒,积年不败。彼俗云:可十年,饮之醉,弥月乃解。酸,普活切,音泼。醅,铺杯切,音坯。李白诗曰"蒲桃初酘醅",盖本此也。

⑫《朝野金载》曰:西魏文帝造二欹器:其一为二荷同处一盘,相去盈尺,中有芙蓉,下垂器上,以水注芙蓉,而盈于器。又为凫雁、蟾蜍以饰之,谓之水芝欹器。庾阐《断酒赋》曰:"椎金罍,碎玉碗。"

⑬《说文》曰:笋,竹萌也。范汪《祠制》云:仲春荐竹笋。《临海异物志》曰:杨梅大如弹丸,正赤,五月中熟,熟时似梅,其味甜酸。

⑭《晋书》曰:石崇有妓名绿珠,美而艳,善吹笛。《汉书》曰:司马相如与文君俱之临邛,尽卖车骑,买酒舍,乃令文君当炉。

⑮《汉书音义》曰:管以玉为之,不惟竹也。宋玉曰:《阳春白雪》,国中属而和者不过数十人。《淮南子》曰:手会《渌水》之趋。高诱曰:《渌水》,古诗也。袁宏赋云:"舞回鸾以纤袖,睎佳人之玉仪。"[补]《西京杂记》:咸阳宫有玉管,长二尺三寸,二十六孔,吹之则见车马山林,隐辚相次,息亦不复见。铭曰"昭华之琯"。

⑯《毛诗》曰:"吹笙鼓簧。"《尔雅》云:大笙谓之簧。郭璞曰:列管匏中,施簧管端。后汉侯瑾《筝赋》曰:"急弦促柱,变调改曲。"[补]阮瑀《筝赋》序:筝长六尺,应律数;弦十有二,象四时;柱高三寸,象三才。

⑰班婕妤诗曰:"裁为合欢扇,团圆似明月。"节,疑时节。《周礼》:中春击土鼓。[补]《通礼义纂》:建鼓,大鼓也。夏加四足,谓之节鼓。晋傅玄有《节鼓赋》〔一〕。

⑱《汉书》曰:李延年为协律都尉。潘岳著《射雉赋》。又《秋兴赋》序曰:晋十有四年,余春秋三十有二,始见二毛。以太尉掾兼虎贲中郎将,寓

〔一〕玄,底本作"元",避讳字。

直于散骑之省。射雉中郎盖潘岳也。

⑲《三辅黄图》曰：长杨榭在长杨宫，秋冬校猎其下，命武士搏射禽兽，天子登此以观焉。

⑳《西京杂记》曰：武帝时，得贰师天马，帝以玫瑰石为鞍，镂以金银瑜石。又云：紫金为花，以饰其上。《考工记》曰：工人取材柘为上。许慎曰：南方谿子、蛮夷柘弩，皆善射也。[补] 沈约诗："宝剑垂玉具，汗马饰金鞍。"《晋书·王济传》：买地为马埒，编钱满之，时人谓之金沟。王嘉《拾遗记》：石虎于楼下开马埒、射场。《晋书·成帝纪》：帝欲于后园作射堂，计用四十金，以劳费，乃止。

㉑《开山图》云：陇西神马山有泉，乃龙马所生。秦州有马池，源出嶓冢山。《韩子》曰：卞和抱其璞，哭于荆山之下。王子年《拾遗记》曰：玉山其石五色而轻，北有玉梁。[补]《北史》周《侯莫陈顺传》：赵青雀反，顺于渭桥与贼战，因频破之。魏文帝解所服金镂玉梁带赐之。

㉒ 天鹿，兽名，言织成绫锦，上有鸟兽之文也。[补] 郭宪《洞冥记》：末多国人长四寸，织麟毛为布，以文石为床。织凤毛锦以为帷幕也。

㉓《续齐谐记》曰：晋武帝问挚虞三日曲水之义。虞曰：汉章帝时，平原徐肇以三月初生三女，至三日俱亡，村人以为怪，方招携之水滨洗祓，遂因水泛觞。其义起此。帝曰：必如所谈，便非好事。束皙进曰：挚虞小生，不足以知。臣请言之：昔周公成洛邑，因流水以泛酒。故逸诗曰"羽觞随波流"；又秦昭王以三日置酒河曲，见金人奉水心之剑，曰：令君制有西夏，乃霸诸侯。因此立为曲水。二汉相沿，皆为盛集。帝曰：善。赐金十五斤。左迁挚虞为阳城令。[补] 王充《论衡》：世间缮治宅舍，凿地掘土，功成，作解谢土神，名曰解神。

㉔《荆楚岁时记》曰：三月三日，士民并出江渚池沼间，为流觞曲水之饮。

㉕ 董勛《问礼俗》曰：人日，镂金薄为人，以贴屏风，戴于头鬓，起自晋代贾充妻李夫人。云俗人入新年，改旧从新也。《释名》：衫，芟也，衫末无袖端也。领，颈也，以壅颈也，亦言总领，衣体为端首也。束皙《近游赋》曰：

"载穿领之疏巾。"

㉖《淮南子》曰：至于悲谷，是谓晡时。晡，奔谟切，申时也。言白日将欲西匿，游人不醉无归。春水照人，有如明镜；春花扑鼻，可代薰衣也。[补]《南史》宋《王诞传》：上使人为江敩《让婚表》云：召必以三晡为期。

【许评】

[1] 六朝小赋，每以五七言相杂成文。其品致疏越，自然远俗。初唐四子，颇效此法。

[2] 秀句如绣，顾盼生姿，不啻桃花靧面，令人肤泽光悦。

[3] 生绽可喜。

[4] 句亦如天鹿锦、凤皇绫，多从组织得来。

[5] 结宕逸。

镜　赋

庾　信

倪璠注

天河渐没，日轮将起①[1]。燕噪吴王，乌惊御史②。玉花簟上，金莲帐里③。始折屏风，新开户扇。朝光晃眼，早风吹面[2]。临桁下而牵衫，就箱边而著钏④。宿鬟尚卷，残妆已薄。无复唇珠，才余眉萼。靥上星稀，黄中月落⑤。

镜台银带，本出魏宫⑥。能横却月，巧挂回风⑦。龙垂匣外，凤倚花中⑧[3]。镜乃照胆照心，难逢难值⑨。镂五色之盘龙，刻千年之古字⑩。山鸡看而独舞，海鸟见而孤鸣⑪。临水则池中月出，照日则壁上菱生⑫。

暂设装奁，还抽镜屉。竞学生情，争怜今世[4]。鬓齐故略，眉平犹剃⑬。飞花塼子，次第须安⑭。朱开锦蹹，黛蘸油檀⑮。脂和甲煎，泽渍香兰⑯。量髻鬓之长短，度安花之相去⑰。县媚子于搔头，拭钗梁于粉絮⑱[5]。

梳头新罢照著衣⑲，还从妆处取将归。暂看弦系，县知缬缦⑳。衫正身长，裙斜假襻㉑[6]。真成个镜特相宜，不能片时藏匣里，暂出园中也自随。

【黎笺】

① 杨泉《物理论》曰：水之精气上浮，宛转随流，名之曰天河。《列子》曰：日出之初，大如车轮。《说文》曰：车有辐曰轮。以下言天之转夜为昼，燕噪乌惊，美人起而梳妆，乃照镜也。

②《越绝书·吴地传》曰：东宫周一里二百七十步路；西宫在长秋，周平二十六步。秦始皇帝十一年，守宫者照燕，失火烧之。鲍照《空城雀》云："诚不及青鸟，远食玉山禾。犹胜吴宫燕，无罪得焚窠。"《汉书》曰：御史府中列柏树，常有野乌数千栖宿其上，晨去暮来，号曰朝夕乌。

③《东宫旧事》曰：太子纳妃，有赤花双文簟。陆列《邺中记》曰：石虎作流苏帐，顶安金莲花，花中悬金箔。织成腕囊，盛以异香，帐之四面，十二香囊，采色烂耀。

④ 言美人之晓起也。《说文》曰：钏，臂环也。陈思王乐府云"皓腕约金环"，繁钦《定情诗》云"绾臂双金环"，皆是物也。一名条脱。《真诰》"晋世，萼录华赠羊权金、玉条脱各一枚"是也。

⑤ 言美人未梳妆时也。刘熙《释名》曰：唇脂以丹作之，象唇赤也。《宋书》云：武帝女寿阳公主，人日卧于含章檐下，梅花落额上，成五出花，拂之不去，后遂效为梅花妆。《楚辞·大招》云："靥辅奇牙，红笑嫣只。"《说文》曰：靥，颊辅也。《洛神赋》云："靥辅承权。"或说后周天元帝令宫人黄眉墨妆，其风留于后世。按梁简文帝诗："同安鬟里拨，异作额间黄。"当时已有之矣，然不知起自何代也。《酉阳杂俎》曰：如射月者，谓之黄星靥。

⑥ 魏武《上杂物疏》曰：镜台出魏宫中，有纯银参带镜台一枚。

⑦ 却月言镜之形，圆似月也。《尔雅》曰：回风为飘。郭注云：旋风也。[补] 龙辅《女红余志》：燕昭王赐旋娟以金梁却月之钗。《西京杂记》：赵飞燕女弟上襚三十五条，有回风扇。

⑧ 谢朓《咏镜台诗》曰："对凤悬清冰，垂龙挂明月。"

⑨《西京杂记》曰：咸阳宫有方镜，广四尺，高五尺九寸，表里有明。人直来照之，影则倒见；以手扪心而来，则见肠胃五脏，历然无硋；人有疾病在内，则掩心而照之，则知病之所在；又女子有邪心，则胆张心动。秦始皇常以照宫人，胆张心动者，则杀之。

⑩《邺中记》曰：石虎宫中镜有径二三尺者，下有纯金蟠龙雕饰。《大戴礼》曰：武王践祚，于鉴为铭焉。铭曰"见尔前，虑尔后"云云。"刻千年之

古字"者,言铭之相垂久也。

⑪ 刘敬叔《异苑》曰:山鸡爱其毛羽,映水则飞。魏武时,南方献之。公子苍舒令置大镜其前,鸡鉴形而舞,不知止,遂乏死。韦仲将为之赋其事。《国语》曰:海鸟爱居。范泰《鸾鸟诗》序云:昔罽宾王得鸾鸟,甚爱之,欲其鸣而不得。夫人曰:闻鸟得类而后鸣,何不悬镜以照之? 王从其言。鸾睹影则鸣,一奋而绝。按鸾鸟似凤,爱居亦似凤,故臧文仲祀之。今云海鸟,即鸾矣。

⑫《飞燕外传》曰:昭仪上姊三十六事,有七出菱花镜一奁。

⑬《广雅》曰:其上连发曰鬓。剃眉者,谓灭去眉毛,以画代之也。

⑭ 塼,主缘切,音专。字或作"甎",瓴甓之属。《诗》所谓"中唐有甓"是也。飞花砖子,谓花砖也。

⑮《左传》:宣十二年杜注云:斥候蹢伏。蹢,徒腊反。疏云:蹢,行也。朱,丹色。谓蹢行之处,用锦绣为之,有丹色也。《释名》曰:黛,代也,灭眉毛去之,以此画代其处也。《草木虫鱼疏》云:檀木,正青色,滑泽。

⑯ 裴启《语林》曰:石崇厕常有十余侍婢列,皆佳丽藻饰,置甲煎沉香,无不异备。唐陈藏器曰:甲煎,以诸药及美果花烧灰和腊治成,可作口脂。《释名》曰:脂砥,著面柔滑,如砥石也。香泽者,人发恒枯悴,以此濡泽之也。《盐铁论》曰:毛嫱,天下之姣人也,待脂粉香泽而后容。《毛诗草木虫鱼疏》曰:兰,香草也,其茎叶似药草泽兰,但广而长节,节中赤,高四五尺。汉诸池苑及许昌宫中皆种之。可著粉中。《神女赋》曰:"沐兰泽,含若芳。"枚乘《七发》曰:"被兰泽。"张铣曰:兰泽,以兰渍膏者也。

⑰《说文》曰:髻,总发也。声古诣切。鬟,颊发也。声必刃切。言美女对镜插花,量度其髻鬟之长短也。

⑱《西京杂记》曰:武帝过李夫人,就取簪搔头。自此后,宫人搔头皆用玉,玉价倍贵焉。粉絮,即俗粉扑,用绵为之也。言钗梁用粉絮拭之,其色光明也。

⑲ [补]《东宫旧事》:皇太子纳妃,有著衣大镜。

⑳ [补]《西京杂记》:宣帝系狱,臂上犹带史良娣合采婉转丝绳,系身

毒国宝镜一枚,大如八铢钱。《玉篇》曰:缅,彩缬也。

㉑ [补] 司马光《类篇》曰:衣系曰襻。

【许评】

[1] 选声炼色,此造极巅。吾于子山无复遗恨矣。

[2] 旖语闲情,纷藗相引,如入石季伦锦步障中,令人心醉目炫。

[3] 刻画细致。

[4] 婉约微妙,妩媚可怜。昔人评开府文,谓其辞生于情,气余于采,信然。

[5] 娟丽无匹,体贴入微。

[6] 极锤炼,亦极波峭。

灯　赋①

庾　信

倪璠注

　　九龙将暝，三爵行栖②。琼钩半上，若木全低③[1]。窗藏明于粉壁，柳助暗于兰闺④。翡翠珠被，流苏羽帐⑤。舒屈膝之屏风，掩芙蓉之行障⑥。卷衣秦后之床，送枕荆台之上⑦。乃有百枝同树，四照连盘⑧。香添然蜜，气杂烧兰。烬长宵久，光青夜寒。秀华掩映，蚖音元膏照灼[2]。动鳞甲于鲸鱼，焰光芒于鸣鹤⑨。蛾飘则碎花乱下，风起则流星细落⑩。

　　况复上兰深夜，中山醑清⑪。楚妃留客，韩娥合声⑫[3]。低歌著节，游弦绝鸣⑬。辉辉朱烬，焰焰红荣。乍九光而连彩，或双花而并明⑭。寄言苏季子，应知余照情⑮[4]。

【黎笺】

①《梁简文帝集》中有《看灯赋》，有《列灯赋》。

②《山海经》曰：西北海之外有神，人面蛇身，而赤其眼。及晦，视乃明。不食不寝，是烛九阴，是谓烛龙。炬，可以照明〔一〕。《礼记》曰：君子饮酒也，礼三爵而油油以退。

③琼钩，月也。若木，日也。谓月上日落也。鲍照《玩月诗》曰："始见城南楼，纤纤如玉钩。"《淮南子》曰：建木在广都，若木在建木西，木有十日，其华照地。[补]《楚辞》："折若木以拂日。"

————

　　〔一〕此五字系倪璠注转录《后汉书》李贤注误植。

61

④《汉官典职》云：汉省中皆胡粉涂壁。宋玉《讽赋》有云："兰房之闺。"

⑤《楚辞·招魂》云："翡翠珠被，烂齐光些。"《汉书》曰：驸马赤珥流苏。张衡《东京赋》曰："飞流苏之骚杀。"挚虞《决疑要注》曰：天子帐以流苏为饰，羽帐，注见下文。

⑥陆翙《邺中记》：石季龙作金银钮屈膝屏风，衣以白缣，画义士、仙人、禽兽之像，赞者皆二十二言。高施八尺，下施四尺，或施六尺，随意所欲也。梁简文诗云"织成屏风金屈膝"是也。鲍照《行路难》云："七彩芙蓉之羽帐。"

⑦吴均歌曰："咸阳春草芳，秦女卷衣裳。"《乐府题注》云：《秦王卷衣》，言咸阳春景及宫阙之美人，秦王卷衣以赠所欢也。《高唐赋》云："楚襄王与宋玉游于云梦之台。玉曰：昔者先王尝游高唐，怠而昼寝，梦见一妇人，曰：妾巫山之女也，为高唐客。闻君游高唐，愿荐枕席。王因幸之。"《后汉书》边让《章华台赋》曰："楚灵王既游云梦之泽，息于荆台之上。"

⑧[补]孙惠有《百枝灯赋》。又支昙谛《灯赞》："千灯同辉，百枝并耀。"《邺中记》：石虎正旦会于殿前，设百二十枝灯。梁简文帝《列灯赋》："九微间吐，百枝交布。"《山海经》：招摇之山有木，其花四照。《东宫旧事》：太子纳妃，有金涂连盘短灯二、金涂连盘鸭灯一。

⑨《楚辞》："兰膏明烛华灯错。"《淮南万毕术》曰：取蚖脂为灯，置火中，即见诸物。《述异记》曰：南海有明珠，即鲸鱼目瞳。鲸死而目皆无精，夜可以鉴，谓之夜光。王子年《拾遗记》曰：昔秦始皇为冢，敛天下瑰异，于海中作玉象鲸鱼，衔火珠为星，以代膏烛，光出墓中，精灵之伟也。王筠《咏灯檠诗》云："百华耀九枝，鸣鹤映冰池。"[补]《西京杂记》：南越王献高帝蜜烛二百枝。《树提伽经》：庶人然脂，诸侯然蜜，天子然漆。张茂先《杂诗》曰："兰膏坐自凝。"《汉书·乐志》：金支秀华。

⑩崔豹《古今注》曰：飞蛾善拂灯，一名火花，一名慕光。

⑪颜师古《汉书》注曰：上兰，观名，在上林中。郑康成《周礼》注曰：清

酒,今之中山冬酿,接夏而成也。

⑫ 嵇叔夜《琴赋》曰:"王昭楚妃。"李善注云:《歌录》曰:石崇作《楚妃叹》。《列子》曰:韩娥东之齐,遗粮过雍门,鬻歌假食而去,余响绕梁,三日不绝。雍门人至今善歌,效韩娥之遗声也。

⑬ 嵇叔夜《琴赋》曰:"鹍鸡游弦。"

⑭《汉武内传》云:七月七日,王母至,帝扫除宫内,然九光之灯。

⑮《战国策》曰:甘茂亡秦且之齐,出关,遇苏子曰:君闻夫江上之处女乎?苏子曰:不闻。曰:夫江上之处女,有家贫而无烛者,处女相与语,欲去之。家贫无烛者将去矣,谓处女曰:妾以无烛故,常先至,扫舍布席,何爱于余明之照四壁者!幸以赐妾,何妨于处女。妾自以为有益于处女,何为去我?处女相语,以为然而留之。今臣不肖,弃逐于秦而出关,愿为足下扫室布席,幸无我逐也!苏子乃西说秦王,与之上卿。

【许评】

[1] 烘染蕴藉。

[2] 音简韵健,光采焕鲜。六朝中不可多得。

[3] 风致洒然。句法为唐人所祖。

[4] 收束妙有含蓄。

对烛赋①

庾　信

倪璠注

　　龙沙雁塞甲应寒，天山月没客衣单②[1]。灯前桁衣疑不亮，月下穿针觉最难。刺取灯花持桂烛，还却灯檠下烛盘③。铸凤衔莲，图龙并眠④。烬高疑数剪，心湿暂难然。铜荷承泪蜡，铁铗染浮烟。本知雪光能映纸，复讶灯花今得钱⑤[2]。

　　莲帐寒檠窗拂曙，筠笼熏火香盈絮⑥[3]。旁一作"傍"垂细溜，上绕飞蛾⑦。光清寒入，焰暗风过。楚人缨脱尽，燕君书误多⑧。夜风吹，香气随。郁金苑，芙蓉池⑨。秦皇辟恶不足道，汉武胡香何物奇⑩？晚星没，芳芜歇，还持照夜游，讵减西园月⑪。

【黎笺】

　　① 梁简文帝、元帝集中并有《对烛赋》。

　　②《后汉·班超传赞》曰：咫尺龙沙。注云：龙沙，沙漠也。郭璞《山海经注》曰：雁门山即北陵，西隃，雁之所出，因以名云，在高柳北。《史记》曰：贰师将军李广利，击匈奴右贤王于祁连山。《索隐》曰：祁连山一曰天山，亦曰白山，在张掖〔一〕、酒泉二郡界。祖孙登诗云："抽鞭上关路，谁念客衣单？"盖关塞苦寒之辞也。

　　③ 谓夫婿远行，妇制征衣，须对烛也。桁，音下浪反，衣架，又晒衣竿

─────────

　　〔一〕掖，底本作"液"，误。

也。王子年《拾遗记》曰：王母取绿桂之膏，然以照夜。《说文》曰：檠，榜也，声巨京切。［补］古乐府《东门行》：“还视桁上无悬衣。”

④［补］《西京杂记》：长安巧工丁缓者，为恒满灯，九龙五凤，杂以芙蓉莲藕之奇。

⑤ 任昉《为萧扬州作荐士表》曰：至乃集萤映雪。注引《孙氏世录》曰：孙康家贫，常映雪读书。清介，交游不杂。《西京杂记》云：陆贾应樊将军曰：夫目瞤者，得酒食；灯火花，得钱财。干鹊噪而行人至，蜘蛛集而百事喜。小既有征，大亦宜然。［补］《拾遗记》：周穆王三十六年，春宵宫集诸方士，设常生之灯，列播膏之烛；又有冰荷者出冰壑之中，取此花以覆灯七八尺，不欲使光明远也。按铜荷承蜡义起于此，欲以象之也。

⑥《邺中记》曰：石虎造流苏斗帐，顶安金莲花，花中悬金箔织成腕囊，盛以异香；帐之四面皆作十二香囊，采色烂耀。筥笼，竹火笼也。《东宫旧事》曰：皇太子纳妃，有漆画手巾熏笼二、大被熏笼三、衣熏笼三。刘向《别录》云：淮南王有《熏笼赋》。《方言》曰：南楚江、沔之间，笼谓之筹，或谓之笈。陈、楚、宋、魏之间，谓之庸君。今熏笼是也。《说文》曰：絮，敝绵也，声息据切。

⑦ 王子年《拾遗记》曰：西王母与昭王游于燧林之下，说炎帝钻火之术，取绿桂之膏，燃以照夜。忽有飞蛾衔火，状如丹雀，来拂于桂膏之上。此蛾出于员丘之穴，凭气饮露，飞不集下，群仙杀此蛾，以合九转神丹。谢朓《咏灯诗》云：“飞蛾三四绕。”

⑧《说苑》曰：楚庄王赐群臣酒，日暮灯烛灭，乃有人引美人之衣者，美人援绝其冠缨告王，趣火来上，视绝缨者。王曰：饮人酒，使醉失礼，奈何欲显妇人之节而辱士乎！乃命左右曰：与寡人饮，不绝冠缨者不欢。群臣百余人皆绝去其冠缨而上火。《韩子》曰：郢人有遗燕相国书者，夜火不明，因谓持烛者曰“举烛”云，而过书“举烛”，“举烛”非书意也。燕相受书而悦之，曰：举烛者，尚明也；尚明也者，举贤而任之。燕相白王，大悦，国以治；治则治矣，非书意也。今世学者多似此类。

⑨《魏略》曰：郁金香，大秦国。二三月花如红蓝，四五月采之，其香十

二叶,为百草之英。魏文帝有《芙蓉池诗》。

⑩崔豹《古今注》曰:辟恶车,秦制也。按辟恶,香名,当是香车也。《博物志》曰:汉武帝时,弱水西国有人乘毛车以渡弱水来献香者,帝谓是常香,非中国之所乏,不礼其使。留久之。帝幸上林苑,西使至乘舆间,并奏其香。帝取之看,大如燕卵三枚,与枣相似。帝不悦,以付外库。后长安中大疫,宫中皆疫病。帝不举乐。西使乞见,请烧所贡香一枚,以辟疫气。帝不得已,听之。宫中病者,登日并瘥。长安中百里,咸闻香气,芳积九十余日,香犹不歇。帝乃厚礼发遣饯送。一说汉制献香不满斤,西使临去,乃发香气如大豆者,拭著宫门,香气闻长安数十里,经数月乃歇。

⑪古诗曰:"昼短苦夜长,何不秉烛游?"魏文帝《芙蓉池诗》云:"乘辇夜行游,逍遥步西园。""丹霞夹明月,华星出云间。"

【许评】

[1] 轩然而来,笔力峭秀。

[2] 清澈之调,复有藻语润饰,故足凌跨一时。

[3] 兰麝可渝,芳词靡歇,骈枝家言此焉,高唱矣。

卷 二

诏

敕条制禁奢靡诏①
南齐武帝②

三季浇浮,旧章陵替③[1]。吉凶奢靡,动违矩则④。或裂锦曳绣[2],以竞车服之饰⑤;塗金镂石,以穷茔域之丽⑥。至斑白不婚,露棺累叶⑦[3]。苟相夸衔,罔顾大典⑧。可明为条制,严勒所在,悉使画一⑨。如复违犯,依事纠奏。

【黎笺】

① 萧子显《齐书》曰:武帝永明七年,冬十月己丑,下此诏。

② 《齐书》曰:武帝讳赜,字宣远。太祖长子也。建元四年,太祖崩,上即位。

③ 《国语》:郭偃曰:夫三季之王宜亡也。韦昭注曰:季,末也,三季王,桀、纣、幽王也。许慎《淮南子》注曰:浇,薄也。《尚书》曰:无作聪明,乱旧章。孔颖达《礼记正义》曰:陵,越也。《尔雅·释言》:替,废也。《左氏传》:闵子马:下陵上替,能无乱乎?

④ 《易》曰:定天下之吉凶。《尔雅》曰:矩则,法也。

⑤ 《史记》曰:周幽王后好闻裂缯声。《尚书》曰:车服以庸。蔡邕《协和婚赋》曰:"车服照路,骖骓如舞。"

⑥ 《说文》曰:塗,涂也。金部:错,金涂也。谓以金措其上也。《尔雅》

曰：镂，錽也。郭璞注曰：刻镂物为錽。《列女传》曰：霍光薨，夫人显改更光时所造茔而侈大之，筑神道，为辇阁，幽闭良人奴婢。又治第宅，作乘舆辇，尽绣绸靰，黄金涂为荐轮。《水经注》曰：黄水南有李刚墓，见其碑有石阙、祠堂、石室三间，镂石作椽。《周礼·春官》：典祀掌外祀之兆守，皆有域。郑玄注曰：域，兆表之茔域。

⑦《礼记》曰：斑白者不提挈。左太冲《吴都赋》曰："虽累叶百叠，而富强相继。"刘渊林注曰：叶，犹世也。

⑧ 颜师古《汉书》注曰：衒，行卖也。

⑨《汉书》曰：萧何为法，较若画一。颜师古注曰：画一，言整齐也。

【许评】

[1] 语质而厚，汉诏之遗。

[2] 诸选本并脱"曳"字，从旧刻《古文管窥》补。

[3] 风俗之敝，古今一辙。读此为之慨然。

举贤诏①

北魏孝文帝②[1]

炎阳爽节,秋零卷澍③。在予之责,实深悚栗④。故辍膳三晨,以命上诉⑤。灵鉴诚款,曲流云液⑥。虽休弗休,宁敢愆怠⑦!将有贤人湛德,高士凝栖⑧,虽加诠采,末能招致⑨[2]。其精访幽谷,举兹贤彦⑩。直言极谏,匡予不及⑪。

【黎笺】

① 魏收《魏书》曰:太和二十年七月戊寅,帝以久旱,咸秩群神。自癸未不食,至于乙酉,是夜澍雨大洽。丁亥,下此诏。

② 《魏书》曰:孝文帝,讳宏,献文帝长子。显祖甚爱异之。皇兴三年,立为皇太子。五年秋,即皇帝位。

③ 《汉书》:李寻曰:日初出,炎以阳。君登朝,佞不行。忠直进,不蔽障。爽节,言失时也。《说文》曰:零,徐雨也。又曰:澍,时雨也。所以澍生万物也。

④ 《字林》曰:悚,惶遽也。毛苌《诗传》曰:栗栗,惧也。

⑤ 辍,止也。《说文》曰:膳,具食也。《异苑》曰:管宁泛海遭风,船重倾没。宁潜思良久曰:吾尝一朝科头,三晨晏起,今天怒威集,过恐在此。班固《东都赋》曰:"下民号而上诉,上帝怀而降监。"诉,通作"愬"。

⑥ 《广雅》曰:款,诚也。嵇叔夜《琴赋》曰:"蒸灵液以播云。"

⑦ 《尚书》曰:虽休勿休。《说文》曰:愆,过也。贾子《新书》:反慎为怠。

⑧ 《尔雅》曰:湛,厚也。王逸《楚辞》注曰:凝,止也。

⑨ 《通俗文》曰:择言曰诠。

⑩ 《毛诗》曰:"出自幽谷。"《晋书》:嵇含曰:华池丰屋,广延贤彦。

⑪ 《史记》:文帝曰:举贤良方正、能直言极谏者,以匡朕之不逮。

【许评】

[1] 魏帝能文章者,仅孝文尔。句法历落,并无堆垛装点,视南五朝蔑如矣。

[2] 文人之笔,帝王之度,只如此便佳。

与太子论彭城王诏^①[1]

北魏孝文帝

汝第六叔父勰^②,清规懋赏,与白云俱洁^③。厌荣舍绂,以松竹为心^④。吾少与绸缪,提携道趣^⑤。每请解朝缨,恬真丘壑^⑥〔一〕。吾以长兄之重,未忍远离。何容仍屈素业,长婴世网^⑦!吾百年之后,其听勰辞蝉舍冕,遂其冲挹之性^⑧。无使成王之朝,翻疑姬旦之圣,不亦善乎^⑨[2]?汝为孝子^⑩,勿违吾敕。

【黎笺】

①《魏书》曰:太和二十年正月壬辰,改封始平王勰为彭城王。二十一年正月丙申,立皇子恪为皇太子。

②《北史》曰:勰,字彦和。少而岐嶷,姿性不群,雅好属文;长直禁内,参决大政。

③梁武帝《请征补谢朏等表》曰:清规雅裁,兼擅其美。《尚书》曰:功懋懋赏。

④《博雅》曰:绂,绶也。

⑤《毛诗》曰:"绸缪牖户。"《礼记》曰:长者与之提携。

⑥《说文》曰:缨,冠系也。郭璞《尔雅》注曰:地自然生曰丘。又曰:壑,溪壑也。

⑦董仲舒赋曰:"孰若反身于素业兮,莫随世而轮转。"嵇康《养生论》曰:奉法循理,不缠世网。陆士衡诗曰:"世网婴吾身。"《说文》曰:婴,绕也。

〔一〕恬,底本加框,系原缺所补。丘,底本作"邱",避讳字。

71

⑧《古今注》曰：貂蝉，胡服也。貂者，取其有文采而不炳焕，外柔易而内刚劲也；蝉，取其清虚识变也。《说文》曰：冕，大夫以上冠也。字书曰：冲，虚也。杨倞《荀子》注曰：挹，亦退也。

⑨ 孔颖达《毛诗疏》曰：武王既崩，周公设政。管蔡流言，以毁周公。成王仍惑管蔡之言，未知周公之志，疑其将篡，心益不悦。故公乃作诗，言不得不诛管蔡之意，以贻成王。

⑩《毛诗》曰："君子有孝子。"

【许评】

[1] 高祖不豫，托纂国事，纂苦辞求退。世宗为太子，高祖手诏言之。

[2] 训子全弟，具是数言。深致亮怀，蔼乎如见。

禁浮华诏^①

北齐文宣帝^②

顷者风俗流宕,浮竞日滋^{③[1]}。家有吉凶,务求胜异。婚姻丧葬之费,车服饮食之华,动竭岁资,以营日富^④。又奴仆带金玉,婢妾衣罗绮^⑤。始以创出为奇,后以过前为丽。上下贵贱,无复等差^⑥。今运属维新,思蠲往弊^⑦。反朴还淳,纳民轨物^⑧。可量事具立条式,使俭而获中^[2]。

【黎笺】

① 李百药《北齐书》曰:文宣帝改武定八年为天保元年。六月辛巳,下此诏。

②《北齐书》曰:文宣帝,讳洋,字子进。高祖第二子。武定八年即皇帝位。

③《汉书·地理志》曰:民函五常之性,而其刚柔、缓急,音声不同,系水土之风气,故谓之风;好恶舍取,动静亡常,随君上之情欲,故谓之俗。《说文》曰:宕,过也。郑玄《毛诗笺》曰:竞,逐也。

④《仪礼》曰:问岁月之资。郑玄注曰:资,行用也。《说文》曰:资,货也。《毛诗》曰:"彼昏不知,壹醉日富。"

⑤《史记》:李同说平原君曰:君之后宫以数百,婢妾被绮縠,余粱肉。《晋书》曰:谢石纨绮尽于婢妾,财用縻于丝桐,不可谓惜力。左太冲《魏都赋》曰:"锦绣襄邑,罗绮朝歌。"

⑥ 孔颖达《礼记》疏曰:王之子弟,有三等之差。

⑦《尚书》曰:旧染污俗,咸与维新。《毛诗》曰:"周虽旧邦,其命维新。"《广雅》曰:蠲,除也。

⑧《左氏传》曰：君将纳民于轨物者也。

【许评】

［1］洞彻末流恶习，大似箴铭格言。谁谓齐梁间尽靡靡之奏邪？今之士大夫，当书此于门屏几席，可以起废疾、针膏肓矣。

［2］陡住绝奇。

敕

与臧焘敕①[1]
宋武帝②

　　顷学尚废弛，后进颓业③，衡门之内，清风辍响④。良由戎车屡警，礼乐中息⑤，浮夫近志，情与事染。岂可不敷崇坟籍，敦厉风尚！

　　此境人士，子侄如林⑥。明发搜访，想闻令轨⑦。然荆玉含宝，要俟开莹⑧；幽兰怀馨，事资扇发⑨[2]。独习寡悟，义著周典。今经师不远，而赴业无闻⑩。非唯志学者鲜，或是劝诱未至邪⑪？想复宏之。

【黎笺】

　　① 李延寿《南史》曰：焘，字德仁，东莞莒人。宋武敬皇后兄也。少好学，善三《礼》，贫约自立，操行为乡里所称。武帝受命，拜太常。永初三年致事，拜光禄大夫加金章紫绶，卒。少帝赠左光禄大夫。

　　②《南史》曰：武帝，讳裕，字德舆，彭城县绥舆里人。姓刘氏，汉楚元王交之二十一世孙也。帝风骨奇伟，不治廉隅小节。元熙二年，晋帝禅位，改元熙为永初元年。夏六月丁卯，即皇帝位。

　　③ 郭璞《尔雅》注曰：弛，放也。《论语集解》：后进，谓后辈也。颓，废也。

　　④《毛诗》曰："衡门之下，可以栖迟。"又曰："吉甫作诵，穆如清风。"

　　⑤《周礼·夏官》：戎仆掌驭戎车。《晋书·舆服志》曰：戎车，驾四马，

天子亲戎所乘也。颜师古《汉书》注曰：警者，戒肃也。

⑥《毛诗》曰："彼都人士。"又曰："殷商之旅，其会如林。"《吕氏春秋》曰：梁国之北，地名黎丘，有奇鬼焉，善效人之子侄昆弟之状。子侄之称，盖始于此。

⑦孔颖达《毛诗》疏曰：从明而至夜则地暗，至旦而明则地开发。张揖《广雅》曰：轨，迹也。

⑧曹植《与杨德祖书》曰：人人自谓握灵蛇之珠，家家自谓抱荆山之玉。孙绰《贺循像赞》曰：质与荆玉参贞，鉴与南金等照。《苍颉篇》曰：莹，治也。

⑨嵇康诗曰："二子赠嘉诗，馥如幽兰馨。"曹植《诰咎文》曰：至若炎旱赫羲，飙风扇发。

⑩袁宏《汉纪》曰：永平中，崇尚儒学，自皇太子诸王侯及功臣子弟，莫不受经；又为外戚樊氏、郭氏、阴氏、马氏诸子弟立学，号"四姓小侯"，置五经师。以非列侯，故曰小侯。《尔雅》曰：赴，至也。

⑪《说文》曰：劝，勉也。《尔雅》曰：诱，进也。

【许评】

[1] 焘为太学博士，参右将军何无忌军事，随府转镇南将军。高祖镇京口，与焘敕。

[2] 丽语能朴，隽语能淳，忘其骈偶。诰敕之文如此，奈何轻议六朝！

为武帝与谢朓敕①[1]

沈 约

吾以菲德,属当期运②。鉴与吾贤,思隆治道③。而明不远烛,所蔽者多④。实寄贤能,匡其寡暗⑤。尝谓山林之志,上所宜宏。激贪厉薄,义等为政⑥。自居元首,临对百司⑦。虽复执文经武,各修厥职⑧,群才竞爽,以致和美⑨,而镇风静俗,变教论道⑩,自非箕颍高人,莫膺兹寄⑪。

是用虚心侧席,属想清尘⑫,不得不屈兹独往,同此濡足⑬。便望释萝袭衮,出野登朝⑭。必不以汤有惭德,武未尽善,不降其身,不屈其志⑮,使璧帛虚往,蒲轮空归⑯。倾首东路,望兼立表⑰。

羲轩邈矣,古今殊事⑱[2]。不获总驾崆峒,依风问道⑲。今方复引领云台,虚己宣室⑳。纡贤之愧[3],载结寝兴㉑。

【黎笺】

①《南史》曰:谢朓,字敬冲,庄之子。十岁能属文。琅邪王景文谓庄曰:贤子足称神童,复为后来特达。庄抚朓背曰:真吾家千金。建武中,与何胤并征不出。高祖践祚,再征,又不至。遣王果敦譬朓,朓谋于胤。胤曰:兴王之世,何可久处!朓遂出。诏为司徒尚书令,后改授中书监司徒卫将军。卒时年六十六。谥曰靖孝。

②蔡邕《陈太丘碑文》曰:含元精之和,应期运之数。

③《礼记》曰:礼乐刑政,其极一也,所以同民心,而出治道也。

④《尚书》曰:视远惟明。扬子《法言》曰:或问仁、义、礼、智、信之用,曰:仁,宅也;义,路也;礼,服也;智,烛也;信,符也。处宅、由路、正服、明

77

烛、执符,君子不动,动斯得矣。高注《淮南子》曰:蔽,暗也。

⑤《尚书》曰:建官惟贤,位事惟能。《尔雅》曰:匡,正也。

⑥《晋书·隐逸传赞》曰:激贪止竞,永垂高躅。《后汉书》曰:永平中,四姓小侯,皆令入学,所以矫俗厉薄,反之忠孝。《论语》:子曰:施于有政,是亦为政。

⑦《尚书》曰:元首明哉。又曰:百司庶府。

⑧《左氏传》曰:兼弱攻昧,武之善经也。子姑整军而经武乎?阮藉《咏怀诗》曰:"才非允文,器非经武。"《周礼·天官》:小宰令于百官府曰:各修乃职,考乃法,待乃事,以听王命。

⑨《左氏传》曰:齐公孙灶卒,司马灶见晏子曰:又丧子雅矣。晏子曰:二惠竞爽犹可,又弱一个焉,姜其危哉! 杜预注曰:竞,强也。爽,明也。《论语》曰:礼之用,和为贵。先王之道,斯为美。

⑩《玉篇》曰:镇,安也。《战国策》曰:变古之教,易古之道。《尚书》曰:立太师、太傅、太保,兹惟三公,论道经邦,燮理阴阳。官不必备,惟其人。《考工记》曰:坐而论道,谓之三公。

⑪《高士传》曰:尧让天下于许由,由不受而逃去,于是遁耕于中岳颍水之阳、箕山之下。尧召为九州长。由不欲闻之,洗耳于颍水滨。时其友巢父牵犊欲饮之,见由洗耳,问其故。对曰:尧欲召我为九州长,恶闻其声,是故洗耳。巢父曰:子若处高岸深谷,人道不通,谁能见子? 子故浮游欲闻,求其名誉,污吾犊口,牵犊上流饮之。许由没,葬箕山之巅;亦名许由山,在阳城之南十余里。孔安国《尚书传》曰:膺,当也。

⑫《老子》曰:圣人虚其心,实其腹。《礼记》曰:有忧者,侧席而坐。《后汉书》注曰:侧席,谓不正坐,所以待贤良也。《楚辞·远游》曰:"闻赤松之清尘。"

⑬《后汉书》曰:崔骃以典籍为业,未遑仕进之事,时人或讥其太玄静。答曰:与其有事则褰裳濡足,冠挂不顾,人溺不拯,则非仁也。《盐铁论》曰:孔子思尧舜之道,东西南北,灼头濡足,庶几世主之悟。

⑭《晋书·谢安传论》:襁薜萝而袭朱组,去衡泌而践丹墀。

⑮《尚书》曰：成汤放桀于南巢，惟有惭德。《论语》曰：谓武尽美矣，未尽善也。武指乐，此言武王。《论语》：子曰：不降其志，不辱其身。扬子《法言》曰：谷口郑子真，不屈其志而耕于岩石之下。

⑯《高士传》曰：老莱子耕于蒙山之阳。或言于楚王，王使人聘以璧帛。《汉书》曰：武帝诏遣使者安车蒲轮，束帛加璧，征鲁申公。

⑰《晋书》：羊祜尝与从弟琇书曰：既定边事，尚角巾东路，归故里。曹植《洛神赋》曰："命仆夫而就驾，吾将归乎东路。"《史记》：穰苴与庄贾约曰：旦日日中，会于军门。穰苴先驰至军，立表下漏，待贾，日中而贾不至。陆机《思归赋》曰："愿灵晖之促景，恒立表以望之。"

⑱羲，太昊伏羲氏；轩，黄帝轩辕氏，皆古帝号。《文子》曰：三皇五帝，三王殊事而同心，异路而同归。

⑲谢灵运诗曰："总驾越钟陵，还顾望京畿。"《庄子》曰：黄帝立为天子，十九年，令行天下，闻广成子在于空同之上，故往见之，曰：我闻吾子达于至道，敢问至道之精。

⑳《左氏传》：吕相绝秦曰：及君之嗣也，我君景公引领西望曰：庶抚我乎？《后汉书》曰：永平中，显宗追感前世功臣，乃图画二十八将于南宫云台。又《贾逵传》：肃宗诏逵入讲北宫白虎观、南宫云台。帝善逵说。前书《五行志》曰：周克殷，以箕子归，武王亲虚己而问焉。《史记》：贾生征见，文帝方受釐，坐宣室。上因感鬼神事，而问鬼神之本。《三辅黄图》曰：宣室，未央前殿正室也。《淮南子》曰：周武王杀纣于宣室，汉取旧名也。

㉑《毛诗》曰："乃寝乃兴。"又曰："载寝载兴。"

【许评】

[1] 天监初，胐与何允、何点并征不至，逃窜年余。一旦轻舟自诣阙下，时即以为司徒尚书令。乃复不省职事，众颇失望。然则胐盖守节不终者。既拜新命，且不称职，亦何足当此敕邪。

[2] 宕起极有意致，令人不可捉摸。

[3] 纡，诎也。见《说文解字》。

卷 三

令

与湘东王论王规令①[1]

梁简文帝②

　　威明昨宵,奄复殂化,甚可痛伤③。其风韵遒上—作"正",神采标映④,千里绝迹,百尺无枝⑤。文辨纵横,才学优赡⑥。跌宕之情弥远,濠梁之气特多。斯实俊民也⑦。一尔过隟,永归长夜⑧。金刀掩芒,长淮绝涸⑨。去岁冬中,已伤刘子;今兹寒孟,复悼王生⑩。俱往之伤,信非虚说。

【黎笺】

①《梁书》曰:世祖元皇帝,讳绎,高祖第七子。初封湘东王。

②《梁书》曰:太宗简文皇帝,讳纲,字世缵,高祖第三子,昭明太子母弟也。天监二年十月丁未,生于显阳殿。五年,封晋安王。中大通三年,立为皇太子。四年,移还东宫。太清三年五月丙辰,高祖崩,辛巳,即皇帝位。

③奄,忽也。《说文》曰:殂,往死也。《尚书》曰:帝乃殂落。

④遒,劲也。标,表也。

⑤曹植《与杨修书》曰:飞轩绝迹,一举千里。枚乘《七发》曰:"龙门之桐,百尺无枝。"

⑥《史记》:秦王曰:知一纵一横,其说何小?《尔雅》曰:赡,足也。

⑦扬雄《自叙》曰:雄为人跌宕。《公羊》注曰:跌,过度。《庄子》曰:

庄子与惠子游于濠梁之上。《尚书》曰：俊民用章。又曰：明我俊民。

⑧ 隟，古文"隙"字也。《礼记》曰：君子三年之丧，若驷之过隙。陆云《岁暮赋》曰："挥促节于短日兮，振修策于长夜。"

⑨《西京杂记》曰：东海人黄公，少时能幻制龙御虎，佩赤金刀。《说文》曰：淮水出南阳平氏桐柏大复山，东南入海。《尔雅》曰：涸，竭也。《礼记》曰：仲秋之月水始涸。

⑩《玉篇》曰：孟，始也，四时之首月曰孟月。悼，伤也。《毛诗》曰："中心是悼。"王生，即王规也。

【许评】

[1] 规字威明，简文为晋安王，规为长史。及立为太子，规为太子中庶子。大同二年卒，简文出临哭，与湘东王此令。刘子谓中庶子遵也，先规一年卒。诸选本以简文为昭明、刘为孝绰，并误。

答群下劝进初令^①

梁元帝

孤以不德，天降之灾^{②[1]}。枕戈饮胆，扣心泣血^③。风树之酷，万始莫追^④；霜露之哀，百忧总萃^⑤。甫闻伯升之祸，弥切仲谋之悲^⑥。若封豕既歼，长蛇即戮^⑦，方欲追延陵之逸轨，继子臧之高让^⑧。岂资秋亭之坛，安事繁阳之石^⑨？

侯景，项籍也；萧栋，殷辛也^{⑩[2]}。赤泉未赏，刘邦尚曰汉王^⑪；白旗弗县，周发犹称太子^⑫。飞龙之位，孰谓可蹄^⑬！附凤之徒，既闻来仪—作"议"^⑭。群公卿士，其喻—作"谕"孤之志。无忽。

【黎笺】

①《梁书》曰：大宝二年，太宗崩，群下奉表劝进。元帝奉讳，大临三日，百官缟素。乃答之。

②《尚书》曰：古有夏先后，方懋厥德，罔有天灾。

③ 刘琨《与亲故书》曰：吾枕戈待旦，志枭逆虏，常恐祖生先吾著鞭耳！《史记》曰：句践反国，乃苦身焦思，置胆于坐，坐卧即仰胆，饮食亦尝胆也。李陵《答苏武书》曰：此陵所以仰天椎心而泣血也。

④《韩诗外传》曰：皋鱼被褐拥镰，哭于道旁。孔子曰：子何哭之？对曰：树欲静而风不定，子欲养而亲不待也。吾请从此辞矣。

⑤《礼记》曰：霜露既降，君子履之，必有凄怆之心。《毛诗》曰："我生之后，逢此百忧。"郭璞《穆天子传》注曰：萃，集也。

⑥《后汉书》曰：光武帝长兄伯升，素结轻客，必举大事。时王莽败亡已兆，天下方乱，光武遂与定谋。更始元年正月，伯升破王莽纳言将军严

尤、秩宗将军陈茂于淯阳,进围宛城。二月辛巳,立刘圣公为天子,伯升为大司徒。五月,伯升拔宛,未几,为更始所害。光武追谥曰齐武王。《吴志》曰:孙权,字仲谋。兄策,既定诸郡,时权年十五,以为阳羡长。郡察孝廉,州举茂才,行奉义校尉。汉以策远修职贡,遣使者刘琬加锡命。琬语人曰:吾观孙氏兄弟,虽各才秀明达,然皆禄祚不终,惟中弟年最寿尔。建安五年,策薨,以事授权,权哭未及息。

⑦《左氏传》曰:昔有仍氏有女,后夔娶之,生伯封,贪婪无厌,谓之封豕。又:申包胥曰:吴为封豕长蛇,以荐食上国,虐始于楚。杜预注曰:吴贪害如蛇豕。

⑧《左氏传》曰:吴氏诸樊既除丧,将立季札。季札辞曰:曹宣公之卒也,诸侯与曹人不义曹君,将立子臧。子臧去之,遂弗为也,以成曹君。君子曰:能守节,君义嗣也。谁敢奸君?有国非吾节也,札虽不才,愿附于子臧,以无失节。曹植诗曰:"子臧让千乘,季札慕其贤。"

⑨《东观汉记》曰:诸将请上尊号皇帝,于是乃命有司设坛场于鄗之阳千秋亭五成陌,皇帝即位。《汉书·地理志》:魏郡县繁阳。应劭曰:在繁水之阳。张晏曰:其界为繁渊。《魏志》曰:汉帝以众望在魏,乃召群公卿士告祠高庙,使兼御史大夫张音持节奉玺绶禅位。乃为坛于繁阳,庚午,王升坛即阼,百官陪位。事讫降坛,视燎成礼而反。

⑩《梁书》曰:侯景,字万景,朔方人。骁勇有旅力,善骑射。始为齐神武所用。神武疾笃,其世子澄为书召景。景虑祸,表请降梁。后遂覆陷都邑。《史记》曰:项籍,下相人,字羽,初起时年二十四。长八尺余,力能扛鼎,才气过人。三年,灭秦,自立为西楚霸王。五年,卒亡其国,身死东城。《南史》曰:萧栋,字元吉。简文见废,侯景奉以为主。年号天正。未几,矫栋诏行禅让礼。封萧栋为淮阴王。《史记》曰:殷衰,帝乙崩,子辛立,是为帝辛,天下谓之纣。

⑪《史记》曰:赤泉侯为骑将,追项王。项王瞋目叱之,赤泉侯人马俱惊,辟易数里。赤泉侯即杨喜也,项羽灭,高帝封之。

⑫《史记》曰:武王伐殷,斩纣头,悬之白旗。《尚书大传》曰:唯四月,

太子发上祭于毕，下至于孟津之上。郑玄曰：四月，周四月也。发，周武王也，卒父业，故称太子也。

⑬《易》曰：飞龙在天，利见大人。毛苌《诗传》曰：跻，升也。

⑭《后汉书》曰：光武诸将议上尊号，耿纯进曰：天下士大夫捐亲戚，弃土壤，从大王于矢石之间者，其计固望攀龙鳞、附凤翼，以成其所志耳！

【许评】

[1] 元帝性好矫饰。始居文宣太后忧，依丁兰作木母。及武帝崩，秘丧逾年，乃发凶问。狡人好语，固不足信也。

[2] 引古立案，构思精而撰语峭。

教

建平王聘隐逸教[1]

江　淹

　　府、州、国纪纲①：夫妫夏已没，大道不行②。虽周惠之富，犹有渔潭之士③；汉教之隆，亦见栖山之夫④。迹绝云气，意负青天⑤，皆待绛蟒骧首，翠虬来仪⑥[2]。是以遗风独一本无"独"字扇百代，余烈激厉一本无"厉"字后生⑦。斯乃王教之助，古人之意焉。

　　吾税驾旧楚，憩乘汀潭⑧。挹於陵之操，想汉阴之高⑨。而山川遐久，流风亡沫⑩。养志数人，并未征采。善操将弃，良用慨然⑪。宜速详旧礼，各遣缥招⑫。　庶畅此幽襟，以旌蓬荜⑬。

【黎笺】

　　① 李善《宋公修张良庙教》注曰：纲纪，谓主簿之官也。教主簿宣之，故曰纲纪。犹今诏书称门下也。虞预《晋书》：东平主簿王豹白事齐王曰：况豹虽陋，故大州之纲纪也。

　　② 妫，谓舜也。孔安国《尚书传》曰：舜所居妫水之内也。夏，谓禹也。《礼记》曰：大道之行也，天下为公。选贤与能，讲信修睦。

　　③ 刘渊林《魏都赋》注曰：潭，渊也。屈平《卜居》曰："横江潭而渔。"扬子云《解嘲》曰：或横江潭而渔。《汉书》注亦引刘注。龚子曰：观渊林之所

引，则知子云之言，实本于原也；然今《卜居》无此语，岂今《楚辞》，非古全本也？

④《后汉书》曰：严光少有高名，与光武同游学。及光武即位，光乃变姓名，隐身不见。帝令以物色访之。齐国上言：有一男子，披羊裘，钓大泽中。帝疑其光，乃备安车，遣使聘之，三反而后至。车驾即日临其馆，光卧不起。帝即其卧而抚光腹曰：咄咄子陵！不可相助为理耶？光曰：士故有志，何至相迫乎？复引入，论道旧故，因共偃卧。光以足加帝腹上。明日，太史奏：客星犯帝座甚急。帝笑曰：朕故人严子陵共卧耳。除为谏议大夫，不屈，乃耕于富春山。

⑤《庄子》曰：绝云气，负青天。

⑥颜师古《汉书》注曰：螭似龙，一名地蝼。虬即龙之无角者。扬雄《解难》曰：独不见夫翠虬绛螭之将登乎天。虬，通作"虬"。

⑦《典引》曰：扇遗风，布芳烈。久而愈新，用而不竭。《春秋元命苞》曰：文王积善所润之余烈。

⑧《史记》：李斯曰：物极则衰，吾未知所税驾也。《方言》曰：舍车曰税，脱与税古字通。陆士衡《高祖功臣颂》曰：旧楚是分。毛苌《诗传》曰：憩，息也。《玉篇》曰：汀，水际平沙也。颜师古《汉书》注曰：潭，音寻，旁深也。

⑨《孟子》曰：陈仲子岂不诚廉士哉！居於陵。《后汉书·艺文志》[一]：於陵钦。刘向《上於陵子序》：於陵仲子为人灌园，著书十二篇。《庄子》曰：子贡南游于楚。反于晋，过汉阴，见一丈人，方将为圃畦。凿隧而入井，抱瓮而出灌。

⑩《说文》曰：遐，远也。《孟子》曰：其故家遗俗，流风善政，犹有存者。沫，已也。

⑪《后汉书》：梁竦曰：闲居可以养志，诗书足以自娱。《庄子》曰：养志者忘形，养形者忘利。《说文》曰：征，召也。颜师古《汉书》注曰：操，所

〔一〕《后汉书》误，当为《汉书》。

谓执持之志行也。

⑫《说文》曰：纁，浅绛也，古用元纁以进贤。

⑬贾逵《国语》注曰：旌，表也。荜，通作"筚"。《礼记》曰：筚门圭窬。郑玄注曰：筚门，荆竹织门也。《晋书·皇甫谧传赞》曰：士好安逸，栖心蓬筚。

【许评】

[1] 宋建平王景素，文帝第七子，宏之子也。位南徐州刺史加都督。好文章书籍，招集才异之士。时废帝不道，内外皆属意景素，而杨运长等深忌之。元徽四年，或告景素台城已溃，景素即举兵，为台军所杀。

[2] 处处矜炼窅邈，绝非肥艳浓香，故妙。

永嘉郡教[1]

丘 迟①〔一〕

贵郡控带山海，利兼水陆②，实东南之沃壤，一都之巨会③。而曝背拘牛，屡空于畎亩④；绩麻治丝，无闻于窭巷⑤[2]。其有耕灌不修，桑榆靡树⑥，遨游鄽里，酣酺卒岁⑦，越伍乖邻，流宕忘返⑧。才异相如，而四壁独立⑨；高惭仲蔚，而三径没人⑩。虽谢文翁之正俗⑪，庶几龚遂之移风⑫[3]。

【黎笺】

①《梁书》曰：迟，字希范，吴兴乌程人也。八岁便属文，父灵鞠常谓气骨似我。高祖著《连珠》，诏群臣继作者数十人，迟文最美。天监三年，出为永嘉太守，不称职，为有司所纠。

②《晋书·张华传》：冯纨曰：善政者，必审官方控带之宜。《史记·吴王濞传赞》曰：吴王之王由父省也。能使其众，以擅山海利。左思《蜀都赋》曰："水陆所凑，兼六合而交会焉。"

③潘岳《秋兴赋》曰："耕东皋之沃壤兮，输黍稷之余税。"《史记·货殖传》：邯郸亦漳河之间一都会也。《玉篇》曰：巨，大也。

④《蜀志》：秦宓曰：仆得曝背乎陇亩之中，诵颜氏之箪瓢，咏原宪之蓬户。曝亦作"暴"。《新序》曰：百姓饱牛而耕，暴背而耘。

⑤《毛诗》曰："不绩其麻，市也婆娑。"《左氏传》曰：犹治丝而棼之也。窭，於交切，或作"窨"，同"洼"。《玉篇》曰：深也。

⑥孔颖达《毛诗疏》曰：流泉所以灌溉，故观其浸润所及而耕之。《汉

〔一〕丘，底本作"邱"，避讳字。

书》曰：龚遂劝民农桑，令口种一树榆。

⑦《毛诗》曰："以遨以游。"鄘本作"廛"。《周礼·地官》：载师以廛里任国中之地。《玉篇》曰：酺，乐酒也。《说文》曰：酺，王德广布，大饮酒也。《史记·秦始皇纪》：天下大酺。

⑧《周礼》曰：五人为伍。《说文》曰：相参伍也。《晋书·石崇传论》：撞钟舞女，流宕忘归。

⑨《史记》曰：司马相如，字长卿，蜀郡成都人也。少时好读书，学击剑，故其亲名之曰犬子。既学，慕蔺相如之为人也，更名相如。时卓王孙有女文君，新寡，好音，故相如缪与令重，而以琴心挑之。相如之临邛，从车骑雍容闲雅甚都。及饮卓氏，弄琴。文君窃从户窥之，心悦而好之，恐不得当也。既罢，相如乃使人重赐文君侍者，通殷勤。文君夜亡奔相如。相如乃与驰归，家居徒四壁立。

⑩《三辅决录》曰：张仲蔚平陵人也。少与同郡魏景卿隐身不仕，所居蓬蒿没人。

⑪《汉书》曰：文翁少好学，通《春秋》。为蜀郡守，见蜀地僻陋，欲诱进之。选郡县小吏开敏有材者，遣诣京师受业博士，或学律令；又修起学官，招下县子弟，以为弟子。由是大化，比齐鲁焉。至武帝时，乃令天下郡国皆立学校官，自文翁为之始云。《礼记》曰：教训正俗，非礼不备。

⑫《汉书》曰：龚遂，字少卿，山阳南平阳人也。以明经为官，至昌邑郎中令。宣帝即位，以为渤海太守。渤海盗贼悉平，民安居乐业。

【许评】

[1] 武帝时迟为永嘉太守，今浙江温州府。

[2] 锺嵘评其诗"点缀映媚。似落花依草"，观此益信。

[3] 典质既胜，不事丽采，近人何从梦见。

卷 四

策 问

永明九年策秀才文

王　融①

李善注

问：昔周宣惰千亩之礼，虢公纳谏②；汉文缺三推之义，贾生置—作"直"言③[1]。良以食惟—作"为"民天，农为政本④。金汤非粟而不守，水旱有待而无迁⑤。朕式照前经，宝兹稼穑⑥。祥正而青旗肃事，土膏而朱纮戒典⑦。将使杏花菖叶，耕获不愆⑧；清耞泠风，述遵无废⑨[2]。而释耒佩牛，相沿莫反⑩；兼贫擅富，寖—作"浸"以为俗⑪。若爰井开制，惧惊扰愚民⑫；舄—作"潟"卤可腴，恐时无史白⑬。兴废之术，矢陈厥谋⑭。

【黎笺】

① 萧子显《齐书》曰：王融，字元长，琅邪人也。少而神明警惠，博涉有文才。晋安王版行军参军，迁中书郎。世祖疾，融欲立竟陵王子良，下廷尉，于狱赐死。

②《国语》曰：宣王即位，不藉千亩。虢文公谏曰：夫民之大事在农。

③《礼记》曰：躬耕帝籍，天子三推。《汉书》曰：文帝即位，贾谊说上

曰：一夫不耕，或受之饥；一女不织，或受之寒。上感谊言，始开籍田，躬耕以劝百姓。

④《汉书》：郦食其说汉王曰：臣闻王者以民为天，民以食为天。《尚书》：八政：一曰食。孔安国曰：勤农业也。《汉书》：文帝诏曰：农，天下大本也，民所恃以生也。

⑤《汉书》：蒯通说武信君曰：皆为金城汤池，不可攻也。《氾胜之书》曰：神农之教，虽有石城汤池，带甲百万，而无粟者弗能守也。《礼记》曰：虽有凶旱水溢，民无菜色。

⑥《范子计然》曰：五谷者，万民之命，国之重宝也。

⑦《东京赋》曰："及至农祥晨正，土膏脉起。"薛注：农祥天驷，即房星也。晨，时正中也，谓正月初也。善注：《国语》虢文公曰：太史顺时视土，农祥晨正，土乃脉发。太史告稷曰：土膏其动。韦昭曰：农祥，房星也。晨正，谓立春之日，晨中于午也。膏，土润也。《礼记》曰：孟春之月，天子驾苍龙，载青旗，躬耕帝籍。又曰：昔天子为籍田千亩，冕而朱纮，躬耕秉耒。郑玄《周礼》注曰：朱纮，以朱组为纮，一条属两端也。

⑧《氾胜之书》曰：杏始华，荣，辄耕轻土、弱土；望杏花落，复耕之，辄蔺之。此谓一耕而五获。《吕氏春秋》曰：冬至五旬七日，菖始生。菖者，草之先者也。于是始耕。高诱曰：菖，菖蒲，水草也。

⑨《吕氏春秋》：后稷曰：凡耕之道，亩欲广以平，甽欲小以清。又曰：正其行，通其风，夬必中央，师为泠风。高诱曰：泠风，和风，所以成谷也。夬，决也，必于苗中央。师师然，肃泠风以摇长也。

⑩《盐铁论》曰：儒者释耒耜而学不验之语。《汉书》曰：龚遂为渤海太守，民有带持刀剑者，使卖剑买牛，卖刀买犊，何为带牛佩犊！杜预《左氏传》注曰：沿，缘也。

⑪《汉书》曰：兼并之涂。李奇曰：谓大家兼役小人，富者兼役贫民。《说文》曰：擅，专也。《风俗通》曰：子不以从令为孝，后主固宜是革，浸以为俗，岂不谬哉！

⑫《汉书》曰：民爰：上田夫百亩，中田夫二百亩，下田夫三百亩。岁耕

种者为不易上田,休一岁者为一易中田,休二岁者为再易下田,休三岁更耕之,自爰其处。贾逵《国语》注曰:爰,易也。《周礼》曰:亩百为夫,夫三为屋,屋三为井也。

⑬《史记》曰:史起引漳水溉田。邺民歌之曰:"决漳水兮灌邺旁,终古舄卤兮生稻粱。"又曰:秦中大夫白公复为秦穿泾水注渭,溉田四千余顷,因曰白渠也。

⑭《尚书序》曰:咎繇矢厥谟。孔安国曰:矢,陈也。

【许评】

[1] 此专以劝农为主。援古证今,立言不苟,开唐宋人表、启、碑、序法门。

[2] 秀语。

天监三年策秀才文①

任 昉②

李善注

问：朕本自诸生，弱龄有志③[1]。闭户自精，开卷独得④。九流《七略》，颇尝观览；六艺百家，庶非墙面⑤。虽一日万机，早朝晏罢⑥，听览之暇，三余靡失⑦。上之化下，草偃风从⑧。惟此虚寡，弗能动俗⑨。昔紫衣贱服，犹化齐风⑩；长缨鄙好，且变邹俗⑪。虽德惭往贤，业优前事。且夫搢绅道行，禄利然也⑫。朕倾心骏骨，非惧真龙⑬，轺轩青紫，如拾地芥⑭[2]。而惰游废业，十室而九⑮。鸣鸟蔑闻，《子衿》不作⑯。宏奖之路，斯既然矣⑰。犹其寂寞，应有良规⑱。

【黎笺】

① 何之元《梁典》曰：天监，武帝年号也。

② 刘璠《梁典》曰：任昉，字彦昇，乐安人。四岁诵古诗数十篇，十六举秀才第一，辞章之美，冠绝当时。为宁朔将军新安太守，卒。

③ 《锺离意别传》曰：严遵与光武皇帝俱为诸生。《礼记》：孔子曰：大道之行也，与三代之英，丘未之逮，而有志焉。

④ 《楚国先贤传》曰：孙敬入学，闭户牖，精力过人，太学谓曰"闭户生"；入市，市人相语"闭户生来"，不忍欺也。晋陶渊明《与子俨等疏》曰：开卷有得，便欣然忘食。

⑤ 《汉书》曰：九流，有儒家流、道家流、阴阳家流、法家流、名家流、墨家流、纵横家流、杂家流、农家流。又曰：刘歆总群书而奏其《七略》。故有《辑略》，有《六艺略》，有《诸子略》，有《诗赋略》，有《兵书略》，有《数术略》，有

《方技略》。《广雅》曰：颇，少也。《周礼》：保氏养国子以道，乃教之六艺：一曰五礼，二曰六乐，三曰五射，四曰五御，五曰六书，六曰九数。《淮南子》曰：百家异说，各有所出。《论语》：子谓伯鱼曰：汝为《周南》、《召南》矣乎？人而不为《周南》、《召南》，其犹正墙面而立也与！［补］孙志祖曰：赵云：六艺，六经也。《书》曰：不学墙面。

⑥《尚书》曰：兢兢业业，一日、二日万机。《墨子》曰：早朝晏罢，断狱治政也。

⑦《上林赋》曰："朕以览听余闲，无事弃日。"《魏略》曰：董遇，字季真，善《左氏传》。从学者云"若渴无日"，遇言"当以三余"。或问"三余"之意，遇言：冬者岁之余，夜者日之余，阴雨者时之余。

⑧《论语》：子曰：君子之德风，小人之德草，草上之风必偃。

⑨ 蔡邕《姜肱碑》曰：至德动俗，邑中化之。

⑩《韩子》曰：齐桓公好服紫，一国尽服紫，当时十素不得一紫。公患之，告管仲。管仲曰：君欲止之，何不自诚勿衣也！谓左右曰：甚恶紫臭。公曰：诺。于是郎中莫衣紫，其明日，国中莫有衣紫，三日，境内莫衣紫。

⑪《韩子》曰：邹君好长缨，左右皆服长缨，甚贵。邹君患之，问左右。左右对曰：君好服之，百姓亦多服，是故贵。邹君因先自断其缨而出，国中皆不服长缨。

⑫《封禅书》曰：因杂搢绅先生之略术。班固《汉书赞》曰：大师众至千余人，盖禄利之路然也。

⑬《新序》曰：郭隗谓燕王曰：古之君，有以千金市千里马者，三年不得。人请求之。三月得马，已死矣，买其骨以五百金。君大怒之。人曰：死马骨且市之，况生马乎？天下必以王为好马矣！于是不能期年，千里马至者二。今王诚愿致士，请从隗始，隗且见事，况贤于隗者乎？又：子张见鲁哀公。哀公不礼。去，曰：君之好士，有似叶公子高之好龙也。叶公好龙，室屋雕文，尽以写龙。于是天龙闻而下之，窥头于牖，拖尾于堂。叶公见之，弃而退走，失其魂魄，五色无主。是叶公非好真龙也，好夫似龙而非龙者也。今君之好士也，好夫似士而非士者也！

⑭ 范晔《后汉书》曰：袁绍，宾客所归，辎辀紫毂，填接街陌。《说文》曰：辀，车前衣，车后为辎。《汉书》曰：夏侯胜每讲授，常谓诸生曰：士病不明经，经术苟明，其取青紫如俯拾地芥尔！言好学明经术，以取贵位之服，如似车载之多也。取之易也，如拾地草。

⑮《礼记》曰：垂绥五寸，游惰之士。郑玄曰：惰游，罢人也。《抱朴子》曰：秦降及季杪，天下欲反，十室而九。

⑯ 言古者收教不及于道者，故天下太平而凤凰至，学校废则作《子矜》以刺之，而人感思学。今则不然，言不如古也。《尚书》：周公曰：攸罔勖，弗及耇，造德弗降我，则鸣鸟不闻。毛苌《诗传》曰：蔑，无也。《诗序》曰：《子衿》，刺学废也。《两都赋序》曰："王泽竭而诗不作。"

⑰《小尔雅》曰：奖，劝也。

⑱《魏志》：明帝报王朗诏曰：钦纳至言，思闻良规。

【许评】

[1] 此专以训学为主。萧老公喜事铺张，故其臣亦每为夸饰。

[2] 宕逸泓蔚，雅有真致。

卷　五

表

为宋公至洛阳谒五陵表①

傅　亮②

李善注

　　臣裕言：近振旅河湄，扬旌西迈③，将届旧京，威怀司雍④[1]。河流遄疾，道阻且长⑤。加以伊洛榛芜，津涂久废⑥，伐木通径，淹引时月⑦。始以今月十二日，次故洛水浮桥。山川无改，城阙为墟。宫庙隳顿，钟簴空列。观宇之余，鞠为禾黍⑧。廛里萧条，鸡犬罕音⑨。感旧永怀，痛在心目⑩[2]。

　　以其月十五日，奉谒五陵⑪。坟茔幽沦，百年荒翳。天衢开泰，情礼获申。故老掩涕，三军凄感。瞻拜之日，愤慨交集[3]。行河南太守毛脩之等⑫，既开剪荆棘，缮修毁垣⑬，职司既备，蕃卫如旧。伏惟圣怀，远慕兼慰，不胜下情。谨遣传诏殿中中郎臣某，奉表以闻。

【黎笺】

①《晋书》曰：义熙十二年，洛阳平。裕命修晋五陵，置守备。

② 沈约《宋书》曰：傅亮，字季友，北地人也。博涉经史，尤善文辞。初

为建威参军,稍迁至散骑常侍。后太祖收亮,付廷尉,伏诛。

③《左氏传》:季文子曰:中国不振旅,蛮夷入伐。《诗》曰:"居河之湄。"

④《左氏传》:魏绛曰:戎狄事晋,诸侯威怀。又曰:晋郤缺言于赵宣子曰:叛而不讨,何以示威?服而不柔,何以示怀?非威非怀,何以示德?非德,何以主盟?《太康地记》曰:司州,司隶校尉治,汉武帝初置。其界本西得雍州之地,今以三辅为雍州。

⑤《诗》曰:"遡回从之,道阻且长。"

⑥《蜀志》许靖《与曹公书》曰:袁术方命圮族,津涂四塞。

⑦《东观汉记》曰:岑彭伐树木开道,直出黎丘。

⑧《毛诗》曰:"踧踧周道,鞠为茂草。"毛苌曰:鞠,穷也。《毛诗序》曰:过故宗庙宫室,尽为禾黍。

⑨《楚辞》曰:"山萧条而无兽。"《东观汉记》:北夷寇作,无鸡鸣犬吠之声。

⑩ 刘琨《答卢谌诗》曰:"哀我皇晋,痛在心目!"

⑪ 郭缘生《述征记》曰:北邙,东则乾脯山,山西南晋文帝崇阳陵,陵西武帝峻阳陵;邙之东北宣帝高原陵、景帝峻平陵;邙之南,则惠帝陵也。

⑫ 沈约《宋书》曰:毛脩之,字敬文,荥阳人也。高祖将伐羌,为河南、河内二郡太守,戍洛阳。

⑬《左氏传》:戎子驹支曰:驱其狐狸,剪其荆棘。《西京赋》曰:"步毁垣而延仁。"

【许评】

[1] 雍,於用切。司雍,司州、雍州也。

[2] 以深婉之思,写悲凉之态,低徊百折,直令人一读一击节也。

[3] 不甚斫削,然曲折有劲气。六朝章奏,季友不愧专门。

为萧拜太尉扬州牧表[1]

江 淹

元文既降,雕牒增辉①。礼蔼前英,宠华昔典②。仰震威容,俯惭陋识,心魂战栗,若殒若殡③[2]。

臣景能验才,无假外镜④;撰已练志,久测内涯⑤。故让不饰迹,辞非谦距。寸亮尺素,频触瑶圹⑥;丹情实理,备尘珠冕⑦[3]。而神居寂阻,九重严绝⑧,徒怀汉臣伏阙之诚,竟无鲁人回日之感⑨。所以回惧鸿威,后奔殊令者也。

既而永鉴隆魏,缅思宏晋。国之大政,在功与位。故静民纽乱[4],不处舆台之下⑩;去勋舍德,宁班衮司之上⑪。咸以休对性业,裁成器灵。讵有移风变范,克耀伦序者乎⑫?今臣绩不炤民,忠岂宜国!名爵赫曦⑬,偄偄优忝。陛下久超异礼之荣,越次殊常之秩⑭。虽寝寐矜战,曲垂哀亮;而玺册冲正,愈赐砥砺⑮[5]。

今便肃顺天诰,恭闻睿典⑯。审躬酌私,必跋危挠⑰。将恐氓俗由此方扰,轨训以之交芜⑱。臣岂不勉智馨忠⑲[6],未知所以报奉渊圣,输感霄极。取诸微躬,长为惭荷。

【黎笺】

① 《广雅》曰:牒,版也。颜师古《汉书》注:小简曰牒。

② 《广雅》曰:蔼,盛也。

98

③《玉篇》曰：殒，殁也。《说文》曰：殡，死在棺，将迁葬柩，宾遇之。

④ 郑玄《毛诗笺》曰：景，明也。《玉篇》曰：验，证也。

⑤ 郑玄《礼记》注曰：撰，犹持也。

⑥ 谢灵运诗曰："寸心若不亮。"古诗曰："中有尺素书。"孔安国《尚书传》曰：瑶，美玉。又曰：纩，细绵。

⑦《说文》曰：冕，大夫以上冠。古黄帝初作冕。

⑧《楚辞》曰："君之门兮九重。"

⑨《淮南子》曰：鲁阳公与韩遘难，战酣方暮，援戈而麾之，日为之反三舍。

⑩《左氏传》曰：天有十日，人有十等：王臣公，公臣大夫，大夫臣士，士臣皂，皂臣舆，舆臣隶，隶臣僚，僚臣仆，仆臣台。

⑪ 褚渊表曰：虽秩轻于衮司，而任重于百辟。

⑫《尔雅》曰：范，常也。班固《荐谢夷吾表》曰：方之古贤，实有伦序。

⑬ 张平子《思玄赋》旧注曰：赫戏，盛也。曦与"戏"同。

⑭ 郑玄《周礼》注曰：秩，禄廪也。贾公彦疏曰：谓依班秩受禄。

⑮《说文》曰：玺，王者印也。又曰：册，符命也，诸侯进受于王者也。象其札，一长一短，中有二编之形。《礼记》曰：近文章，砥砺廉隅。

⑯《玉篇》曰：睿，圣也。

⑰ 张晏《汉书》注曰：跋，蹋也。

⑱ 陆云《泰伯碑》曰：内修训范，外陶氓俗。贾逵《国语》注曰：轨，法也。

⑲ 毛苌《诗传》曰：罄，尽也。

【许评】

[1] 太尉，齐明帝萧鸾也。高帝犹子，尝为扬州刺史。

[2] 琢采秀削，别开奥窔。昔人讥其句句生涩，余谓醴陵佳处，即在生涩上。

［3］"寸亮"四句,言其重让不允也。

［4］纽,擘也。见《广雅》、《释言》。

［5］奥思奇兀,独具炉锤。

［6］造句精绝。

为萧骠骑谢被侍中慰劳表[1]

江 淹

　　臣某言：即日侍中秘书监臣戢至，奉宣诏旨慰劳。便受毂中帷，练甲外垒①。旍旄—作"麾"蔽景，舆徒竞气②。人怀秋严，士蓄霜断③。晦魂已掩，气—作"氛"竖未县④。稽钺仵威，寝兴震慨⑤[2]。

　　今王人临郊，皇华降庭⑥。辉耀望实，将激威武⑦。载鹍之夫，迎光蹀恩⑧；投石之师，攀焰竦惠⑨。楚纩越醪，方兹惭润⑩。臣忝属阃私，弥抱渥洽。不任下情⑪。

【黎笺】

　　①《汉书》：冯唐曰：臣闻上古王者遣将也，跪而推毂。《三礼图》曰：四旁及上曰帷。《汉书》：高帝曰：运筹帷幄之中，决胜千里之外。马融《左氏传》注曰：被练为甲里也。《韩非子》：陈轸曰：秦得韩之都而驱其练甲，秦韩为一，以南乡楚。《说文》曰：垒，军壁也。

　　②旍，本作"旌"。《说文》曰：析羽注旍首，所以进士卒。又曰：旄，幢也。郑玄《周礼》注曰：旄牛尾，舞者所持以指麾。挚虞《太康颂》曰："耀武六旬，舆徒不疲。"

　　③《春秋繁露》曰：春气爱，秋气严，夏气乐，冬气哀。《宋书·萧思话传》：伏承司徒英图电发，殿下神武霜断。

　　④《说文》曰：晦，月尽也。《黄庭内景经》注曰：月中夫人，字曰月魂。《史记》曰：寒者利裋褐。赵岐曰：裋，一音竖，谓褐布竖，裁为劳役之衣，短而且狭，故谓之短褐，亦曰竖褐。

　　⑤韦昭《国语》注曰：稽，棨戟也。崔豹《古今注》曰：棨戟，殳之遗象

101

也，前驱之器，以木为之，后世以赤油韬之，谓之油戟，亦谓之棨戟。王公以下通用之以前驱。《广雅》曰：钺，斧也。王逸《楚辞》注曰：伫，立貌也。《毛诗》曰："载寝载兴。"

⑥《尔雅》曰：邑外谓之郊。《说文》曰：距国百里为郊。《毛诗》曰："皇皇者华。"毛苌传曰：皇皇，煌煌也。华，草木之华也。

⑦《晋书》：王导曰：求之望实，惧非良计。又《王敦传论》：历官中朝，威名夙著；作牧淮海，望实逾隆。《尔雅》曰：出为治兵，尚威武也。

⑧《东京赋》曰："武夫戴鹖。"李善注曰：鹖，鸷鸟也，斗至死乃止，令武士戴之，取猛也。司马彪《续汉书》曰：虎贲骑皆鹖冠。《楚辞》曰："众踥蹀而日进兮。"王逸注曰：踥蹀，行貌。

⑨《史记》曰：王翦击荆，荆悉国中兵以拒秦。翦坚壁而守。久之，使人问军中戏乎？对曰：方投石超距。《说文》曰：竦，敬也。《方言》曰：西汉间相观曰耸。竦与耸古字通。

⑩《左氏传》曰：楚子伐萧，师人多寒。王巡三军，拊而勉之。三军之士，皆如挟纩。《列女传》曰：子不闻越王句践之伐吴耶！客有献醇酒一器者，王使人注上流，使士卒饮下流，味不加喙而卒战自五也。《说文》曰：醪，汁滓酒也。

⑪宋玉《九辩》曰："常被君之渥洽。"

【许评】

［1］齐明帝常为骠骑大将军。

［2］用笔深刻，布采陆离。或谓其琢削过甚，少灏达之风。然此乃作者结构苦心，非好为艰深也。

经通天台奏汉武帝表①[1]

沈　炯②

臣闻桥—作"乔"山虽掩,鼎湖之灶—作"灵"可祠③;有鲁遂荒,大庭之迹无泯④。伏惟陛下,降德猗兰,纂灵丰谷⑤。汉道既登,神仙可望[2]。射之罘于海浦,礼日观而称功⑥;横中流于汾河,指柏梁而高宴⑦。何其甚乐! 岂不然与? 既而运属上仙,道穷晏驾⑧。甲帐—作"翠幕"珠帘,一朝零落⑨。茂陵玉碗—作"椀",遂出人间⑩。凌云故基,与原田而肮肮⑪;扶—作"别"风余趾,带陵阜而芒芒—作"茫茫"⑫。羁旅缧臣,能不落泪⑬! 昔承明既厌—作"见罢",严助东归⑭;驷马可乘,长卿西返⑮。恭闻故实,窃有愚心⑯。黍稷非馨,敢望徽福⑰。但雀台之吊,空怆魏君⑱;雍丘之祠〔一〕,未光夏后⑲。瞻仰烟霞—作"徽猷",伏增凄恋。

【黎笺】

①《三辅黄图》曰:武帝元封二年,作甘泉通天台,去地百余丈,以候天神。元凤间自毁。

②《南史》曰:沈炯,字初明,吴兴武康人也。少有隽才,为当时所重。初,高祖尝称炯宜居王佐,军国大政,多预谋谟。文帝又重其才用,欲宠贵之。会王琳入寇大雷,留异拥据东境,帝欲使炯因是立功,乃解中丞,加明威将军遣还乡里,收合众徒。以疾卒于吴中。

③《史记·封禅书》曰:北巡朔方,还,祭黄帝冢桥山。又曰:黄帝采首

──────────

〔一〕丘,底本作"邱",避讳字。注文同。

山铜铸鼎于荆山下，鼎既成，黄帝已上天。后世因名其处曰鼎湖。《括地志》曰：湖水原出虢州湖城县南三十五里夸父山，北流入河，即鼎湖也。《史记·封禅书》曰：李少君以祠灶谷道却老方见上，言祠灶皆可致物，致物而丹沙可化为黄金。黄金成，以为饮食器则益寿，益寿而海中蓬莱仙者乃可见之。以封禅，则不死，黄帝是也，于是天子始亲祠灶。

④《汉书·地理志》曰：周兴，以少昊之墟曲阜封周公子伯禽，为鲁侯。杜预《左氏传》注曰：大庭氏，古国名，在鲁城内，鲁于其处作库。

⑤《洞冥记》曰：汉武帝未诞时，景帝梦一赤彘从云中直下，入崇兰阁。帝觉而坐于阁上，果见赤气如烟雾来蔽户牖，望上有丹霞蓊郁而起，乃改崇兰阁为猗兰殿。后王夫人诞武帝于此殿。《尔雅》曰：纂，继也。《宋书》顺帝诏曰：朕袭运金枢，纂灵瑶极。陆机《汉高祖功臣颂》曰：龙兴泗滨，虎啸丰谷。李善云：《汉书》曰：高祖居沛丰。

⑥ 包咸《论语》注曰：道，治也。孔安国《尚书传》曰：登，成也。《汉书》曰：武帝太始三年，幸琅邪，礼日成山；登之罘，浮大海。晋灼曰：《地理志》云：东莱腄县有之罘山祠。师古曰：罘，音浮。腄，音直瑞反。司马长卿《子虚赋》曰："观乎成山，射乎之罘。浮渤澥，游孟诸。"《西京赋》曰："嚣声振海浦。"薛综曰：海浦，四渎之口。《尸子》曰：泰山上有三峰，东曰日观，鸡鸣时见日出；西曰秦观，可望长安，始皇登此西望，故名，又西曰越观，可望会稽，一名月观，以与日观相对。

⑦ 汉武帝《秋风词》曰："泛楼船兮济汾河，横中流兮扬素波。"《汉书》曰：武帝元鼎二年春，起柏梁台。《三辅旧事》曰：柏梁台，以香柏为梁也。《三辅黄图》曰：帝常置酒柏梁上，诏群臣和诗。

⑧《史记》：王稽谓范雎曰：宫车一日晏驾，是事之不可知也。韦昭曰：凡初崩为晏驾者，臣子之心，犹谓宫车当驾而晚出。应劭曰：天子当晨起早作，如方崩殒，故称晏驾。

⑨《汉书·西域传赞》曰：孝武之世，广开上林，营千门万户之宫，立神明通天之台，兴造甲乙之帐。颜师古注曰：其数非一，以甲乙次第名之也。《拾遗记》曰：石虎于太极殿前起楼高四十丈，结珠为帘，垂五色玉佩，铿锵

和鸣。《礼记》曰：草木零落，然后入山林。孔融《与曹操书》曰：海内知己，零落殆尽。

⑩《汉书》曰：武帝建元二年初置茂陵。又《地理志》：右扶风县茂陵。颜师古注曰：《黄图》云：本槐里之茂乡。《汉武故事》：邯县有一人于市货玉杯，吏疑其御物，欲捕之，因忽不见。县送其器推问，乃茂陵中物也。霍光自呼吏问之，说市人形貌如先帝。

⑪刘义庆《世说》曰：凌云台楼观精巧，先称平众木轻重，然后造构，乃无锱铢相负揭。台虽高峻，常随风摇动，终无倾倒之理。魏明帝登台，惧其势危，以大材扶持之，楼即颓坏。论者谓轻重力偏故也。《左氏传》：原田每每，舍其旧而新是谋。《毛诗》曰："周原朊朊，堇荼如饴。"

⑫《汉书·地理志》曰：故秦内史，武帝更名主爵都尉为右扶风。《尔雅》曰：大阜曰陵，大陆曰阜。《毛诗》曰："宅殷土芒芒。"《左氏传》：芒芒禹迹，画为九州。

⑬《左氏传》：陈敬仲曰：羁旅之臣。又曰：不以缧臣衅鼓，使归就戮于秦。

⑭《汉书》曰：严助拜为会稽太守，数年不闻问。上赐书曰：君厌承明之庐，劳侍从之事，怀故土。张晏曰：承明庐在石渠门外。

⑮《成都记》曰：司马长卿，成都人。初，西去，过升仙桥，题柱曰：大丈夫不乘驷马高车，不复过此桥！后为中郎将，建节使蜀。太守以下郊迎，县令负弩前驱。

⑯《周语》：樊穆仲曰：赋事行刑，必问于遗训而咨于故实。《汉书》：贡禹曰：臣禹不胜拳拳，不敢不尽愚心。

⑰《尚书》曰：黍稷非馨，明德惟馨。《左氏传》曰：君惠徼福于敝邑之社稷，敢辱寡君。

⑱《魏志》曰：建安十五年，太祖乃于邺作铜雀台。《邺中记》：邺城西北立台，皆因城为基址，中央名铜雀台。陆士衡《吊魏武帝文》曰：登雀台而群悲，贮美目其何望！《说文》曰：怆，伤也。

⑲《后汉书·郡国志》曰：陈留郡雍丘本杞国。《陈留风俗记》：雍丘

县有夏后祠。

【许评】

[1] 荆州陷,炯为西魏所虏。以母老在东,恒思归国。尝独行经汉武帝通天台,为表奏之,陈己思归之意。其夜,梦有宫禁之所,兵卫甚严,便以情事陈诉。闻有人言,甚不惜放卿还,几时可至? 少日,果与王克等,并获东归。

[2] 汉武辟疆开宇,宏拓郡县,厥功甚伟。而后世以神仙征伐之事,概没其迹。独此文,可称知己。

为陈六宫谢表^①

江 总^②

鹤籥晨启^③，雀钗晓映^{④[1]}。恭承盛典，肃荷徽章。步动云袿，香飘雾縠^⑤。愧缠艳粉，无情拂镜^⑥；愁萦巧黛，息意临窗^⑦。妾闻汉水赠珠，人间绝世^⑧；洛川拾翠，仙处无双^⑨。或有风流行雨，窈窕初日^⑩，声高一笑，价起两环^{⑪[2]}。乃可桂殿迎春^⑫，兰房侍宠^⑬。借班姬之扇，未掩惊羞^⑭；假蔡琰之文，宁披悚戴^⑮。

【黎笺】

① 郑玄《周礼》注曰：六宫，谓后也。妇人称寝曰宫。宫，隐蔽之言。后象王，立六宫而居之，亦正寝一，燕寝五。

②《南史》曰：总，字总持，济阳考城人也。陈宣帝时，为太子詹事。总性温裕，工诗，溺于浮靡。及为宫端，与太子为长夜之饮，养良娣陈氏为女。太子亟微行游总家，宣帝闻，遂怒，免之。后又历侍中、左户尚书。后主即位，历吏部尚书仆射、尚书令。不持政务，日与后主游宴后庭，多为艳诗，与陈暄、孔范等十余人，当时谓之"狎客"。以至于亡。入隋，拜上开府。开皇十四年卒。

③ 郑玄《礼记》注曰：籥，如笛，三孔。

④ 曹植《美女篇》曰："头上金爵钗，腰珮翠琅玕。"何逊诗曰："雀钗横晓鬓。"爵，通"雀"。

⑤《释名》曰：妇人上衣曰袿。颜师古《汉书》注曰：雾縠，言轻细若云雾也。宋玉《神女赋》曰："动雾縠以徐步。"

⑥《说文》曰：缠，绕也。

⑦《珠丛》曰：紫，卷之也。《说文》曰：黛，画眉也。《释名》曰：代也，灭眉毛去之，以此画代其处也。

⑧ 刘向《列仙传》曰：郑交甫将南适楚，遵彼汉皋台下，乃遇二女，佩两珠，大如荆鸡之卵。交甫与之言曰：欲子之佩。二女解与之。既行，返顾。二女不见，佩亦失矣。

⑨ 曹植《洛神赋》曰："容与乎阳林，流眄乎洛川。"又曰："或采明珠，或拾翠羽。"

⑩ 宋玉《高唐赋》曰："旦为朝云，暮为行雨。"《毛诗》曰："窈窕淑女。"宋玉《神女赋》曰："其始来也，耀乎若白日初出照屋梁。"

⑪《登徒子好色赋》曰："嫣然一笑，惑阳城，迷下蔡。"《左氏传》曰：宣子有二环，其一在郑商。

⑫《三辅黄图》曰：昆明池中有灵波殿，皆以桂为殿柱，风来自香。又引《西京杂记》曰：温室殿香桂为柱。庾肩吾诗曰："桂殿月偏来，留光引上才。"

⑬《三辅黄图》曰：赵皇后居昭阳殿。有女弟俱为婕妤，贵倾后宫。昭阳舍兰房椒壁。

⑭ 班婕妤《怨诗》曰："新裂齐纨素，鲜洁如霜雪。裁成合欢扇，团团似明月。"

⑮《后汉书》曰：陈留董祀妻者，同郡蔡邕之女也。名琰，字文姬。博学有才辨，又妙于音律。适卫仲道。为胡骑所获，没于南匈奴。曹操赎之，而重嫁于祀。感伤乱离，追怀悲愤，作诗二章。

【许评】

[1] 一意雕绘，语语精绝。恨不唤起十三行妙手，玉版书之。

[2] 长其声价，固当一字一缣。

疏

与赵王伦荐戴渊疏①[1]

陆　机②

　　盖闻繁弱登御,然后高墉之功显③;孤竹在肆,然后降神之曲成④。是以高世之主,必假远迩之器;蕴匵一作"匱"之才,思托大音之和⑤。伏见处士广陵戴若思,年三十。清冲履道,德量允塞⑥。思理足以研幽,才鉴足以辨物⑦[2]。安穷乐志,无风尘之慕⑧;砥节立行⑨,有井渫之洁⑩。诚东南之遗宝,宰朝之奇璞也⑪。若得托迹康衢,则能结轨骥騄⑫;曜质廊庙,必能垂光玙璠矣⑬。惟明公垂神采同"採"察,不使忠允之言,以人而废。

【黎笺】

①《晋书》曰:赵王伦,字子彝,宣帝第九子也。母曰柏夫人。魏嘉平初,封安乐亭侯。五等建,改封东安子,拜谏议大夫。武帝受禅,封琅邪郡王。咸宁中,改封于赵。

②《晋书》曰:机,字士衡,吴郡人。祖逊,吴丞相。父抗,吴大司马。机少袭,领父兵,为牙门将军。年二十而吴灭。退临旧里,与弟云勤学,积十一年,誉流京华,声溢四表,被征为太子洗马。至太康末,与弟云俱入洛。太常张华表重其名,如旧相识。尝谓之曰:人之为文,常恨才少;而子,更患其多。天才秀逸,辞藻宏丽,一代之绝。

③杜预《左氏传》注曰:繁弱,大弓名。《后汉书》曰:垂氏兴政于巧工,

造父登御于骅骝。《周易》曰：公用射隼于高墉之上。郑玄《礼记》注曰：小城曰墉。

④《周礼·春官·大司乐》：孤竹之管，云和之琴瑟。郑玄注曰：孤竹，竹特生者。《汉书》曰：叔孙通因秦乐人制宗庙乐。太祝迎神于庙门，奏《嘉至》，犹古降神之乐也。

⑤陆贾《新语》曰：道术蓄积而不舒，美玉韫匮而深藏。蕴，与"韫"同。《管子》曰：昔黄帝以其缓急，作五声以正五钟，其一曰清钟大音。《老子》曰：大音希声。

⑥《史记》曰：江都王建，国除，地入于汉，为广陵郡。《汉书·地理志》：广陵，景帝四年更名江都，武帝元狩间更名广陵。《晋书》曰：渊字若思。字书曰：冲，虚也，《周易》：履道坦坦，幽人贞吉。《尚书》曰：温恭允塞。

⑦《周易》曰：君子以类族辨物。

⑧《礼记》曰：独乐其志，不厌其道。

⑨蔡邕《郭有道碑》曰：砥节励行，直道正辞。

⑩《周易》曰：井渫不食。王弼注曰：渫，不停污之谓也。

⑪李善《南都赋》注曰：璞，玉之未理也。司马彪《赠山涛诗》："卞和潜幽冥，谁能证奇璞。"

⑫《尔雅》曰：五达谓之康，四达谓之衢。《广雅》曰：轨，迹也。《说文》曰：骥，千里马。孙阳所相者。按孙阳即伯乐。《玉篇》曰：骎马，骏马。周穆王八骏之一。魏文帝《典论》曰：咸以自骋骥骎于千里，仰齐足而并驰。

⑬《说文》曰：廊，东西序也。《玉篇》曰：庑下也。杜预《左传》注曰：玙璠，美玉。

【许评】

[1] 戴渊少时游侠，不治行检。陆机赴假还洛，辎重甚盛，渊使少年掠劫。渊在岸上，据胡床指麾左右，皆得其宜。机于船屋上遥谓之曰："卿才如此，亦复作劫邪？"渊便泣涕投剑归机。机弥重之，定交，作笔荐焉。

[2] 寥寥数语，大旨已得。不似后人铺张扬厉，称过其实。以此益见晋人之高。

卷 六

启

为卞彬谢修卞忠贞墓启①[1]

任　昉

李善注

臣彬启：伏见诏书，并郑义泰宣敕，当赐修理臣亡高祖、晋故骠骑大将军②、建兴忠贞公壶坟茔。臣门绪不昌，天道所昧，忠构一作"遘"身危，孝积家祸。名教同悲，隐沦惆怅③。而年世贸迁，孤裔沦塞④，遂使碑表芜灭，丘树荒毁〔一〕，狐兔成穴，童牧哀歌⑤。感慨自哀，日月缠迫⑥[2]。

陛下弘宣教义，非求效于方今⑦；壶余烈不泯，固陈力于异世⑧。但加等之渥，近阙于晋典⑨；樵苏之刑，远流于皇代⑩。臣亦何人，敢谢斯幸！不任悲荷之至，谨奉启事以闻。谨启。

【黎笺】

① 萧子显《齐书》曰：卞彬，字士蔚。官至绥建太守，卒。

② [补]《晋书·卞壶传》：改赠壶侍中、骠骑将军，开府仪同三司。

〔一〕丘，底本作"邱"，避讳字。

111

③ 王隐《晋书述》曰：壼及二子死，征士翟汤闻而叹曰：父为忠臣，子为孝子，忠孝之道，萃于一门，可谓贤哉！"名教"谓王隐，"隐沦"谓翟汤。《世说》乐广曰：名教中自有乐地。桓子《新论》曰：天下神人五，二曰隐沦。

④《广雅》曰：贸，易也。

⑤ 桓子《新论》曰：雍门周以琴见孟尝君，曰：臣切悲千秋万岁后，坟墓生荆棘，狐兔穴其中，樵儿牧竖，踯躅而歌其上也。

⑥ 刘公幹《赠五官中郎诗》曰："感慨以长叹。"

⑦ 杜预《左氏传序》曰：弘宣祖业。仲长子《昌言》曰：引之于教义。《说苑》曰：圣王布德施惠，非求报于百姓也。

⑧《春秋元命苞》曰：文王积善所润之余烈。《论语》：子曰：周任有言曰：陈力就列，不能者止。

⑨《左氏传》曰：凡诸侯薨于朝会，葬加一等；死王事，加二等。

⑩《战国策》：颜斶谓齐王曰：秦攻齐，令曰：敢有去柳下季垄五十步樵采者，罪死不赦。

【许评】

[1] 忠贞名壼，字望之，晋尚书令。永嘉中苏峻称兵，六军败绩，壼赴贼。二子眕、盱随从，俱为贼所害。赠侍中、开府，谥忠贞。后七十余年，盗发其墓，尸僵如生，须发苍然，爪甲穿手背。安帝赐钱十万封之。入梁复毁，武帝又加修治。

[2] 彦昇文简炼入韵，绝无畦町可窥。所谓秀采外扬，深衷内朗，其体格当在休文之上。

送橘启^①

刘　峻^②

　　南中橙甘^③，青鸟所食^④。始霜之旦，采—作"採"之风味照座，劈之香雾噀人。皮薄而味珍，脉不黏肤，食不留滓^⑤。甘逾萍实，冷亚冰壶^⑥。可以熏神，可以荐鲜，可以渍蜜^⑦。毡乡之果，宁有此邪^{⑧[1]}？

【黎笺】

①《说文》曰：橘果出江南，树碧而冬生。

②《梁书》曰：峻，字孝标。好学。家贫，寄人庑下，自课读书。尝燎麻炬，从夕达旦。或昏睡爇其发，既觉复读，终夜不寐，其精力如此。居东阳，吴会人士，多从其学。历普通二年卒，时年六十。门人谥曰元靖先生。

③ 谢朓诗曰："南中荣橘柚。"《说文》曰：橙，橘属也。甘，通作"柑"，《上林赋》曰："黄甘橙楱。"

④《伊尹书》曰：箕山之东，青鸟之所有，卢橘夏熟。

⑤《春秋繁露》曰：至于季秋而始霜，至于孟冬而始大寒。《埤苍》曰：劈，剖也。噀，本作"潠"。《三苍》曰：潠，喷也。滓，谓汁滓也。

⑥《家语》曰：楚昭王渡江。江中有物大如斗，圜而赤，直触王舟。舟人取之。王大怪之，遍问群臣，莫之能识。王使使聘于鲁，问于孔子。孔子曰：此为萍实也，可剖而食。吉祥也，惟霸者为能获焉。鲍明远《乐府诗》曰："清如玉壶冰。"

⑦ 薛综《东京赋》注曰：熏，和悦貌。《毛诗》曰："左右芼之。"毛苌曰：芼，择也。《尔雅》曰：芼，搴也。郭注谓拔取菜。孙炎曰：择菜也。《通俗文》曰：水浸曰渍。

113

⑧ 鲍照《瓜步山揭文》曰：北眺毡乡，南瞷炎国。

【许评】

［1］结画短篇，朗润芬烈。读之觉生香如挹纸上。

谢始兴王赐花纨簟启[1]

刘孝仪①

丽兼桃象,周洽昏明②。便觉夏室已寒,冬裘可袭③。虽九日煎沙④,香粉犹弃⑤;三旬沸海⑥,团扇可捐⑦[2]。

【黎笺】

①《梁书》曰:潜,字孝仪。秘书监孝绰弟也。幼孤。与兄弟相励勤学,并工属文。孝绰常曰:三笔六诗。三,即孝仪;六,孝威也。大宝元年病卒,时年六十七。有文集二十卷行于世。

② 左思《吴都赋》曰:"桃笙象簟,韬于筒中。"刘渊林注曰:桃笙,桃枝簟也。吴人谓簟为笙;又折象牙以为簟也。

③ 谢朓诗曰:"珍簟清夏室,轻扇动凉飔。"《国语》曰:陨霜而冬裘具。《玉篇》曰:袭,重衣也。

④ 曹植《大暑赋》曰:"映扶桑之高炽,燎九日之重光。"《说苑》曰:汤之时大旱七年,雒坼川竭,煎沙烂石。《易林》曰:煎沙盛暑,鲜有不朽。

⑤《齐民要术》曰:作香粉法唯多著丁香于粉合中,自然芳馥。

⑥《阴阳书》曰:三伏,曹植谓之三旬。傅咸《感凉赋》曰:"赫融融以弥炽,乃沸海而焦陵。"

⑦《说文》曰:捐,弃也。

【许评】

[1] 萧憺字僧达,武帝第十一子。天监元年,封始兴郡王。

[2] 绮藻宣茂,不滞于俗。

谢东宫赍内人春衣启①

庾肩吾②

阶边细草,犹推缥叶之光③;户前桃树,翻讶蓝花之色④[1]。遂得裾飞合燕,领斗分鸾⑤。试顾采薪,皆成留客⑥。

【黎笺】

①《说文》曰:赍,赐也。王融诗曰:"鞏容入朝镜,思泪点春衣。"

②《南史》曰:肩吾,字慎之。八岁能赋诗,为兄於陵所友爱。初为晋安王国常侍,被命与刘孝威等十人抄撰众籍,号为高斋学士。王为太子,兼东宫通事舍人。太宗即位,以为度支尚书。侯景矫诏遣喻当阳公大心,因逃入东。后间道奔江陵,仕至中书令,卒。文集行于世。

③颜师古《急就篇》注曰:缥,苍艾色。东海有草,其名曰莀,以染此色,因名缥云。

④《说文》曰:蓝,染青草也。郑玄《毛诗笺》曰:蓝,染草也。《史记·货殖传》注:徐广曰:茜,一名红蓝,其花染缯赤黄也。

⑤《方言》曰:袿,谓之裾。张衡《舞赋》曰:"裾似飞燕,袖如回雪。"《释名》曰:领,颈也,以雍颈也。亦言总领衣体,为端首也。《广雅》曰:鸾鸟,凤凰属也。《山海经》曰:女床山有鸟五采,名曰鸾。

⑥《楚辞·大招》曰:长袖拂面,善留客只。

【许评】

[1] 穷状物之妙,尽摛词之致。

谢明皇帝赐丝布等启^[1]

庾 信

倪璠注

臣某启：奉敕垂赐杂色丝布绵绢等三十段、银钱二百文。

某比年以来，殊有缺乏。白社之内，拂草看冰①；灵台之中，吹尘视甑②^[2]。恶妻狠妾，既嗟且憎；瘠子羸孙，虚恭实怨。王人忽降，大赉先临。天帝赐年，无逾此乐；仙童赠药，未均斯喜。

张袖而舞，玄鹤欲来③〔一〕；抚节而歌，行云几断④。所谓舟楫无岸，海若为之反风⑤；荞麦将枯，山林为之出雨⑥。况复全抽素茧—作"璽"云版—作"雪板"疑倾⑦；并落青鼻，银山或动⑧^[3]。是知青牛道士，更延将尽之命⑨；白鹿真人，能生已枯之骨⑩。

虽复拔山超海，负德未胜⑪；垂露悬针，书恩不尽⑫。蓬莱谢恩之雀，白玉四—作"双"环⑬；汉水报德之蛇，明珠一寸⑭^[4]。某之观此，宁无愧心！直以物受其生，于天不谢。谨启。

【黎笺】

① 《晋书》曰：董京常宿白社中，时乞于市。

―――――――

〔一〕玄，底本作"元"，避讳字。注文同。

117

②《三辅决录》注曰：第五颉，字子陵。为郡功曹，位至谏议大夫。洛阳无主人，乡里无田宅。客至灵台中，或十日不炊。《后汉书·范丹传》：歌曰："甑中生尘范史云。"

③《玉符瑞图》曰：晋平公鼓琴，有玄鹤二八而下，衔明珠舞于庭。一鹤失珠，觅得而去。《相鹤经》曰：鹤，寿二百六十岁则色纯黑。《尚书大传》曰：虞帝歌乐曰：和伯之乐舞玄鹤。又《韩子》曰：师旷奏清征，有玄鹤二八集廊门。

④《博物志》曰：秦青抚节悲歌，声振林木，响遏行云。

⑤《汉书》师古注曰：楫，所以刺船也。《庄子》：北海若曰：天下之水，莫大于海。《博物志》云：风山之首高三百里，风穴如电突，深三十里，春风自此而出也。何以知还风也？假令东风，云反从西来，诜诜而疾。此不旋踵立，西风矣。所以然者，诸风皆从上而下，或薄于云，云行疾，下虽有微风，不能上，上风来则反矣。

⑥《淮南子》曰：阴生于午，故五月为小刑。荠麦亭历枯。又云：荠，冬生，中夏死；麦，秋生，夏死。高诱曰：荠，水也。水王而生，土王而死；麦，金也。金王而生，土王而死。按荠麦枯于仲夏，正梅雨时也。

⑦ 言其白也。

⑧ 启谢丝等，当有钱矣。《洞冥记》曰：帝升望月台，有三青鸭化为三小童，皆著绮文襦，各握鲸文大钱，置帝前。干宝《搜神记》曰：南方有虫名青蚨，大如蚕子，取其子，母即飞来，不以远近；虽潜取其子，母必知处。以母血涂钱八十一文，以子血涂钱八十一文，每市物，或先用母钱，或先用子钱，皆复飞归，轮转无已。故淮南子术，以之还钱，名曰青蚨。

⑨《汉武帝内传》曰：封君达，陇西人。初服黄连五十余年，入鸟举山服水银百余年，还乡里如二十者。常乘青牛，故号青牛道士。闻有病死者，识与不识，便以腰间竹管中药与服，或下针，应手皆愈，不以姓名语人。间闻鲁女生得五狱图，连年请求。女生未见授，并告节度。二百余岁，乃入玄丘山去。

⑩《神仙传》曰：中山卫叔卿常乘云车，驾白鹿，见汉武帝。帝将臣之，

叔卿不言而去。武帝悔，求其子度世令追其父。度世登华山，见父与数人博石上，敕度世，令还山。古乐府云："仙人骑白鹿，发短耳何长！导我上太华，揽芝获赤幢。来到主人门，奉药一玉箱。主人服此药，身体日康强。发白复更黑，延年寿命长。"

⑪言恩德甚重，虽巨鳌不能负也。《汉书》：项羽曰：力拔山兮气盖世。《孟子》曰：挟泰山以超北海。

⑫庾肩吾《书品序》：流星疑烛，垂露似珠。参差倒薤，既思种柳之谣；长短悬针，复想定情之制。《酉阳杂俎》云：百体中，有垂露体、悬针体。言恩德不胜书也。

⑬干宝《搜神记》曰：汉时，弘农杨宝年九岁时，至华阴山北，见一黄雀为鸱枭所搏，坠于树下，为蝼蚁所困。宝见愍之，取归置巾箱中，食以黄花，百余日，毛羽成，朝去暮来。一夕三更，宝读书未卧，有黄衣童子向宝再拜曰：我西王母使者，使蓬莱，不慎为鸱枭所搏。君仁爱见拯，实感盛德。乃以白环四枚与宝，曰：令君子孙洁白，位登三事，当如此环。

⑭干宝《搜神记》曰：昔随侯因使入齐，路行深水沙边，见一小蛇，可长三尺，于热沙中宛转，头上血出。随侯见而愍之，下马以鞭拨于水中，语曰：汝若是神龙之子，当愿拥护于我。言讫而去。至于齐国。经二月，还，复经此道，有小儿手把一明珠，当道送与随侯曰：昔日深蒙救命，甚重感恩，聊以奉觊。侯曰：小儿之物，讵可受之！不顾而去。至夜，又梦小儿持珠与侯曰：儿乃蛇也。早蒙救护生全，今日答恩，不见垂纳，请受之，无复疑。侯惊异。迨旦，见一珠在床头，乃收之而感曰：伤蛇犹解知恩重报，在人反不知恩乎？侯归，持珠进纳，见述元由，终身食禄耳。《左传》：汉东之国随为大，故曰汉水。

【许评】

[1] 明皇帝周世宗宇文毓也，文帝长子，闵帝庶兄。

[2] 举体皆奇，扫除庸响。唐人自玉溪、金荃而下，不能拟只字。

[3] 极华赡，而不嫌于纤，故妙。

[4] 如比目鱼，两两相对。可谓工巧无敌。

谢赵王赉丝布启[1]

庾 信

倪璠注

　　某启：奉教，垂赉杂色丝布三十段①。

　　去冬凝闭，今春严劲②。霰一作"雪"似琼田，凌如盐浦③。张超之壁，未足郭风④；袁安之门，无人开雪⑤。覆鸟毛而不暖，然一作"燃"兽炭而逾寒⑥。远降圣慈，曲垂矜赈⑦。谕其蚕月，殆罄桑车；津实一作"费"秉杼，几空织室⑧。

　　遂令新市数钱，忽疑贩一作"败"彩；平陵月夜，惊闻捣衣⑨[2]。妾遇新缣，自然心伏⑩；妻闻裂帛，方当含笑⑪。庄周车辙，实有涸鱼⑫；信陵鞭前，元非穷鸟⑬。仰蒙经济，伏荷圣一作"深"慈。

【黎笺】

①　按赵王赉信下赉荀娘，其款至如此。

②　夏侯孝若《寒雪赋》曰："严气枯杀，玄泽闭凝。"

③　琼田，玉田也。《十洲记》曰：祖洲有不死之草，生琼田中。凌，冰也。《周礼》曰：凌人掌冰。郑注：凌，冰室。《晋书》：谢朗《咏雪》云："似撒盐空中。"言去冬今春，天寒严闭，视积雪凝冰，白如琼田盐浦也。[补]《西京杂记》曰：寒有高下。上暖下寒，则上合为大雨，下凝为冰、霰、雪是也。《子虚赋》曰："弋于盐浦。"郭璞曰：盐浦，海边地，多盐卤。

④　未详。《后汉书·文苑传》曰：张超，字子并，河间鄚人也。有文才，又善于草书，疑即是人。或其家贫，不足郭风耶。

⑤　《汝南先贤传》曰：时大雪，积地丈余。洛阳令自出按行，见人家皆

120

除雪出。有乞食者至袁安门，无有行路，谓安已死。令人除雪入户，见安僵卧。问何以不出。安曰：大雪人皆饿，不宜干人。令以为贤，举为孝廉也。

⑥《晋朝杂记》：洛下少炭，羊琇捣小炭屑，以物和之，作兽形，用以温酒。

⑦ 言当此严寒之候，蒙赵王赍丝布也。

⑧《蚕书》曰：月当大火，则浴其种。《三辅黄图》曰：织室在未央宫，又有东西织室。言所赍之多也。[补] 杼柚，谓机也。《毛诗》曰："小东大东，杼柚其空。"

⑨《郡国志》：新市属江夏，平陵属右扶风。江夏，梁之郢州，子山故国也。后周都长安。京兆、冯翊、扶风，汉之三辅。言己本羁旅，得此丝布，忽疑新市贩彩而来；在此平陵，惊闻捣帛裁衣，若将寄远也。

⑩ 古诗："新人从门入，故人从阁去。新人工织缣，故人工织素。织缣日一匹，织素五丈余。将缣来比素，新人不如故。"

⑪《史记》曰：周幽王后，好闻裂缯声。

⑫《庄子》云：庄周谓监河侯曰：周顾视车辙中，有鲋鱼焉，曰，我东海之波臣也，君岂有升斗之水以活我哉？

⑬《列士传》曰：魏公子无忌方入，有鸠飞入案下，见一鹞在屋，令纵鸠，鹞逐而杀之。公子为不食，曰：鸠避患归无忌，竟为鹞所得，吾负之。邻国捕得鹞三百余头，以奉公子。一鹞独低头不敢仰视，乃取杀之。《后汉书》曰：赵壹，字元叔，汉阳西县人。著《穷鸟赋》。

【许评】

[1] 赵王名招，周文帝第七子。博涉群书，好属文，学开府体。武成初，封赵国公，后进爵为王，史称赵滕诸王。与信周旋款至，有若布衣之交。

[2] 赋物典核，而意趣仍复洒然，自是启笺妙手。

121

谢赵王赉白罗袍袴启①

庾　信

倪璠注

　　某启：垂赉白罗袍袴一具②。

　　程据上表，空谕—作"论"雉头③；王恭入雪，虚称鹤氅④。未有悬机巧缲—作"综"，变缀奇文，凤不去而恒飞，花虽寒而不落⑤[1]。披千金之暂暖，弃百结之长寒⑥。永无黄葛之嗟，方见青绫之重⑦。对天山之积雪，尚得开衿—作"襟"⑧；冒广厦—作"乐"之长风，犹当挥汗⑨。白龟报主，终自无期⑩；黄雀谢恩，竟知何日⑪[2]？

【黎笺】

① 赵王所赉白罗袍袴，皆冬时具也，览启内便知。

② 按下文袍袴似著绵者。《尔雅》：袍，襺也。《左传》：重襺衣裘。

③ 《晋咸宁起居注》曰：太医司马程据上雉头裘一领，诏于殿前焚之。

④ 《晋书》曰：王恭，字孝伯。恭美姿仪，人多爱悦。或目之云：濯濯如春月柳。被鹤氅裘，涉雪而行。孟昶窥见之，叹曰：此真神仙中人也。

⑤ 谓罗上织成花凤文也。

⑥ 《说苑》曰：千金之裘，非一狐之皮也。王隐《晋书》曰：董威于市得碎缯，辄以为衣，号曰百结衣。

⑦ 《吴越春秋》云：越王自吴还国，劳身苦心，悬胆于户，出入尝之。知吴王好服之被体，使国中男女，入山采葛，作黄纱之布以献之。吴王乃增越之封。越国大悦。采葛之妇，伤越王用心之苦，乃作《苦之何》诗。《汉武帝内传》曰：王母二侍女，年可十六七，服青绫之桂。

⑧《史记索隐》曰：祁连山一曰天山，亦曰白山，在张掖、酒泉二郡界。《西河旧事》曰：白山冬夏有雪，故曰白山。匈奴谓之天山，过之皆下马焉。去蒲类海百里之内。《后汉·明帝纪》注云：天山即祁连山，今名折罗汉山，在伊州北。

⑨［补］《汉书·王吉传》：广厦之下，细旃之上。《后汉书·崔骃传》：广厦成而茂木畅，远求存而良马絷。原注作"广乐"。《列子》曰：钧天广乐。又云：广乐，疑作"广莫"，《淮南子》曰：北方广莫风。《江赋》云："长风飑以增扇，广莫飏而气整。"

⑩《幽明录》曰：晋咸康中，豫州刺史毛宝戍邾城。有一军人于武昌市得一白龟，长四五寸，置瓮中养之，渐大，放江中。后邾城遭石氏败，赴江者莫不沉溺，所养人被甲入水中，觉如堕一石上。须臾视之，乃是先放白龟。既得至岸，回顾而去。亦见《搜神后记》。

⑪吴均《续齐谐记》曰：弘农杨宝至华阴山，见一黄雀，伤瘢甚多，宝怀之以归，置巾箱中，唊以黄花，积年乃去。是夕，宝三更读书，有黄衣童子曰：我王母使者，昔使蓬莱，为鸱枭所搏，蒙君之仁爱见救，今当受赐南海，别以四玉环与之，曰：令君子孙洁白，从登三公事，如此环矣。宝名位日隆，子震，震生秉，秉生彪，四世名公。

【许评】

［1］葩采迅发，情韵欲流。

［2］属对精致。

谢滕王赉马启[1]

庾　信

倪璠注

　　某启：奉教，垂赉乌骊马一匹。

　　柳谷未开，翻逢紫燕①；临—作"陵"源犹远，忽见桃花②。流电争光，浮云连影③。张敞画眉之暇，直走章台④；王济饮酒之欢，长驱金埒⑤[2]。

【黎笺】

①《搜神记》曰：张掖之柳谷，有开石焉，其文有五马，象魏晋代之兴也。《西京杂记》曰：文帝有紫燕骝。

②[补]郭璞《游仙诗》曰："临源挹清波，陵冈掇丹荑。"原注：临，作"陵"，引陶潜《桃花源记》：武陵人捕鱼为业。忽逢桃花林，林尽水源，便得一山。山中人云：先世避秦来此。《尔雅》曰：黄白杂毛驱。郭璞注云：即今之桃花马也。言马名桃花，即类武陵源矣。

③《西京杂记》曰：文帝自代还，有良马九匹，号为九逸，一名浮云，一名赤电。

④《汉书》曰：张敞为妇画眉。长安中传张京兆眉忦。时罢朝会过，走马章台街，使御史驱，自以便面拊马。

⑤《世说》曰：王武子被责，移第北邙。时人多地贵，济好马射，买地作埒，编钱匝地竟埒。时号曰金埒。

【许评】

[1] 滕王名逌,周文帝第十三子。少好经史,解属文,开府集序系逌所撰。初封滕国公,进爵为王。

[2] 幽峭雅至,斯为六朝碎金。

辞随王子隆笺[1]

谢　朓①

李善注

故吏文学谢朓，死罪死罪。即日被尚书召，以朓补中军新安王记室参军。

朓闻潢污之水，愿朝宗而每竭②；驽蹇之乘，希沃若而中疲③。何则？皋壤摇落，对之惆怅④；歧路西东，或以欷歔⑤。况乃服义徒拥，归志莫从⑥。邈若坠雨，翩似秋蒂⑦。

朓实庸流，行能无算⑧。属天地休明，山川受纳⑨，褒采一介，抽—作“搜”扬小善⑩，故舍耒场圃，奉笔兔园⑪。东乱三江，西浮—作“游”七泽⑫。契阔戎旃，从容宴语⑬。长裾日曳，后乘载脂⑭。荣立府庭，恩加颜色⑮。沐发晞阳，未测涯涘⑯；抚臆论报，早誓肌骨⑰。

不寤—作“悟”沧溟未运，波臣自荡⑱；渤澥方春，旅翮先谢⑲。清切藩房，寂寥旧苹⑳。轻舟反溯，吊影独留㉑[2]。白云在天，龙门不见㉒，去德滋永，思德滋深㉓。唯待青江可望，候归艎于春渚㉔；朱邸方开，效蓬心于秋实㉕。如其簪履或存，衽席无改㉖，虽复身填沟壑，犹望妻子知归㉗。

揽涕告辞，悲来横集㉘。不任犬马之诚㉙。

【黎笺】

① 《齐书》曰：谢朓，字玄晖，陈郡人。少有美名。解褐豫章王行参军，稍迁至尚书吏部郎兼知卫尉事。江祐等谋立始安王遥光，朓不肯。祐白遥光，遥光收朓，下狱死。

② 《左氏传》曰：潢污行潦之水。《尚书》曰：江汉朝宗于海。

③ 班彪《王命论》曰：驽蹇之乘，不骋千里之涂。王逸《楚辞》注曰：蹇，跛也。《法言》曰：希骥之马，亦骥之乘也。李轨曰：希，望也。《诗》曰："我马维骆，六辔沃若。"沃若，调柔也。

④ 《庄子》：仲尼谓颜回曰：山林与皋壤，使我欣欣而乐。乐未毕也，哀又继之。《楚辞》曰："草木摇落而变衰。"又曰："惆怅予兮私自怜。"

⑤ 乌合切。《淮南子》曰：杨子见歧路而哭之，为其可以南，可以北。又曰：雍门周见于孟尝，孟尝君为之呜唈流涕。欼与"呜"同。

⑥ 言密服义之情也。《楚辞》曰："身服义而未沬。"郑玄《仪礼》注曰：拥，抱也。《孟子》曰：予浩然有归志。曹植《应诏诗》曰："朝觐莫从。"

⑦ 潘岳《杨氏七哀诗》曰："灌如叶落树，邈然雨绝天。"《论衡》曰：云散水坠，成为雨矣。郭璞《游仙诗》曰："在世无千月，命如秋叶蒂。"

⑧ 郑玄《论语》注曰：算，数也。

⑨ 天地喻帝，山川喻王。《左氏传》：王孙满曰：德之休明。又伯宗曰：川泽纳污，山薮藏疾。

⑩ 《尚书》：秦穆公曰：如有一介臣。《周书》《阴符》：太公曰：好用小善，不得真贤也。蔡邕《玄表赋》："庶小善之有益。"[补] 孙志祖曰：许云：《说文》：抽，引也。《后汉书·范滂传》：抽拔幽陋。

⑪ 《诗》曰："九月筑场圃。"《西京杂记》曰：梁孝王好宫室苑囿之乐，筑兔园也。

⑫ 言常从子隆也。萧子显《齐书》曰：随王子隆为东中郎将会稽太守，后迁西将军荆州刺史。三江，越境也。七泽，楚境也。孔安国《尚书传》曰：正绝流曰乱。《尚书》曰：三江既入，震泽底定。《楚辞》曰："过夏首而西浮。"《子虚赋》曰："臣闻楚有七泽。"

⑬《毛诗》曰："死生契阔。"《周礼》：九旗通帛曰旜。刘向《七言》曰：宴处从容观诗书。《毛诗》曰："燕笑语兮，是以有誉处兮。"

⑭ 邹阳上书曰：何王之门，不可曳长裾乎？魏文帝《与吴质书》曰：文学托乘于后车。《毛诗》曰："载脂载牵，还车言迈。"

⑮ 曹植《艳歌行》曰："长者赐颜色。"

⑯《楚辞》曰："朝濯发于汤谷兮，夕晞余身乎九阳。"

⑰《演连珠》曰：抚臆论心。陈思王《责躬表》曰：抱衅归蕃，刻肌刻骨。

⑱《庄子》曰：鲲化而为鸟，其名曰鹏。海运则将徙于南溟。司马彪曰：转，运也。又曰：庄周谓监河侯曰：周顾视车辙中，有鲋鱼焉，曰：我东海之波臣也，君岂有升斗之水而活我哉？

⑲ 沧溟、渤海，皆以喻王；波臣、旅翮，皆自喻也。《解嘲》曰：若江湖之鱼，渤海之鸟。

⑳ 藩房，王府。旧莩，胏舍也。刘桢《赠徐幹诗》曰："拘限清切禁，中情无由宣。"《左氏传》曰：莩门圭窦之人，皆陵其上。

㉑ 言舟反而己留也。《洛神赋》曰："浮轻舟而上溯。"曹子建《责躬表》曰：形影相吊，五情愧赧。

㉒《穆天子传》：西王母为天子谣曰："白云在天，山陵自出。道路悠远，山川间之。将子无死，尚能复来。"《楚辞》曰：过夏首而西浮，顾龙门而不见。王逸曰：龙门，楚东门也。[补]《江陵记》：南关三门，一名龙门。

㉓《庄子》：徐无鬼谓女商曰：子不闻夫越之流人乎？去国数日，见其所知而喜；去国旬月，见所常见于国中而喜；及期年也，见似人者而喜矣。不亦去人滋久者，思人滋深乎？

㉔ 冀王入朝，而己候于江渚也。杜预《左氏传》注曰：艅艎，舟名也。

㉕《史记》曰：诸侯朝天子，于天子之所，立舍曰邸。诸侯朱户，故曰朱邸。庄子谓惠子曰：夫子拙于用大，则夫子犹蓬之心也夫！《韩诗外传》：简王曰：夫春树桃李，秋得食其实也。[补]《魏志·邢颙传》：忘家丞之秋实。

㉖《韩诗外传》曰：少原之野，有妇人刈菁薪而失簪，哭甚哀。言不忘

旧。楚昭王亡其踦履,已行三十步,复还取之。左右曰:何惜此? 王曰:吾悲与之俱出,不俱反。自是楚国无相弃者。《韩子》曰:文公至河,命席褥捐之。咎犯闻之曰:席褥,所卧也,而君弃之,臣不胜其哀。郑玄《周礼》注曰:衽席,乃单席也。

㉗《列女传》:梁高行曰:妾夫不幸早死,先狗马填沟壑。《东观汉记》:张湛谓朱晖曰:愿以妻子托朱生。

㉘《楚辞》曰:"思美人兮揽涕而伫眙。"又曰:"涕横集而成行。"《汉书》:中山靖王曰:不知涕泣之横集。

㉙《史记》:丞相青翟曰:臣不胜犬马心。

【许评】

[1] 隋郡王萧子隆,齐武帝第八子。为都督荆州刺史,好词赋。朓为子隆镇西功曹,转文学,尤被赏爱。长史王秀之以朓年少,密启闻武帝,朓知之,因事求还。笺辞子隆,执笔便成,文无点易。

通篇情思宛妙,绝去粉饰肥艳之习,便觉浓古有余味。

[2] 姿采幽茂,古力蟠注,乃六朝人真实本领。

卷 七

书

登大雷岸与妹书[1]

鲍 照

吾自发寒雨，全行日少①。加秋潦浩汗，山溪猥至②，渡泝一作"沂"无边③，险径游历④，栈石星饭，结荷水宿⑤。旅客贫辛，波路壮阔⑥[2]。始以今日食时，仅及大雷。涂登千里，日逾十晨。严霜惨节，悲风断肌⑦。去亲为客，如何如何！

向因涉顿，凭观川陆⑧，遨神清渚，流睇方曛⑨。东顾五一作"三"洲之隔，西眺九派之分⑩，窥地门之绝景⑪，望天际之孤云⑫，长图大念，隐心者久矣⑬[3]。南则积山万状，争气负高⑭。含霞饮景，参差代雄⑮。凌跨长陇，前后相属。带天有匝，横地无穷⑯[4]。东则砥原远隰，亡端靡际⑰。寒蓬夕卷，古树云平⑱。旋风四起，思鸟群归⑲。静听无闻，极视不见。北则陂池潜演，湖脉通连⑳。苎蒿攸积，菰芦所繁㉑[5]。栖波之鸟，水化之虫㉒。智吞愚，强捕小㉓，号噪惊聒，纷䎀其中㉔。西则回江永指，长波天合㉕。滔滔何穷，漫漫安竭㉖？创古迄今，舳舻相接㉗。思尽波涛，悲满潭壑㉘[6]。烟归八表，终为野尘㉙。而是注集，长写不测。修灵浩荡，知其何故哉㉚！

西南望庐山，又特惊异㉛。基献一作“压”江潮一作“湖”，峰与辰汉连接㉜。上常积云霞，雕锦缛㉝，若华夕曜，岩泽气通㉞。传明散彩，赫似绛天㉟。左右青霭，表里紫霄㊱。从岭而上，气尽金光；半山以下，纯为黛色㊲[7]。信可以神居帝郊，镇控湘汉者也㊳。

若潈洞所积，溪壑所射㊴，鼓怒之所豗击，涌澓之所宕涤㊵，则上穷荻浦，下至狶洲。南薄燕爪，北极雷淀㊶。削长埤短[8]，可数百里。其中腾波触天，高浪灌日。吞吐百川，写泄万壑㊷[9]。轻烟不流，华鼎振涾。弱草朱靡，洪涟陇蹙㊸。散涣长惊，电透箭疾㊹。穹溘崩聚，坻飞岭覆㊺。回沫冠山，奔涛空谷㊻[10]。碪石为之摧碎，碕岸为之韲落㊼[11]。仰视大火，俯听波声㊽。愁魄胁息，心惊慓矣㊾！

至于繁化殊育，诡质怪章㊿，则有江鹅海鸭，鱼鲛水虎之类(51)。豚首象鼻，芒须针尾之族(52)。石蟹土蚌，燕箕雀蛤之俦(53)。拆一作“折”甲曲牙，逆鳞反舌之属(54)。掩沙涨，被草渚(55)，浴雨排风，吹涝弄翮(56)。夕景欲沉，晓雾将合。孤鹤寒啸，游鸿远吟。樵苏一叹，舟子再泣(57)[12]。诚足悲忧，不可说也！

风吹雷飙，夜戒前路。下弦内外，望达所届(58)[13]。寒暑难适，汝专自慎。夙夜戒护，勿我为念。恐欲知之，聊书所睹。临涂草蹙，辞意不周。

【黎笺】

① 阮籍《东平赋》曰：“寒雨沦而下降。”

②马季长《长笛赋》曰："秋潦漱其下趾。"《说文》曰：潦，雨水也。浩汗，水广大无际貌。木华《海赋》曰："瀰漭浩汗。"《汉书·沟洫志》曰：水猥盛则放溢。颜师古注曰：猥，多也。又《长笛赋》曰："山水猥至。"

③《说文》曰：逆流而上曰泝，泝，向也，水欲下，违之而上也。郭璞《江赋》曰："寻之无边。"

④谢灵运《入华子冈诗》曰："险径无测度。"《说文》曰：历，过也。

⑤《通俗文》曰：板阁曰栈。《汉书》曰：张良说汉王烧绝栈道。谢灵运诗曰："虽未登云峰，且以欢水宿。"

⑥《说文》曰：壮，大也。

⑦《楚辞》曰："秋既先戒以白露兮，冬又申之以严霜。"又曰："哀江介之悲风。"

⑧毛苌《诗传》曰：丘一成为顿丘。《汉书·地理志》曰：顿丘县名，属东郡。郦道元《水经注》曰：石碛平旷，望兼川陆。陆士衡《豫章行》曰："川陆殊涂轨。"

⑨《玉篇》曰：遨，游也。《尔雅》曰：小洲曰渚。陆士衡《豫章行》曰："泛舟清川渚。"张衡《南都赋》曰："微眺流睇。"郑玄《礼记》注曰：睇，倾视也，徒计切。王逸《楚辞》注曰：曛，黄昏时也。

⑩《宋书·礼志》曰：龙飞五洲，凤翔九江。《水经注》曰：江水又东径轵县故城南，汉惠帝元年封长沙相利仓为侯国，城在山之阳，南对五洲也。江中有五洲相接，故以五洲为名。宋孝武帝举兵江州，建牙洲，上有紫云荫之，即是洲也。《说苑》曰：禹凿江以通于九派，洒五湖而定东海。《江赋》曰："流九派乎浔阳。"李善注曰：水别流为派。应劭《汉书》注曰：江自庐江、浔阳，分为九也。

⑪《河图括地象》曰：武关山为地门，上与天齐。

⑫《楚辞》曰："九天之际，安放安属?"扬雄《交州箴》曰：交州荒裔，水与天际。

⑬《尔雅》曰：图，谋也。念，思也。崔子玉《座右铭》曰：隐心而后动。刘熙《孟子》注曰：隐，度也。

⑭《汉书音义》曰：负，恃也。

⑮司马相如《子虚赋》曰："岑崟参差。"

⑯《玉篇》曰：跨，越也。又曰：陇，大坂也。《说文》曰：属，连也。

⑰砥，砺石，言其平也。《尔雅》曰：广平曰原。又：下湿曰隰。司马相如《上林赋》曰："视之无端，察之无涯。"《广雅》曰：际，方也。

⑱《说文》曰：蓬，蒿也。王僧达《和琅琊王诗》曰："孤蓬卷霜根。"《易林》曰：有鸟飞来，集于古树。

⑲《尔雅》曰：回风曰飘。郭璞曰：旋风也。陆机诗曰："思鸟有悲音。"又曰："嘤嘤思鸟吟。"

⑳《礼记》曰：毋竭川泽，毋漉陂池。郑玄注曰：蓄水曰陂。司马相如《上林赋》曰："衍溢陂池。"郭璞曰：陂池，江旁小水。《说文》曰：演，水脉行地中。

㉑《说文》曰：苆，可以为索。郑玄《礼记》注曰：蒿，亦蓬萧之属。《说文》曰：蒿，菣也。又曰：菰，雕菰，一名蒋也。《玉篇》曰：苇之未秀者为芦。

㉒《说文》曰：鱼，水虫也。《淮南子》曰：水居之虫不疾易水，行小变而不失常。

㉓《说文》曰：捕，取也。

㉔《说文》曰：聒，欢语也。《江赋》曰："千类万声，自相喧聒。"《说文》曰：牣，满也。

㉕王褒《洞箫赋》曰："回江流川，而溉其山。"李善曰：回江，谓江回曲也。《海赋》曰："长波浩潹。"

㉖毛苌《诗传》曰：滔滔，流貌。《玉篇》曰：水漫漫，平远貌。李善《文选》赋注曰：漫漫，无崖际之貌。

㉗《说文》曰：迄，至也。又曰：舳，舟尾也。舻，船头也。《江赋》曰："舳舻相属。"

㉘《苍颉篇》曰：涛，大波也。

㉙陶潜诗曰："远之八表，近憩云岑。"《庄子》曰：野马也，尘埃也，生物之以息相吹也。

㉚《楚辞》曰："夫唯灵修之故也。"王逸注曰：灵，神也。修，远也。又曰："怨灵修之浩荡兮。"王逸注曰：浩犹浩浩，荡犹荡荡，无思虑貌也。

㉛《后汉书·郡国志》注曰：庐山在寻阳县南首。匡俗先生者，出殷周之际，隐遁潜居其下，受道于仙人而共岭，时谓所止为仙人之庐而命焉。其山大岭凡七重，圆基周回，垂三五百里，其中鸟兽、草木之美，灵药、芳林之奇，所称名代。

㉜王充《论衡》曰：水者，地血脉，随气进退而为潮。

㉝《说文》曰：缛，繁采饰也。

㉞《楚辞》曰："若华何光。"王逸曰：若木何能有明赤之光华乎？《周易》曰：天地定位，山泽通气。

㉟班固《燕然山铭》曰：元甲耀日，朱旗绛天。陆云《南征赋》曰："朱光俛而丹野，炎晖仰而绛天。"

㊱《说文》曰：霭，云貌。

㊲黛色，青黛色也，似空青而色深。

㊳《楚辞》曰："夕宿兮帝郊，君谁须兮云之际。"《说文》曰：控，引也。湘、汉二水名。《说文》曰：湘水出零陵海阳山，北入江。《尚书》曰：东流为汉。

㊴《说文》曰：潨，小水入大水也。郭璞《尔雅》注曰：壑，溪壑也。

㊵《海赋》曰："于是鼓怒，溢浪扬浮。"李善曰：言风既疾，而波鼓怒也，引《上林赋》曰："沸乎暴怒。"又《海赋》曰："磊匒匒而相豗。"李善曰：豗，亦击也。《说文》曰：涌，腾也。《玉篇》曰：渡，渡流也。

㊶《尔雅》曰：淀谓之垽。郭璞曰：滓，淀也。《说文》曰：淀，滓垽也。《水经注》曰：汶水又西，合一水，西南入茂都淀。淀，陂水之异名也。

㊷《尚书大传》曰：百川趋于海。《海赋》曰："嘘噏百川。"李善曰：嘘噏犹吐纳也。

㊸《海赋》曰："噏波则洪涟踧踖，吹涝则百川倒流。"

㊹《玉篇》曰：涣，水盛貌。《易林》曰：散涣水长。《江赋》曰："溢流雷响而电激。"

㊺《玉篇》曰：溘，水也。郭璞《上林赋》注曰：坻，岸也。《海赋》曰："岑岭飞腾而反覆。"

㊻《玉篇》曰：沫，水浮沫也。班固《西都赋》曰："丰冠山之朱堂。"李善曰：殿居山上，故曰冠云。此言水势逾山也。

㊼碪，同砧，捣衣石也。《埤苍》曰：碕，曲岸头也。许慎《淮南子》注曰：碕，长边也。

㊽《尔雅》曰：大火谓之大辰。郭璞曰：大火，心也，在中最明，故时候主之也。《楚辞》曰："观天火之炎炀兮，听大壑之波声。"

㊾宋玉《高唐赋》曰："股战胁息。"李善曰：胁息犹翕息也。

㊿郑玄《周礼》注曰：能生非类曰化。《礼记》注曰：育，生也。《说文》曰：诡，变也。《广雅》曰：质，躯也。

51《金楼子》曰：海鸭大如常鸭，斑白文，亦谓之文鸭。《说文》曰：鲛鱼皮可饰刀。《述异记》曰：虎鱼老变为鲛鱼。《襄沔记》曰：沔水中有物如三四岁小儿，甲如鳞鲤，秋曝沙上，膝头似虎掌爪，常没水，名曰水虎。

52《临海水土记》曰：海豨，豕头，身长九尺。郭璞《山海经》注曰：今海中有海豨，体如鱼，头似猪。郭璞《江赋》曰："或鹿觡象鼻。"《北史》曰：真腊国有鱼名建同，四足无鳞，鼻如象，吸水上喷，高五六十丈。

53《本草》石蟹《集解志》：石蟹生南海，云是寻常蟹尔，年月深久，水沫相着，因化成石，每遇海潮，即漂去。郭璞《尔雅》注曰：蚌，蜃也。《说文》曰：蚌，蜃属，老产珠者也，一名含浆。《兴化县志》曰：魟鱼，头圆秃如燕，其身圆褊如簸箕，又曰燕魟鱼。《易通卦验》曰：立冬，燕雀入水为蛤。《礼记》曰：季秋之月，雀入大水为蛤。

54《大戴礼》曰：甲之虫三百六十，而神龟为之长。《水族加恩簿》曰：鳖一名甲拆翁。《史记》曰：夫龙之为物也，可扰狎而骑也；然其喉下有逆鳞径寸，人有撄之，则必杀人。《本草》曰：蜃，蛟之属，其状亦如蛇而大，有角如龙状，红鬣，腰以下鳞尽逆，食燕子，能嘘气成楼台城郭之状。王旻之《与琅琊太守许诚言书》曰：贵郡临沂县，其沙村逆鳞鱼可调药物，逆鳞鱼仙经谓之肉芝。《礼记》曰：反舌无声。郑玄注曰：反舌，百舌鸟也。孔颖达疏曰：百舌鸟者，蔡云：虫名，鸖也，今谓之虾蟆，其舌本前著口侧，而末向内，故谓之反舌。

(55) 沙，水散石也。涨，水大之貌。

(56) 涝，大波也。吹涝，见上文。《江赋》曰："鸳雏弄翮乎山东。"

(57) 《汉书音义》：晋灼曰：樵，取薪也。苏，取草也。左思《魏都赋》曰："樵苏往而无忌。"《毛诗》曰："招招舟子。"《江赋》曰："舟子于是搦棹。"

(58) 刘熙《释名》曰：弦，半月之名。其形一旁曲，一旁直，若张弓弛弦也。《参同契》曰：上弦兑数八，下弦艮亦八，两弦合其精，乾坤体乃成。

【许评】

[1] 照妹名令晖。照尝答孝武云：臣妹才自亚左芬，臣才不及太冲耳。大雷在今安庆府望江县，《水经注》所谓大雷口也。

[2] 首述羁旅之苦，意多郁结，而气自激昂。

[3] 总挈有法。

[4] 历言形胜之奇，运意深婉，铸词精缛。

[5] 鲜脆已极。食哀家梨，想亦不过尔尔。

[6] 沉郁语，非身历其境者不知。

[7] 烟云变灭，尽态极妍。即使李思训数月之功，亦恐画所难到。

[8] 埤，益也。见《广雅·释诂》。

[9] 惊涛骇浪，恍然在目。

[10] 句句锤炼无渣滓，真是精绝。

[11] 韲即"齑"字。《周礼·醢人》注：凡醯酱所和、细切为韲。案此处当训碎。《庄子·大宗师》：韲万物而不为义。《释文》引司马注：韲，碎也。

[12] 览景述事，意调悲凉。

[13] 明远骈体高视六代。文通稍后出，差足颉颃，而奇峭幽洁不逮也。

答新渝侯和诗书[1]

梁简文帝

垂示三首,风云吐于行间,珠玉生于字里①。跨蹑曹左一作"刘"②,会一作"含"超潘陆③。双鬟向光,风流已绝④;九梁插花,步摇为古⑤。高楼怀怨,结眉表色⑥;长门下泣,破粉成痕⑦。复有影里细腰,令与真类⑧;镜中好面,还将画等⑨[2]。此皆性情卓绝,新致英奇。故知吹箫入秦,方识来凤之巧⑩;鸣瑟向赵,始睹驻云之曲⑪。手持口诵,喜荷交并也。

【黎笺】

① 夏侯湛《抵疑》曰:"咳唾成珠玉,挥袂出风云。"

② 杨倞《荀子》注曰:跨,越也。《方言》曰:蹑,登也。曹,指曹植。左,指左思。

③ 潘,指潘岳。陆,指陆机。

④《说文》曰:鬟,颊发也。《释名》曰:其上连发曰鬟。《西京杂记》:文君十七而寡,为人放诞风流,故悦长卿之才而越礼焉。

⑤ 郑玄《毛诗笺》曰:珈之言加也。副既笄而加饰。如今步摇上饰。《正义》曰:步摇,副之遗象。梁,钗梁也。庾信诗:"步摇钗梁动。"倪注引此。

⑥ 曹植《七哀诗》曰:"明月照高楼,流光正徘徊。上有愁思妇,悲叹有余哀。"江淹诗曰:"结眉惨成虑。"

⑦ 司马相如《长门赋》序曰:孝武皇帝陈皇后时得幸,颇妒,别在长门宫,愁闷悲思。闻蜀郡成都司马相如天下工为文,奉黄金百斤,为相如、文

君取酒。因于解悲愁之辞。而相如为文以悟主上,陈皇后复得亲幸。

⑧《后汉书》曰:楚王好细腰,宫中多饿死。干宝《搜神记》曰:汉武帝时幸李夫人,夫人卒后,帝为之思念不已。方士齐人李少翁能致其神,乃夜设帷帐,明灯烛,而令帝居他帐遥望之,见美女居帐中,如李夫人之状。

⑨《汉书》曰:李夫人少而早卒,武帝怜悯焉,图画其形于甘泉宫。

⑩《列仙传》曰:萧史〔一〕,秦穆公时人,善吹箫。穆公有女号弄玉,好之。公遂以妻焉。遂教弄玉作凤鸣。居数十年,吹似凤凰,凤凰来止其屋,为作凤凰台。夫妇止其所,一旦随凤凰去。

⑪《西京杂记》曰:戚夫人侍高帝,常以赵王如意为言。而高祖思之,几半日不言,叹息凄怆,而未知其术。辄使夫人击筑,高祖歌《大风》诗以和之。又曰:夫人善鼓瑟,帝常拥夫人倚瑟而弦歌,毕,每泣下流涟。夫人善为翘袖、折腰之舞,歌《出塞》、《入塞》、《望归》之曲。侍婢数百,皆习之,后宫齐首高唱,声入云霄。

【许评】

[1] 新渝侯名映,始兴忠武王憺子。聪慧能文,特被东宫友爱。

[2] 貌无停趣,态有遗妍。眉色粉痕,至今尚留纸上。设与美人晨妆、倡妇怨情诸什连而读之,当如荀令君坐席,三日犹香。

〔一〕箫,亦作“萧”。

与萧临川书^[1]

梁简文帝

　　零雨送秋，轻寒迎节①。江枫晓落，林叶初黄②。登舟已积，殊足劳止③。解维金阙，定在何日④？八区内侍，厌直御史之庐⑤；九棘外府，且息官曹之务⑥。应分竹南川，剖符千里⑦。但黑水初旋，未申十千之饮⑧；桂宫既启，复乖双阙之宴⑨。文雅纵横，即事分阻⑩。清夜西园，眇然未克⑪。想征舻而结叹，望横—作"挂"席而沾襟⑫。若使弘农书疏〔一〕，脱还邺下⑬；河南口占，傥归乡里⑭。必迟青泥之封，且覯朱明之诗⑮。白云在天，苍波无极⑯。瞻之歧路，眷慨良深⑰。爱护波潮，敬勖光采^[2]。

【黎笺】

①《毛诗》曰："零雨其濛。"《尔雅》曰：徐雨曰零雨。

② 谢灵运诗曰："晓霜枫叶丹。"

③《毛诗》曰："民亦劳止。"

④ 颜师古《汉书》注曰：维，所以系船。

⑤《三辅黄图》曰：武帝后宫八区，有昭阳、飞翔、增成、合欢、兰林、披香、凤凰、鸳鸯等殿。《玉篇》曰：直，待也。《周礼》曰：御史掌邦国都鄙及万民之治令，以赞冢宰。《汉书》曰：御史大夫位上卿，在殿中兰台掌图籍秘书，外督部刺史，内领侍御史员十五人，受公卿奏事。又曰：严助为会稽太守，数年不闻问。上赐书曰：君厌承明之庐。张晏曰：直宿所止曰庐。

〔一〕弘，底本作"宏"，避讳字。

⑥《周礼》曰：朝士掌建邦外朝之法，左九棘，孤卿大夫位焉，群士在其后；右九棘，公、侯、伯、子、男位焉，群吏在其后。郑司农曰：树棘以为位者，取其赤心而外棘，象以赤心三刺也。《周礼》曰：外府掌邦布之入出，以共百物而待邦之用。《后汉书·百官志》有"四曹"、"六曹"之目。

⑦《宋书·州郡志》曰：南川县属西阳。《说文》曰：符，信也，汉制以竹，长六寸，分而相合。《东观汉记》：韦彪上议曰：二千石皆以选出京师，剖符典千里。

⑧《尚书》曰：黑水西河惟雍州。曹植《名都篇》曰："归来宴平乐，美酒斗十千。"

⑨《汉书》曰：成帝，元帝太子也，初居桂宫。《三辅黄图》曰：桂宫，汉武帝太初四年造，周回十余里。《古诗》曰："两宫遥相望，双阙百余尺。极宴娱心意，戚戚何所迫。"

⑩《大戴礼》曰：天子不知文雅之辞，少师之任。刘公幹《赠五官中郎将诗》曰："君侯多壮思，文雅纵横飞。"

⑪曹植《公宴诗》曰："清夜游西园，飞盖相追随。"

⑫《说文》曰：舻，舳舻也，一曰船头。木华《海赋》曰："维长绡，挂帆席。"《楚辞》曰〔一〕："泣歔欷而沾襟。"

⑬未详。案魏曹植留守邺，数与弘农杨修书，修亦答书焉。

⑭《汉书》曰：陈遵为河南太守，召善书吏十人于前，治私书，谢京师故人。遵凭几口占书吏，且省官事，书数百封，亲疏各有意。河南大惊。

⑮《东观汉记》曰：邓训将黎阳营兵，为幽部所归。迁乌桓校尉，黎阳故人知训好青泥封书，从黎阳步推鹿车，载青泥一襆至上谷遗训。《尔雅》曰：夏为朱明。《后汉书》注曰：立夏之日，迎夏于南郊，歌朱明、《八佾》，舞云翘之舞。潘岳诗曰："朱明送末垂。"

⑯《穆天子传》曰：西王母为天子谣曰："白云在天，山陵自出。"

⑰《列子·说符篇》曰：歧路之中，又有歧焉。

〔一〕辞，底本作"词"，因全书统一，改。

【许评】

[1] 萧子显、子云并为临川内史,此书当是与子云者。考梁普通四年,简文徙雍州刺史,三年立为皇太子,故书有"黑水初旋"、"桂宫既启"云云。而子云迁临川内史,适当是时。若子显,则先子云为临川。简文为太子时,已历侍中国子祭酒矣。

[2] 风骨翘秀,须韵人辨之。

与刘孝绰书[1]

梁简文帝

执别灞浐，嗣音阻阔①。合璧不停，旋灰屡徙②。玉霜夜下，旅雁晨飞。想凉燠得宜，时候无爽③。既官寺务烦，簿领殷凑④[2]。等张释之条理，同于公之明察⑤。雕龙之才本传，灵蛇之誉自高⑥。颇得暇逸于篇章，从容于文讽⑦。

顷拥旄西迈，载离寒暑⑧。晓河未落，拂桂櫂而先征⑨；夕鸟归林，县孤驷同"帆"而未息⑩[3]。足使边心愤薄，乡思遄回⑪。但离阔已久，载劳寤寐⑫。伫闻还驿，以慰相思⑬。

【黎笺】

①《前汉书·地理志》曰：霸水出蓝田谷西北而入渭。浐水亦出蓝田谷北，至霸陵入霸。灞与"霸"字通也。

②《汉书·律历志》曰：宦者淳于陵渠复覆太初历，晦、朔、弦、望，皆最密，日月如合璧，五星如连珠。颜师古曰：言其应候不差也。《后汉书·律历志》曰：候气之法：为室三重，户闭，涂衅必周密。布缇缦室中，以木为案，每律各一，内庳外高，从其方位，加律其上，以葭莩灰抑其内端，案律而候之，气至者灰动。其为气所动者，其灰散；人及风所动者，其灰聚。

③ 无爽，无失时也。

④《说文》曰：寺，廷也，有法度者也。《释名》曰：寺，嗣也，官治事者相嗣续于其内也。刘公幹诗曰："沉迷簿领书。"李善曰：簿领，谓文簿而记录之。司马彪《庄子》注曰：领，录也。杜预《左氏传》注曰：殷，盛也。《说文》

曰：凑，聚也。

⑤《汉书》曰：张释之，字季，南阳堵阳人也。为廷尉，持议平，天下称之。《汉书》曰：于定国，其父于公为廷尉，罗文法者，于公所决，皆不恨。

⑥《史记》：齐人颂曰：谈天衍，雕龙奭。裴骃《集解》引刘向《别录》曰：驺奭修衍之文饰，若雕镂龙文，故曰"雕龙"。《山海经》曰：南方有灵蛇吞象，三年，然后出其骨。曹植《与杨德祖书》曰：人人自谓握灵蛇之珠。

⑦《广雅》曰：讽，教也。

⑧《说文》曰：旄，幢也。班固《涿邪山祝文》曰：杖节拥旄。《说文》曰：迈，远行也。

⑨《楚辞》曰："桂櫂兮兰枻。"王逸注曰：櫂，楫也。或曰：桂取其香也。

⑩刘渊林《吴都赋》注曰：驳者，船帐也。

⑪潘岳《寡妇赋》曰："气愤薄而乘胸兮，涕交横而流枕。"《楚辞》曰："下江湘以遭回。"王逸注曰：遭回，运转也。

⑫《说文》曰：阔，疏也。《抱朴子》曰：朋友之集，其相见不复叙离阔、问安否。

⑬《尔雅》曰：驿，递传也。孙炎曰：传车，驿马也。

【许评】

[1] 孝绰本名冉，彭城人。辞藻为后进所宗。累迁尚书吏部郎，坐事左迁临贺王长史，卒。

[2] "官寺"二句诸选家多误作"既官时务，烦簿殷凑"，今据旧刻《古文管窥》正。

[3] 深情婉致，娓娓动人。吕仲悌《与稽叔夜书》"鸣鸡"一联，是其所祖。

追答刘秣陵沼书[1]

刘　峻①

李善注

刘侯既重有斯难,值余有天伦之戚,竟未之致也②。寻而此君长逝,化为异物③。绪言余论,蕴而莫传④。或有自其家得而示余者,余悲其音徽未沫,而其人已亡⑤;青简尚新,宿草将列⑥。泫然不知涕之无从也⑦[2]。

虽隙驷不留,尺波电谢⑧,而秋菊春兰,英华靡绝⑨。故存其梗概,更酬其旨⑩。若使墨翟之言无爽,宣室之谈有征⑪。冀东平之树,望咸阳而西靡;盖山之泉,闻弦歌而赴节⑫。但悬剑空垄,有恨如何⑬[3]?

【黎笺】

① 刘峻《自序》曰:峻,字孝标,平原人也。生于秣陵县,期月,归故乡。八岁,遇桑梓颠覆,身充仆围。齐永明四年二月,逃还京师。后为崔豫州刑狱参军。梁天监中,诏峻典掌石渠阁,以病乞骸骨。后隐东阳金华山。

② 孝标集有沼《难辨命论书》。《穀梁传》曰:兄弟,天伦也。何休曰:兄先弟后,天之伦次。

③ 魏文帝《与吴质书》曰:元瑜长逝,化为异物。

④ 庄子谓渔父曰:曩者先生有绪言而去。《子虚赋》曰:"愿闻先生之余论。"

⑤ 《楚辞》曰:"芬菲菲而难亏兮,芳至今犹未沫。"王逸曰:沫,已也。《孙卿子》曰:其器存,其人亡,以此思哀,则哀将焉不至?

⑥ 《风俗通》曰:刘向《别录》:杀青者,直治青竹作简书之耳。《礼记》

曰：朋友之墓有宿草而不哭焉。

　　⑦《礼记》：门人曰：防墓崩，孔子泫然流涕。又曰：孔子之卫遇旧馆人之丧，入而哭之。遇一哀而出涕，曰：予恶夫涕之无从也。

　　⑧《墨子》曰：人之生乎地上，无几何也，譬之犹驷而过郤。郤，古“隙”字也。陆机诗曰："寸阴无停晷，尺波岂徒旋？"[补] 孙志祖曰：《礼记》云：君子三年之丧，若驷之过隙。

　　⑨《楚辞》曰："春兰兮秋菊，长无绝兮终古。"

　　⑩《东京赋》曰："其梗概如此。"

　　⑪《墨子》曰：昔周宣王杀其臣杜伯而不辜。杜伯曰：吾君杀我而不辜，若以死者为无知则止矣；若死而有知，不出三年，必使吾君知之。期三年，周宣王合诸侯而田于圃，车数百乘，从数千人，满野。日中，杜伯乘白马素车，朱衣冠，执朱弓，挟朱矢，追宣王，射之车上，中心折脊，殪车中，伏弢而死。若书之说观之，则鬼神之有，岂可疑哉！《汉书》曰：文帝受厘宣室，因感鬼神事，问鬼神之本。贾谊具道所以然之故。

　　⑫《圣贤冢墓记》曰：东平思王冢在东平无盐。人传云，思王归国京师，后葬，其冢上松柏西靡。《宣城记》曰：临城县南四十里盖山，高百许丈，有舒姑泉。昔有舒氏女，与其父析薪，此泉处坐，牵挽不动，乃还告家。比还，唯见清泉湛然。女母曰：吾女本好音乐，乃弦歌。泉涌回流，有朱鲤一双。今作乐嬉戏，泉固涌出也。《文赋》曰："舞者赴节以投袂。"

　　⑬刘向《新序》曰：延陵季子将西聘晋，带宝剑以过徐君。徐君不言，而色欲之。季子为有上国之事，未献也，然心许之矣。致使于晋，顾反，则徐君死，于是以剑挂徐君墓树而去。

【许评】

　　[1] 沼字明信，终秣陵令。峻以不得志，著《辨命论》，沼致书难之，往反非一。其后沼作书，未出而卒。有人于沼家得书以示峻，峻乃作此书答之。

　　[2] 答死者书甚是创格。属词特凄楚缠绵，俯仰萦回，无限痛切。

　　[3] 结得婉，有味外味。

答谢中书书^[1]

陶弘景^{①〔一〕}

　　山川之美，古来共谈。高峰入云，清流见底，两岸石壁，五色交辉，青林翠竹，四时俱备。晓雾将歇，猿鸟乱鸣^②；夕日欲颓，沉鳞竞跃^③。实是欲界之仙都^④，自康乐以来，未复有能与其奇者^{⑤〔2〕}。

【黎笺】

　　① 南史曰：弘景，字通明，丹阳秣陵人也。幼有异操，得葛洪《神仙传》，昼夜研寻，便有养生之意。谓人曰：仰青云，睹白日，不觉为远矣。齐高帝作相，引为诸王侍读，除奉朝请。虽在朱门，闭影不交外物，唯以披阅为务。永明十年，上表辞禄。诏许之。于是止于句容之句曲山。恒曰：此山是第八洞宫，名金坛华阳之天。乃中山立馆，自号华阳隐居。善辟谷导引之法。大同二年卒，时年八十五，谥曰贞白先生。

　　② 王融《巫山高曲》曰："烟云乍卷舒，猿鸟时断续。"

　　③《楚辞》曰〔二〕："日杳杳以西颓。"阮瑀《为曹公与孙权书》曰：跃鳞清流。

　　④《护命经》曰：摩夷等六天为欲界。《十洲记》曰：沧海岛中有九老仙都。孙绰《游天台山赋》曰："陟降信宿，迄于仙都。"

　　⑤《南史》曰：谢灵运少好学，博览群书，文章之美，江左莫逮，从叔祖混特加爱之。袭封康乐公。爱山水，每寻山陟岭，必造幽峻，岩嶂数十重，莫不备登。灵运《游名山志》曰：石门涧六处。石门溯水上，入两山口，两边

〔一〕弘，底本作"宏"，避讳字。
〔二〕辞，底本作"词"，因全书统一，改。

146

石壁，右边石岩，下临涧水。集中有《登石门最高顶》诗。

【许评】

[1] 中书名微，或云徽。字元度，陈郡阳夏人。好学，善属文。尝为安成王法曹，累迁中书鸿胪。

[2] 演迤澹沱，萧然尘埏之外。得此一书，何谓白云不堪持赠？

为衡山侯与妇书①[1]

何 逊②

昔人遨游洛汭,会遇阳台③,神仙仿佛,有如今别④。虽帐前微笑,涉想犹存⑤;而幄里余香,从风且歇⑥[2]。掩屏为疾,引领成劳⑦。镜想分鸾,琴悲《别鹤》⑧。心如膏火,独夜自煎⑨;思等流波,终朝不息⑩[3]。

始知萋萋谖草,忘忧之言不实⑪;团团轻扇,合欢之用为虚⑫。路迩人遐,音尘寂绝⑬。一日三秋,不足为喻⑭。聊陈往翰,宁写款怀!迟枉琼瑶,慰其杼轴⑮。

【黎笺】

① 李延寿《南史》曰:衡山侯恭,南平王子也。善解吏事,所在见称。而性尚华侈,尤好宾友,酣宴终辰。尝谓元帝曰:下官历观时人,多有不好欢兴,乃仰眠床上,看屋梁著书,千秋万岁后,谁传此者?岂如临清风,对朗月,登山泛水,肆意酣歌也!

② 《南史》曰:逊,字仲言。八岁能赋诗。弱冠举秀才。天监中为尚书水部郎。南平王伟荐之武帝,与吴均俱进幸。后稍失意。帝曰:吴均不均,何逊不逊,吾有朱异,信则异矣。自是希复得见。卒,南平王迎其枢而殡藏焉。东海王僧孺集其文为八卷。

③ 《尚书》曰:攻位于洛汭。郑注云:汭,隈曲中也。曹植《洛神赋》曰:"容与乎阳林,流眄乎洛川。于是精移神骇,忽然思散。俯则未察,仰以殊观。睹一丽人,于岩之畔。"宋玉《高唐赋》曰:"昔者先王尝游高唐,怠而昼寝。梦见一妇人,曰:妾巫山之女,为高唐之客。闻君游高唐,愿荐枕席。王因幸之。去而辞曰:妾在巫山之阳,高丘之阻〔一〕,旦为朝云,暮为行雨,

---

〔一〕丘,底本作"邱",避讳字。

朝朝暮暮,阳台之下。"

④《楚辞》曰:"存仿佛而不见兮,心踊跃其若汤。"司马相如《子虚赋》曰:"眇眇忽忽,若神仙之仿佛。"

⑤《释名》曰:帐,张也。张施于床上也。《登徒子好色赋》曰:"含喜微笑,窃视流盼。"

⑥《玉篇》曰:幄,帐也。《三礼图》曰:上下四旁悉周曰幄。《西京杂记》曰:赵飞燕女弟居昭阳殿,设绿熊席,杂熏诸香,一坐此席,余香百日不歇。

⑦ 梁简文帝乐府曰:"只恐金屏掩,明年已复空。"

⑧《异苑》曰:罽宾王一鸾,三年不鸣。夫人曰:闻见影则鸣,悬镜照之。鸾睹影,悲鸣冲霄,一奋而绝。《古今注》曰:《别鹤操》,琴曲名。商陵牧子娶妻五年无子,父母欲为改娶,乃援琴为《别鹤操》。

⑨《庄子》曰:膏火自煎也。

⑩ 汉武帝《悼李夫人赋》曰:"思若流波,怛兮在心。"《礼记》曰:流而不息。

⑪ 毛苌《诗传》曰:萋萋,茂盛貌。《楚辞》曰:"王孙游兮不归,春草生兮萋萋。"《毛诗》曰:"焉得谖草?"毛苌曰:谖草令人善忘。郑玄笺曰:忧以生疾,恐将危身,欲忘之。谖又作"萱"。

⑫ 班婕妤《怨歌行》曰:"裁为合欢扇,团团似明月。"

⑬《毛诗》曰:"其室则迩,其人甚远。"鲍照《春羁诗》曰:"去乡愒路迩。"谢庄《月赋》曰:"美人迈兮音尘阙,隔千里兮共明月。"

⑭《毛诗》曰:"一日不见,如三秋兮。"

⑮ 韦昭《汉书》注曰:翰,笔也。颜师古《汉书》注曰:枉,屈也。《毛诗》曰:"报之以琼瑶。"又曰:"杼柚其空。"柚本又作"轴"。

【许评】

[1] 萧恭字敬范,封衡山县侯。

[2] 寄书闺阁,倩作固奇。而"微笑"、"余香",代人涉想,尤为奇之奇

者。水部风情,于斯概见。

　　[3] 婉娈极艳,情绪绵牵。当与陈伏知道《为王宽与妇义安主书》、北周庾信《为梁上黄侯世子与妇书》并称香奁绝作。

北使还与永丰侯书[1]

刘孝仪

足践寒地,身犯朔风①。暮宿客亭,晨炊谒舍②。飘摇辛苦,迄届毡乡③。杂种覃化,颇慕中国④。兵传李绪之法,楼拟卫律所治⑤。而毳幕难淹,酪浆易餍⑥[2]。

王程有限,时及玉关⑦。射鹿胡奴,乃共归国;刻龙汉节,还持入塞⑧。马衔苜蓿,嘶立故墟;人获蒲萄,归种旧里⑨[3]。稚子出迎,善邻相劳⑩。倦握蟹螯,亟覆虾盌⑪。未改朱颜,略多白醉⑫。用此终日,亦以自娱。

【黎笺】

①《博物志》曰:北方地寒,冰厚三尺。《尔雅》曰:朔,北方也。

②《说文》曰:炊,爨也。谒舍,今之客舍也。《汉书·食货志》曰:里区谒舍。

③ 鲍照《瓜步山揭文》曰:北眺毡乡。

④《后汉书》曰:度尚躬率部曲,与同劳逸。广募杂种诸蛮夷,明设购赏,进击,大破之。

⑤《汉书》曰:李陵居匈奴。汉使谓陵曰:汉闻李少卿教匈奴为兵。陵曰:乃李绪,非我也。又曰:卫律者,父本长水胡人,律生长汉,善李延年。延年荐言律使匈奴。使还,会延年家收,律惧并诛,亡还,降匈奴。又曰:卫律为单于谋穿井筑城,治楼以藏谷,与秦人守之。

⑥ 李陵《答苏武书》曰:韦韝毳幕,以御风雨;膻肉酪浆,以充饥渴。李善注曰:毳幕,毡帐也。乌孙公主歌曰:"肉为食,酪为浆。"《玉篇》曰:餍,饱也。

151

⑦《后汉书》班超上疏曰：臣不敢望到酒泉郡，但愿生入玉门关。

⑧《史记》曰：张骞以郎应募使月氏，与堂邑氏故胡奴甘父俱出陇西，经匈奴，单于留之十余岁，与妻有子，骞持汉节不失。居匈奴中，益宽。单于死，骞与胡妻及堂邑父亡归汉。堂邑父故胡人，善射。穷极，射禽兽给食。初，骞行时百余人，去十三岁，唯二人得还。《周礼》曰：地官掌节，泽国用龙节。

⑨《史记》曰：大宛左右以蒲萄为酒。俗嗜酒，马嗜苜蓿。汉使取其实来，于是天子始种苜蓿、蒲萄肥饶地。《玉篇》曰：嘶，马鸣也。《说文》曰：墟，大丘也。

⑩陶潜《归去来辞》："僮仆欢迎，稚子候门。"《广韵》曰：劳，慰也。郎到切，牢，去声。

⑪螯，大足，在首上如钺者。《晋书》：毕卓常谓人曰：右手持酒杯，左手持蟹螯。《南越志》：南海以虾头为杯，须长数尺，金银镂之。晋康州刺史尝以杯献简文以盛酒，未及饮，跃于外。

⑫《礼记》曰：酒清白。郑玄曰：白，清酒也。

【许评】

[1] 萧扲字智遐，在梁封永丰侯。

[2] 绝妙一帧子卿归国图。写行役景象，酸凉满目。

[3] 恻怆之情，都在言外。

与宋元思书①

吴 均②

风烟俱净，天山共色。从流飘荡，任意东西。自富阳至桐庐，一百许里③，奇山异水，天下独绝。水皆缥碧，千丈见底④，游鱼细石，直视无碍⑤。急湍甚箭，猛浪若奔⑥。夹岸一作"嶂"高山，皆生寒树⑦。负势竞上，互相轩邈⑧。争高直指，千百成峰。泉水激石，泠泠作响⑨。好鸟相鸣，嘤嘤成韵⑩。蝉则千转不穷，猨则百叫无绝⑪。鸢飞戾天者，望峰息心；经纶世务者，窥谷忘反⑫。横柯上蔽⑬，在昼犹昏；疏条交映⑭，有时见日[1]。

【黎笺】

① 宋一作"朱"，非。案宋元思，字玉山。刘峻有《与宋玉山元思书》。

②《南史》曰：均，字叔庠，吴兴故鄣人也。家世寒贱，至均好学，有俊才。文体清拔，好事者效之，谓为吴均体。柳恽荐之临川靖惠王，王称之于武帝。即日，召之赋诗，悦焉。待诏著作，累迁奉朝请。先是，均将著史以自名，欲撰《齐书》，求借《齐起居注》及群臣行状。武帝不许。遂私撰《齐春秋》。帝恶其实录，敕付省焚之，坐免职。寻有敕召见，使撰通史，起三皇讫齐代。均草本纪、世家已毕，惟列传未就，卒。

③ 富阳，汉旧县富春也。晋简文郑太后讳春，孝武改曰富阳。《晋书·地理志》：富阳县，属扬州吴郡，今浙江杭州富阳县治。又：桐庐县，晋属扬州吴郡，今浙江严州府桐庐县西。

④《博雅》曰：缥，苍青也。左太冲《吴都赋》曰："缥碧素玉。"谢朓诗曰："回流映千丈。"

⑤ 张协《七命》曰：游鱼灑濯于绿波。王子年《拾遗记》曰：蓬莱山水浅，有细石如金玉，不加陶冶，自然光净。

⑥ 颜师古《汉书》注曰：急流曰湍。孔稚珪《褚伯玉碑》曰：飞浪突云，奔湍急箭。左思《蜀都赋》曰："惊浪雷奔。"

⑦ 谢朓诗曰："稠阴结寒树。"

⑧《汉书音义》曰：负，恃也。《说文》曰：邈，远也。

⑨《说文》曰：激，碍衺疾波也。泠泠，水声。陆士衡《招隐诗》曰："山溜何泠泠，飞泉漱鸣玉。"王仲宣《七哀诗》曰："流波激清响。"

⑩《毛诗》曰："鸟鸣嘤嘤。"毛苌曰：嘤嘤，鸟声之和也。

⑪ 扬子《方言》曰：蝉，楚谓之蜩。《玉篇》曰：猨，似猕猴而大，能啸。

⑫《毛诗》曰："鸢飞戾天。"《南史》曰：豫章王嶷，命驾造何点，点从后门遁去。司徒竟陵王子良闻之曰：豫章王尚望尘不及，吾当望岫息心。《易》曰：君子以经纶。《晋书》曰：嵇康尝采药游于山泽间，会其得意，忽然忘反。

⑬ 柯，枝柯也。

⑭ 条，小枝也。

【许评】

[1] 扫除浮艳，澹然无尘，如读靖节《桃花源记》、兴公《天台山赋》。此费长房缩地法，促长篇为短篇也。

与顾章书

吴　均

　　仆去月谢病，还觅薜萝①。梅溪之西，有石门山者②。森壁争霞，孤峰限日③，幽岫含云，深溪蓄翠④。蝉吟鹤唳，水响猿啼⑤。英英相杂，绵绵成韵⑥。既素重幽居，遂葺宇其上⑦。幸富菊花，偏饶竹实。山谷所资，于斯已办。仁智所乐，岂徒语哉⑧[1]！

【黎笺】

①　谢灵运诗："想见山阿人，薜萝若在眼。"

②　吴均《续齐谐记》曰：吴兴故鄣县东三十里有梅溪山，山根直竖一石，可高百余丈，至青而圆，如两间屋大，四面斗绝，仰之于云外，无登涉之理。

③　郭璞《江赋》曰："绝岸万丈，壁立霞驳。"《说文》曰：限，阻也。

④　张协诗曰："幽岫峭且深。"陶渊明《归去来辞》："云无心以出岫。"《荀子》曰：不临深溪，不知地之厚也。《淮南子》曰：深溪峭岸，峻木寻枝，猿狖之所乐也。

⑤　王充《论衡》曰：夜及半而鹤唳。《说文》曰：唳，鹤鸣也。谢灵运《登石门最高顶诗》曰："活活夕流驶，噭噭夜猿啼。"

⑥　毛苌《诗传》曰：英英，白云貌。又曰：绵绵，不绝貌。

⑦　《礼记》曰：幽居而不淫。陆机《葺宇赋》曰："遵黄川以葺宇，被苍林而卜居。"《陶征士诔》曰：汲流旧巘，葺宇家林。《广雅》曰：葺，覆也。

⑧　饶，亦富也。《魏志·王粲传》注曰：阮籍少时，尝游苏门山，有隐者莫知姓名，有竹实数斛，臼杵而已。办，具也。《论语》：子曰：知者乐水，仁

者乐山。

【许评】

[1] 简澹高素,绝去饾饤艰涩之习。吾于六朝,心醉此种。

与詹事江总书①[1]

陈后主②

　　管记陆瑜[2]，奄然殂化，悲伤悼惜，此情何已。吾生平爱好，卿等所悉。自以学涉儒雅，不逮古人，钦贤慕士，是情尤笃。梁室乱离，天下麋沸③。书史残缺，礼乐崩沦④。晚生后学，匪无墙面⑤，卓尔出群，斯人而已⑥。

　　吾识览虽局⑦，未曾以言议假人。至于片善小才，特用嗟赏，况复洪识奇士！此故忘言之地⑧。论其博综子史，谙究儒墨⑨，经耳无遗，触目成诵⑩。一褒一贬，一激一扬⑪，语玄析理，披文摘句，未尝不闻者心伏，听者解颐⑫。会意相得，自以为布衣之赏⑬[3]。

　　吾监抚之暇，事隙之辰⑭，颇用谈笑娱情，琴尊间作⑮。雅篇艳什，迭互锋起。每清风朗月，美景良辰，对群山之参差，望巨波之溘濴⑯。或玩新花，时观落叶；既听春鸟，又聆秋雁。未尝不促膝举觞，连情发藻⑰，且代琢磨，间以嘲谑⑱。俱怡耳目，并留情致。自谓百年为速，朝露可伤⑲[4]。岂谓玉折兰摧，遽从短运⑳。为悲为恨，当复何言[5]。

　　遗迹余文，触目增泫㉑。绝弦投笔㉒，恒有酸恨㉓。以卿同志，聊复叙怀。涕之无从，言不写意。

【黎笺】

　　①《南史》曰：陆瑜少笃学，美词藻。后主在东宫，瑜尝为东宫管记，以才学娱侍左右。卒，太子为之流涕，亲制祭文。仍与詹事江总书，论述其

157

美,词甚伤切。

②《南史》曰:后主,讳叔宝,高宗嫡长子也。太建元年正月甲午,立为皇太子。十四年正月甲寅,宣帝崩。乙卯,始兴王叔陵作逆,伏诛。丁巳,即皇帝位于太极前殿。

③《广雅》曰:麋,馈也。扬雄《冀州牧箴》曰:冀土麋沸,炫沄如汤。

④《广雅》曰:沦,没也。

⑤《尚书》曰:不学墙面。

⑥《汉书》曰:夫惟大雅,卓尔不群。

⑦《说文》曰:局,促也。

⑧《庄子》曰:言者所以在意,得意而忘言。《晋书》曰:山涛与嵇康、吕安善,后遇阮籍,便为竹林之交,著忘言之契。

⑨张平子《思玄赋》旧注曰:儒家者,述圣道之书也。以仁义为本,以礼乐为用。墨家者,强本节用之书也,以贵俭尚贤为用。

⑩孔文举《荐祢衡表》曰:目所一见,辄诵于口;耳所暂闻,不忘于心。

⑪杜预《春秋序》曰:《春秋》虽以一字为褒贬,然皆须数句以成言。高诱《吕氏春秋》注曰:激,发也。《玉篇》曰:扬,举也。

⑫《汉书》曰:匡衡说诗解人颐。

⑬《晋书》曰:陶潜好读书,不求甚解,每有会意,欣然忘食。《史记》:秦昭王遗平原君书曰:寡人闻君之高义,愿与为布衣之交。

⑭梁昭明太子《文选序》曰:余监抚余闲,居多暇日。《玉篇》曰:隙,闲也。

⑮《说文》曰:尊,酒器。

⑯司马长卿《哀二世赋》曰:"望南山之参差。"淈濦,水貌。潘岳《西征赋》曰:"其池则汤汤污污,淈濦涤漫,浩如河汉。"

⑰何逊诗曰:"促膝今何在,衔杯谁复同?"班固《答宾戏》曰:董生下帷,发藻儒林。

⑱《毛诗》曰:如琢如磨。谢灵运诗曰:"调笑辄酬答,嘲谑无惭沮。"

⑲曹植乐府诗曰:"百年忽我遒。"《史记·商君传》:赵良曰:危若朝

露,尚欲延年益寿乎!《汉书·苏武传》:李陵谓武曰:人生如朝露,何久自苦如此?

⑳《世说》曰:毛伯成负其才气,宁为兰摧玉折,不为萧敷艾荣。颜延之文曰:兰薰而摧,玉缜则折。

㉑ 泫,流涕貌。《礼记》曰:孔子泫然流涕。

㉒《易林》曰:来如飘风,去似绝弦。

㉓ 悲痛曰酸。宋玉《高唐赋》曰:"寒心酸鼻。"

【许评】

[1] 宣帝时,总为太子詹事。

[2] 陆瑜字幹玉,吴郡人。仕陈,累官太子洗马中舍人。与兄炎并以才学侍东宫。

[3] 简质有余,亦苍然有色,别成一种笔法。

[4] 直抒胸臆,全不雕琢。由气格清华,故无一笔生涩。不图亡主竟获如此佳文。我斥其人,我不能不怜其才也。

[5] 情哀理感,能令铁石人动心。

为王宽与妇义安主书[1]

伏知道

　　昔鱼岭逢车，芝田息驾①，虽见妖媱，终成挥忽②。遂使家胜阳台，为欢非梦③；人惭萧史，相偶成仙④。轻扇初开，欣看笑靥⑤；长眉始画，愁对离妆⑥[2]。犹闻徙佩，顾长廊之未尽⑦；尚分行幰，冀迥陌之难回⑧。广摄金屏，莫令愁拥⑨；恒开锦幔，速望人归⑩。

　　镜台新去，应余落粉⑪；熏炉未徙，定有余烟⑫[3]。泪滴芳衾，锦花常湿⑬；愁随玉轸，琴《鹤》恒惊⑭。已觉锦水丹鳞，素书稀远⑮；玉山青鸟，仙使难通⑯。彩笔试操，香笺遂满⑰；行云可托，梦想还劳⑱。九重千日，讵忆倡家；单枕一宵，便如荡子⑲。当令照影双来，一鸾羞镜⑳；弗使窥窗独坐，嫦娥笑人㉑[4]。

【黎笺】

①《搜神记》曰：魏济北郡从事掾弦超，字义起。以嘉平中，夜独宿，梦有神女来从之。自称天上玉女，姓成公，字知琼，见遣下嫁，故来从君。超遂与为夫妇。经七八年，夜来晨去，倏忽若飞，唯超见之。一旦，漏泄其事，玉女遂去。超忧感积日，殆至委顿。去后五年，超奉郡使至洛。到济北鱼山下，陌上西行，遥望曲道头有一车马似知琼。驱驰前至，果是。遂披帷相见，同乘至洛，克复旧好。《拾遗记》曰：昆仑山第九层山形渐小狭，下有芝田蕙圃，皆数百顷，群仙种耨焉。曹植《洛神赋》曰："尔乃税驾乎蘅皋，秣驷乎芝田。"

② 梁武帝《孝思赋》曰："年挥忽而莫反，时瞬眹其如电。"

160

③ 见何逊《为衡山侯与妇书》注。

④ 见梁简文帝《答新渝侯和诗书》注。

⑤ 鲍照《中兴歌》曰:"美人掩轻扇,含思歌春风。"《说文》曰:靥,姿也。《淮南子·说林训》:靥辅在颊前则好。古歌曰:"泪痕尚犹在,笑靥自然开。"

⑥《汉书》曰:张敞为妇画眉。崔豹《古今注》曰:魏宫人好画长眉。

⑦《说文》曰:佩,大带佩也。从人从凡从巾。佩必有巾,巾谓之饰。梁简文帝《赠丽人诗》:"含羞来上砌,微笑出长廊。"

⑧《苍颉篇》曰:帛张车上为幰。何逊诗曰:"隔林望行幰。"鲍照《行药至城东桥诗》曰:"严车临迥陌。"

⑨ 何逊诗曰:"含悲下翠帐,掩泣闭金屏。"

⑩《说文》曰:幔,幕也。王融《春游回文诗》曰:"风朝拂锦幔。"

⑪ 魏武《上杂物疏》:镜台出魏宫中,有纯银参带镜台一枚。何逊《咏春风诗》曰:"镜前飘落粉。"

⑫ 汉刘向有《熏炉铭》。梁简文帝《拟夜夜曲》曰:"兰膏尽更益,熏炉灭复香。"

⑬《毛诗》曰:"锦衾烂兮。"袁淑《正情赋》曰:"解蕴麝之芳衾。"

⑭ 轸,琴下转弦者也。梁元帝《秋夜诗》曰:"金徽调玉轸。"吴均《送柳舍人诗》曰:"玉轸有离徽。"《古今注》曰:《别鹤操》,琴曲名。陶潜诗曰:"上弦惊别鹤。"

⑮ 司马相如《报卓文君书》曰:锦水有鸳。古诗曰:"呼儿烹鲤鱼,中有尺素书。"

⑯《山海经》曰:群玉山,西王母所居。青鸟,王母使者。鲍照《空城雀》乐府曰:"诚不及青鸟,远食玉山禾。"

⑰ 潘岳《萤火赋》曰:"羡微虫之琦玮,援彩笔以为铭。"

⑱ 何逊《晓发诗》曰:"水底见行云,天边看远树。"古诗曰:"独宿累长夜,梦想见容辉。"

⑲《楚辞》曰:"君之门兮九重。"古诗曰:"昔为倡家女,今为荡子妇。荡子行不归,空床难独守。"

⑳ 见何逊《为衡山侯与妇书》注。

㉑《淮南子》曰：羿请不死药于西王母，姮娥窃之，以奔月宫。姮娥，羿妻也。服药得仙，奔入月中为月精。嫦与"姮"同。

【许评】

[1] 王宽，琅玡临沂人，固子。官至司徒左长史侍中。

[2] 柔情绮语，黯然魂销。

[3] 几回搔首，一声长叹。凄绝，媚绝。

[4] 未免有情，谁能遣此？

复王少保书①[1]

周弘让②〔一〕

甚矣悲哉，此之为别也。云飞泥沉，金铄兰灭③。玉音不嗣，瑶华莫因④。家兄至自镐京⑤，致来书于穷谷。故人之迹，有如对面⑥。开题申纸，流脸沾膝⑦[2]。

江南燠热，橘柚冬青⑧；渭北沍寒，杨榆晚叶⑨。土风气候，各集所安⑩。餐卫适时，寝兴多福。甚善甚善⑪。与弟分袂西陕，言反东区⑫，虽保周陂—作"陵"，还依蒋径⑬。三荆离析，二仲不归⑭。麋鹿为曹，更多悲绪⑮。丹经在握，贫病莫谐⑯；芝朮可求，聊因—作"恒为"采缀⑰。

昔吾壮日，及弟富年，俱值邕熙，并欢衡泌⑱。《南风》雅操，清商妙曲⑲，弦琴促坐，无乏名晨。玉沥金华，冀获难老⑳[3]。不虞一旦，翻覆波澜㉑。吾已惬阴，弟非茂齿。禽尚之契，各在天涯㉒。永念生平，难为胸臆㉓。正当视阴数箭，排愁破涕[4]。

人生乐耳，忧戚何为㉔？岂能遽悲次房，游魂不返㉕；远伤金产，骸匣无托㉖。但愿爱玉体，珍金相—作"箱"，保期颐，享黄发㉗。犹冀苍雁—作"鹰"赪鲤，时传尺素；清风朗月，俱寄相思㉘[5]。

子渊子渊，长为别矣！握管操觚，声泪俱咽㉙。

〔一〕弘，底本作"宏"，避讳字。

163

【黎笺】

①《北史·王褒传》：东宫既建，授太子少保。褒与梁处士周弘让相善。及弘让兄弘正自陈来聘，高祖许褒等通亲知音问。褒赠弘让诗，并致书，弘让亦复书焉。

②《南史》曰：弘让，性简素，博学多通。始仕不得志，隐于句容之茅山，频征不出。晚仕侯景，为中书侍郎。人问其故。对曰：昔王道正直，得以礼进退；今乾坤易位，不至将害于人。吾畏死耳。获讥于代。承圣初，为国子祭酒。至仁威将军，城句容以居之。

③《楚辞》曰："悲哉！秋之为气也。"《后汉书·崔骃传赞》：永矣长岑，于辽之阴。不有直道，曷取泥沉？荀济诗曰："云泥已殊路。"《易》曰：二人同心，其利断金。同心之言，其臭如兰。《说文》曰：铄，销也。

④曹子建《七启》曰：吾子不远遐路，幸见光临，将敬涤耳，以听玉音。毛苌《诗传》曰：嗣音，继续其声问也。《楚辞》曰："折疏麻兮瑶华，将以遗兮离君。"谢玄晖《郡内高斋闲坐答吕法曹诗》曰："惠而能好我，问以瑶华音。"

⑤让兄即弘正也〔一〕。毛苌《诗传》曰：镐京武王所营也。在丰水东，去丰邑二十五里。

⑥谢惠连《陇西行》曰："谁能守静？弃禄辞荣。穷谷是处，考槃是营。"

⑦《释名》曰：书称题。申，伸也。吴质《答曹子建书》曰：信到，奉所惠贶，发函伸纸，是何文采之巨丽，而慰谕之绸缪乎！

⑧《尔雅》曰：燠，暖也。《说文》曰：燠，热在中也。又曰：橘果出江南，树碧而冬生。孔安国《尚书传》曰：小曰橘，大曰柚。

⑨《说文》曰：渭水出陇西首阳渭首亭南谷。江淹诗曰："渭北雨声过。"《左氏传》曰：其藏冰也，深山穷谷，固阴冱寒。杜预注曰：冱，闭也。《说文》曰：榆，白枌。

⑩江淹诗曰："南中气候暖。"

⑪毛苌《诗传》曰：餐，食也。顾野王《玉篇》曰：卫，护也。

〔一〕弘，底本作"宏"，避讳字。

⑫《玉篇》曰：袂，袖也。何逊《赠从兄与宁真南诗》曰："当怜此分袂，脉脉泪沾衣。"《说文》曰：陕，弘农陕也。古虢国王季之子所封也。东区，或作"东瓯"。《史记》曰：孝惠三年，举高帝时越功，立摇为东海王，都东瓯。徐广曰：今永宁也。

⑬《后汉书·周燮传》：有先人草庐，结于冈畔，下有陂田，常肆勤以自给。安帝以元缥羔币聘燮，宗族更劝之，曰：何为守东冈之陂乎？嵇康《高士传》曰：蒋诩，杜陵人。诩为兖州刺史。王莽居宰衡，诩移疾归杜陵。荆棘塞门，舍中三径，终身不出。

⑭《孝子传》曰：古有兄弟忽欲分异，出门见三荆同株，接叶连阴。叹曰：木犹欣聚，况我而殊哉！遂还为雍和。案《周书》，"三荆"作"三姜"。《梁书》曰：韦放于诸弟尤雍穆，每将远别，及行役初还，常同一室卧起，时称为"三姜"。又《后汉书·姜肱传》：肱与二弟仲海、季江友爱天至，常共卧起，此亦为"三姜"。林育《金谷诗》曰："既而慨尔，感此离析。"《三辅决录》：蒋诩，字元卿，舍中三径，惟羊仲、求仲从之游。二仲皆到廉逃名之士。

⑮毛苌《诗传》曰：曹，群也。谢灵运《长歌行》曰："览物起悲绪。"

⑯《列仙传》：汉淮南王刘安言神仙黄白之事，于是八公乃诣王，授以丹经。《史记》：原宪曰：若宪，贫也，非病也。《陶贞士诔》曰：居备勤俭，身兼贫病。

⑰《说文》曰：芝，神草也。《本草》曰：尤，苍尤之类〔一〕，服之可成仙。颜延之《释何衡阳书》曰：刍豢之功，希至百龄；芝尤之懿，亟闻千岁。谢灵运《昙隆法师诔》曰：茹芝尤而共饵，披法言而同卷。

⑱张平子《东京赋》曰："上下共其邑熙。"《毛诗》曰："衡门之下，可以栖迟。泌之洋洋，可以乐饥。"

⑲《乐记》曰：昔舜作五弦之琴，以歌《南风》。操，曲也。清商，郑音，《韩非子》曰：师涓鼓新声。平公问师旷曰：此何声也？曰：此所谓清商也。公曰：清商固最悲乎？师旷曰：不如清徵。

〔一〕 尤，底本作"术"，误。下同。

⑳ 江淹诗曰:"山中有杂桂,玉沥乃共斟。"《抱朴子》曰:肘后丹法以金华和丹,向日和之,光与日连,服之长生。《毛诗》曰:"永锡难老。"

㉑ 陆机《乐府诗》曰:"休咎相乘蹑,翻覆若波澜。"刘峻《广绝交论》曰:循环翻覆,迅若波澜。

㉒《后汉书》曰:向长隐居不仕,与同好北海禽庆俱游五岳名山,不知所终。《高士传》"向"字作"尚"。

㉓《说文》曰:臆,胸也。

㉔《左氏传》曰:赵孟祝茵曰:朝夕不相及,谁能待五? 后子出而告人曰:赵孟死矣。主民玩岁而愒日,其与几何! 杜预曰:茵,日景也,茵,於金反,通作"阴"。郑玄《周礼》注曰:漏之箭昼夜共百刻,冬夏之间有长短焉。太史立成法,有四十八箭。

㉕ 次,舍也。《左氏传》曰:再宿为信,过信为次。《说文》曰:房,室在旁者也。《易》曰:精气为物,游魂为变,是故知鬼神之情状。

㉖ 匶,籀文"柩"字。《释名》曰:在床曰尸,在棺曰柩。

㉗《七发》曰:"太子玉体不安。"《东观汉记》:太子执《报桓荣书》曰:愿君慎疾加飡,重爱玉体。《毛诗》曰:"追琢其章,金玉其相。"传云:相,质也。《礼记》曰:百年曰期颐。杜预《左氏传》注曰:享,受也。《尚书》曰:询兹黄发。

㉘《汉书》曰:苏武裂帛为书,系雁足下。毛苌《诗传》曰:赪,赤也。《史记》曰:陈胜、吴广乃丹书帛曰陈胜王,置人所罾鱼腹。卒买鱼烹食,得鱼腹中书,怪之。王僧儒[一]诗曰:"尺素在鱼肠,寸心凭雁足。"刘义庆《世说》曰:许椽尝诣简文,尔夜风清月朗,乃共作曲室中语,辞寄清婉,有逾平日。简文虽契素此遇,尤相咨嗟。既而曰:元度才情故未易多有许。又,刘尹云:清风朗月,辄思元度。按元度,晋征士许珣字也。

㉙ 谢灵运《山居赋》曰:援纸握管,会性通神。陆机《文赋》曰:"或操觚以率尔。"李善注曰:觚,木之方者,古人用之以书,犹今人之简也。《说文》

〔一〕儒,当作"孺"。

曰：咽,嗌也。

【许评】

[1] 少保名褒,字子渊。姓名、字与汉王褒并同,惟里居各异。汉为蜀郡人,此则琅琊人也。近人每多沿误。

[2] 情在景中,丽而不缛。

[3] 婉转流利。

[4] 愤激无聊,不可一切。读此则笔可掷,砚可焚矣。

[5] 情款异常,语不靡激。

与阳休之书[1]

祖鸿勋①

阳生大弟：吾比以家贫亲老，时还故郡②[2]。在本县之西界，有雕山焉。其处闲远，水石清丽，高岩四匝，良田数顷③。家先有坠舍于斯，而遭乱荒废，今复经始④。即石成基，凭林起栋⑤。萝生映宇，泉流绕阶。月松风草，缘庭绮合⑥；日华云实，旁沼星罗⑦。檐下流烟，共霄气而舒卷⑧；园中桃李，杂松柏而葱蒨⑨。时一牵裳涉涧，负杖登峰⑩。心悠悠以孤上，身飘飘而将逝。杳然不复自知在天地间矣⑪[3]。

若此者久之，乃还所住。孤坐危石，抚琴对水⑫；独咏山阿，举酒望月⑬。听风声以兴思，闻鹤唳以动怀⑭。企庄生之逍遥，慕尚子之清旷⑮。首戴萌蒲，身衣缊袯⑯，出菸粱稻，归奉慈亲⑰。缓步当车，无事为贵，斯已适矣，岂必抚尘哉⑱[4]！

而吾子既系名声之缰锁同"镊"，就良工之刳劂⑲。振佩紫台之上，鼓袖丹墀之下⑳。采金匮之漏简，访玉山之遗文㉑，敝精神于《丘》《坟》[一]，尽心力于河汉㉒。摛藻期之鬐绣㉓，发议必在芬芳㉔。兹自美耳，吾无取焉。尝试论之，夫昆峰积玉，光泽者前毁；瑶山丛桂，芳茂者先折㉕[5]。是以东都有挂冕之臣㉖，南国见捐情之士㉗。斯岂恶粱锦，好蔬布哉㉘！盖欲保其七尺，终其百年耳㉙[6]。

〔一〕丘，底本作"邱"，避讳字。

今弟官位既达，声华已远㉚。象由齿毙，膏用明煎㉛。既览老氏谷神之谈㉜，应体留侯止足之逸㉝。若能翻然清尚，解佩捐簪，则吾于兹，山庄可办㉞。一得把臂入林，挂巾垂枝㉟；携酒登巇，舒席平山㊱。道素志，论旧款㊲，访丹法，语玄书，斯亦乐矣，何必富贵乎㊳[7]？去矣阳子，途乖趣别。缅寻此旨，杳若天汉㊴[8]。已矣哉！书不尽言㊵。

【黎笺】

①《北齐书》曰：祖鸿勋，涿郡范阳人也。弱冠与同郡卢文符并为州主簿仆射。临淮王彧表荐鸿勋有文学，宜试以一官。敕除奉朝请。人谓之曰：临淮举卿，便以得调，竟不相谢，恐非其宜。鸿勋曰：为国举才，临淮之务，祖鸿勋何事从而谢之？或闻而喜曰：吾得其人矣。及葛荣南逼，出为防河别将，守滑台。永安初，元擢为东道大使[一]，署封隆之、邢邵、李浑、李象、鸿勋并为子使。除东济北太守，以父老疾为请，竟不之官。后城阳王徽奏鸿勋为司徒法曹参军事。赴洛。徽谓之曰：吾闻临淮相举，竟不到门，今来何也？鸿勋曰：今来赴职，非为谢恩。转廷尉正。后去官归乡里，与阳休之书。

②《晋书》曰：陶潜以亲老家贫，起为州祭酒。不堪吏职，少日，自解归。州召主簿，不就。

③《宋书·隐逸传》论曰：岩壑闲远，水石清华。《广雅》曰：匝，遍也。《玉篇》曰：田百亩为顷。

④埜，古"野"字。《说文》曰：郊，外也。《毛诗》曰："经始灵台，经之营之。"传云：经，度之也。

⑤《尔雅·释宫》曰：栋，谓之桴。郭璞曰：屋檼也，即屋脊也。

⑥《说文》曰：绮，文缯也。

---

⑦ 谢朓诗曰："日华川上动，风光草际浮。"《本草》曰：云实，味辛苦，温，无毒，一名员实。扬子云《羽猎赋》曰："焕若天星之罗。"

⑧ 王融乐府诗曰："烟云乍舒卷。"

⑨《孙卿子》曰：桃李蒨粲于一时。《尔雅》曰：青谓之葱。李善《文选》注曰：蒨，鲜明之貌。

⑩《毛诗》曰："褰裳涉溱。"陶潜诗曰："负杖肆游从，淹留忘宵晨。"

⑪《毛诗》曰："悠悠我心。"《淮南子》曰：与飘飘往，与忽忽来，莫知其所之。李善《文选》注曰：杳，深远也。

⑫《列子》曰：登高山，履危石。《吕氏春秋》曰：伯牙鼓琴，锺子期听之。志在泰山，锺子期曰：善哉！巍巍乎若泰山！须臾，志在流水，子期曰：汤汤乎若流水！《宋书》曰：宗炳抚琴动操，欲令众山皆响。

⑬《楚辞·九歌》曰："若有人兮山之阿，被薜荔兮带女萝。"王逸注曰：阿，曲隅也。《晋书》曰：王徽之尝居山阴，夜雪初霁，月色清朗，四望皓然，酌酒，咏左思《招隐诗》。

⑭《晋书》曰：宦人孟玖谮陆机于成都王颖，言其有异志。颖怒，使秀密收机。机与秀相见，神色自若，因与颖笺，词甚凄恻。既而叹曰：华亭鹤唳，岂可复闻乎！王充《论衡》曰：夜及半而鹤唳。《说文》曰：唳，鹤鸣也。

⑮《庄子·逍遥游篇》郭象注曰：夫小大虽殊，而放于自得之场，则物任其性，事称其能，各当其分，逍遥一也。岂容负胜于其间哉！《英雄记》曰：尚子平有道术，为县功曹。休归，入山自担薪卖，以供饮食。《苍颉篇》曰：旷，疏旷也。

⑯《齐语》曰：首戴茅蒲，身衣袯襫。韦昭曰：茅蒲，簦笠也。袯襫，蓑襞衣也。茅或作"萌"，竹萌之皮，所以为笠也。按《管子》作"苎蒲"。

⑰ 蓺，种树也。

⑱《战国策》：颜斶曰：晚食以当肉，缓步以当车，无罪以当贵，清净贞正以自虞。《说文》曰：麂，麋属也。《埤雅》曰：麂，似鹿而大，其尾辟尘。《名苑》曰：鹿大者曰麂，群鹿随之，视麂尾所转而往，古之谈者挥焉。

⑲《汉书·叙传》：贯仁义之羁绊，系名声之缰锁。师古曰：缰，如马

缰也，音姜。《淮南子》曰：剞劂销锯陈，非良工不能以制木；炉囊埵坊设，非巧冶不能以治金。许慎注曰：剞劂，曲刀也。

⑳ 江淹《恨赋》曰："紫台稍远。"李善注曰：紫台，犹紫宫也。张平子《西京赋》曰："青锁丹墀。"刘峻《广绝交论》曰：趋走丹墀者叠迹。李善注引《汉典职仪》曰：以丹漆地，故称丹墀。

㉑《史记》曰：高帝与功臣剖符作誓，丹书铁券，金匮石室，藏之宗庙。《太史公自序》曰：迁为太史令，绅史记石室金匮之书。《穆天子传》曰：至于群玉之山，四彻中绳，先王之所谓策府。郭璞注曰：中绳，言皆平直。策府，言往古帝王以为藏书册之府，所谓"藏之名山"者也。

㉒《左传》：王।孙曰：是能读三坟、五典、八索、九丘。王充《论衡》曰：汉诸儒作书者，以司马长卿、扬子云河汉也，其余泾渭也。刘峻《广绝交论》曰：卿云黼黻河汉。

㉓ 班固《答宾戏》曰：驰辨如波涛，摛藻如春华。韦昭注曰：摛，布也。藻，水草之有文者。鲍照《河清颂》曰：鬃绣成景，粉缋颛轩。

㉔ 宋玉《神女赋》曰："陈嘉辞而云对兮，吐芬芳其若兰。"

㉕《新序》：固桑对晋平公曰：夫剑产于越，珠产于江南，玉产于昆山。《淮南子》曰：夫玉润泽而有光。又《招隐士》曰："桂树丛生兮山之幽，偃蹇连卷兮枝相缭。"《晋书》曰：郤诜累迁雍州刺史，武帝于东堂会送，问曰：卿自以为何如？诜对曰：臣举贤良对策为天下第一，犹桂林之一枝，昆山之片玉。

㉖《后汉书》曰：逢萌字子庆，北海都昌人也。家贫，为亭长。叹曰：大丈夫安能为人役哉！遂去之长安。学通《春秋》经。时王莽杀其子宇，萌谓友人曰：三纲绝矣，不去，祸将及。即解冠挂东都城门，归将家属浮海，客于辽东。光武即位，始还，累征不起。

㉗《楚辞序》曰〔一〕：屈原放江南之野，不忍以清白久居浊世，遂赴汩渊自沉而死。

〔一〕 辞，底本作"词"，全书统一，改。

㉘ 贾逵《国语》注曰：粱，食之精者。《小尔雅》曰：菜，谓之蔬。

㉙《荀子》曰：小人之学也，入乎耳，出乎口。口耳之间，则四寸耳，曷足以美七尺之躯哉！《养生经》：黄帝曰：中寿百年。魏文帝《芙蓉池诗》曰："保己终百年。"

㉚《史记》：司马季主曰：才不贤而托官位，利上奉，妨贤者处，是窃位也。《潜夫论》曰：官位职事者，群臣之所以寄其身也。孔稚珪表曰：李通豪赡，以亲宠登司；王基才勇，与声华入选。任昉《宣德皇后令》曰：客游梁朝，则声华藉甚。

㉛《左氏传》曰：象有齿以焚其身，贿也。阮籍《咏怀诗》曰："膏火自煎熬。"沈约注曰：膏以明自煎。李善注引《庄子》曰：山木自寇也，膏火自煎也。

㉜《老子》曰：谷神不死。

㉝《史记》：留侯乃称曰：家世相韩。及韩灭，不爱万金之资，为韩报仇强秦，天下振动。今以三寸舌为帝者师，封万户，位列侯，此布衣之极，于良足矣。愿弃人间事，从赤松子游耳。《老子》曰：知足不辱，知止不殆。

㉞ 谢朓诗曰："胡宁昧千里？解佩拂山庄。"《苍颉篇》曰：簪，笄也，所以持冠也。

㉟《世说》曰：谢公道豫章若遇七贤，必自把臂入林。

㊱ 毛苌《诗传》曰：岨，小山也。

㊲ 阴长生诗曰："高尚素志，不事王侯。"

㊳《神仙传》曰：沈文泰，九嶷人。得红泉神丹法土符，延年益命之道，服之升仙。《抱朴子》曰：李公丹法，用真丹及五石之水各一升，和令如泥。

㊴《毛诗》曰："维天有汉。"

㊵《周易·系辞》曰：书不尽言，言不尽意。

【许评】

[1] 休之，字子烈，右北平无终人。初仕魏，历齐及周，累官纳言太子少保，除和州刺史。隋开皇二年罢任。

[2] 衰乱之世,能息心岩岫,甚不可多得。文亦幽峭玲珑,饶有两晋风力。

[3] 旷怀雅量,弥率弥真。

[4] 一清闲如此,一喧闹如彼,不可以道里计矣。

[5] 此一服清凉散耳。彼营营于名缰利锁者,其肯尝之否耶?

[6] 非一味矫情,只是勘破名根耳。老年奔走宦途,不知止足,读此当颜变愧生矣。

[7] 蓬山此去无多路。

[8] 热病无一人不染,冷药无一人肯服,有心者恒代为滋泪也。

与周弘让书[1]〔一〕

王 褒

嗣宗穷途,杨朱歧路①。征蓬长逝,流水不归。舒惨殊方,炎凉异节。木皮春厚,桂树冬荣②。想摄卫惟宜,动静多豫。贤兄入关,敬承款曲③。犹依杜陵之水,尚保池阳之田④。铲迹幽溪,销声穷谷[2]。何其一作"期"愉乐,幸甚幸甚⑤!

弟昔因多疾,亟览九仙之方⑥;晚涉世途,常怀五岳之举⑦。同夫关令,物色异人⑧;譬彼客卿,服膺高士⑨。上经说道,屡听玄牝之谈⑩;中药养神,每禀丹砂之说⑪。顷年事遒尽,容发衰谢⑫。芸其黄矣,零落无时。还念生涯,繁忧总集⑬。视阴愒日,犹赵孟之徂年⑭;负杖行吟,同刘琨之积惨⑮。河阳北临,空思巩县⑯;霸陵南望,还见长安⑰[3]。所冀书生之魂,来依旧壤;射声之鬼,无恨他乡⑱。

白云在天⑲,长离别矣。会见之期,邈无日矣。援笔揽纸,龙钟横集⑳。

【黎笺】

①《魏志·阮籍传》注曰:籍,字嗣宗。为从事中郎。朝论欲显崇之,籍以世多故,禄仕而已。闻步兵校尉缺,厨多美酒,营人善酿酒,求为校尉。遂纵酒昏酣,遗落世事。时率意独驾,不由径路,车迹所穷,辄恸哭而返。《列子·说符篇》曰:杨子之邻人亡羊,既率其党,又请杨子之竖追之。杨子

───────────

〔一〕弘,底本作"宏",避讳字。

曰：嘻！亡一羊，何追者之众？邻人曰：多歧路。既反，问：获羊乎？曰：亡之矣。曰：奚亡之？曰：歧路之中，又有歧焉，吾不知所之，所以反也。

②《汉书》晁错《守边备塞议》曰：胡貉之地，积阴之处也。木皮三寸，冰厚六尺。曹植《朔风诗》曰："秋兰可喻，桂树冬荣。"

③ 谢灵运诗曰："辛勤风波事，款曲洲渚言。"

④《汉书·地理志》曰：京兆尹县杜陵故杜伯国，宣帝更名。按张仲蔚隐居，满宅蓬蒿；蒋诩开三径，俱在杜陵。又《地理志》曰：左冯翊县池阳，惠帝四年置。又《沟洫志》曰：赵中大夫白公穿渠引泾水注渭，袤二百里，溉田四千五百余顷，因名曰白渠。民歌之曰："田于何所？池阳谷口。"郑国在前，白渠起后。

⑤《苍颉篇》：铲，削平也。《庄子·则阳篇》曰：其声销，其志无穷。

⑥《列仙传》曰：滑子者，好饵术，食其精。隐岩山，能致风雨，受伯阳九仙法。淮南王安少得其文，不能解其旨也。

⑦《后汉书》曰：向长隐居不仕，与同好北海禽庆俱游五岳名山，不知所终。

⑧《列仙传》曰：关令尹喜善内学星宿，服精华，老子西游，喜先见其气，知真人当过，候物色而迹之，果得老子。

⑨《史记》曰：蔡泽为秦客卿。其始游学于诸侯，不遇。从唐举相，举熟视而笑曰：先生偈鼻戴肩，魋颜蹙頞，頞颐膝挛，吾闻圣人不相，殆先生乎？泽知举戏之，曰：富贵吾所自知，不知者寿也，愿闻之。

⑩《老子》曰：谷神不死，是为玄牝。玄牝之门，是谓天地之根。

⑪ 嵇叔夜《养生论》曰：故神农曰：上药养命，中药养性者。李善注引《本草》曰：上药一百二十种为君，主养命以应天，无毒，久服不伤人，轻身益气，不老延年；中药一百二十种为臣，主养性以应人。《史记·封禅书》曰：李少君言上曰：祀灶则致物，致物而丹砂可化为黄金。黄金成，以为饮食器，则益寿。《本草经》曰：丹砂久服通神明，不老。

⑫ 毛苌《诗传》曰：遒，终也。《楚辞》曰："岁忽忽而遒尽兮。"

⑬ 毛苌《诗传》曰：芸黄，盛也。《礼记》曰：草木零落，然后入山林。

⑭ 见前。

⑮ 刘琨《答卢谌书》曰：块然独立，则哀愤两集；负杖行吟，则百忧俱至。惨，痛也。《毛诗》曰："忧心惨惨。"

⑯《汉书·地理志》曰：河内郡县河阳，王莽曰河亭。又：河南郡县巩，东周所居。

⑰《汉书·地理志》曰：京兆尹县霸陵，故芷阳，文帝更名。《汉书》曰：汉兴，立都长安。《地理志》：京兆尹县长安，高帝置。惠帝元年初城，六年成。

⑱《后汉书》曰：班超家贫，常为官佣书以供养。除为兰台令史。后久使西域，年老思土，上疏曰：臣不敢望到酒泉郡，但愿生入玉门关。超妹昭上书请超还。十四年八月，超至洛阳，拜为射声校尉。超素有胸胁疾，既至，病遂加。帝遣中黄门问疾赐医药。其九月卒。前书《百官表》：射声校尉掌待诏射声士。服虔曰：工射者也，冥冥中闻声则中之，因以名也。

⑲《穆天子传》曰：西王母为天子谣曰："白云在天，山陵自出。"

⑳《韩诗外传》曰：孙叔敖治楚三年而楚国霸。楚史援笔而书于策。《广韵》曰：龙钟，竹名。年老者如竹枝叶，摇曳不自禁持。

【许评】

［1］观弘让答书，音节哀亮，同此一辙。所谓伯仲伊吕，未可轻为抑扬也。

［2］峭炼。

［3］数语酸凄入骨，情何以堪？

为梁上黄侯世子与妇书^{①[1]}

庾　信

倪璠注

　　昔仙人导引,尚刻三秋^②;神女将梳_{疑作"疏"},犹期九日^③。未有龙飞剑匣,鹤别琴台^④,莫不衔怨而心悲,闻猿而下泪^⑤。人非新市,何处寻家?别异邯郸,那应知路^⑥。

　　想镜中看影,当不含啼;栏外将花,居然俱笑^{⑦[2]}。分杯帐里,却扇床前。故是不思,何时能忆^⑧?当学海神,逐潮风而来往^⑨;勿如织女,待填河而相见^⑩。

【黎笺】

　　①《颜氏家训》曰:兰陵萧悫,梁上黄侯晔之子。工于篇什,常有《秋夜诗》云:"芙蓉露下落,杨柳月中疏。"时人未之赏也。吾爱其萧散,宛然在目。颍川荀仲举^{〔一〕}、琅邪诸葛汉,亦以为尔。按此知悫亦善属文者也。昔陆机入洛,有代彦先之词;何逊裁书,有为衡山之札。才子词人,自能挥翰。而夫妻致词,间多代作。此亦感其燕婉之情,代传别恨,可以葛龚无去者也。悫本梁朝宗室,疑江陵陷后,随例入关。若非隔绝,即是俘掳。此书摹暂离之状,写永诀之情,茹恨吞悲,无所投诉,殆亦《江南赋》中临江愁思之类也。

　　②干宝《搜神记》曰:汉时有杜兰香者,自称南康人氏。以建业四年春,数诣张传。传年十七,望见其车在门外。婢通言阿母所生,遣授配君,可不敬从?传先名改硕,硕呼女前视,可十六七,说事邈然久远。有婢子二人,大者萱支,小者松支。钿车青牛上,饮食皆备。作诗,至其年八月旦,

───────────

〔一〕颍,底本作"颖",误。

177

复来。作诗云云。出薯蕷子三枚,大如鸡子,云食此令君不畏风波,辟寒温。硕食二枚,欲留不肯,令硕食尽。言本为君作妻,情无旷远,以年命未合,且小乖,大岁东方卯,当还求君。兰香降时,硕问祷祀何如? 香曰:消魔自可愈疾,淫祀无益。香以药为消魔。按《上黄侯书》是夫妻离别之辞,言杜兰香下嫁张硕,以八月旦至,是仙人导引,尚刻三秋之期也。

③ 干宝《搜神记》曰:魏济北从事掾弦超字义起。以嘉平中夜独坐宿,梦有神女来之。自称天上玉女,东郡人,姓成公,字智琼。早失父母,天帝哀其孤苦,遣令下嫁从夫。梦三四夕,一旦显然来游。自言年七十,视之如十五六。女车上有壶榼青白瑠璃五具,饮啗奇异,馔具醴酒,与超共饮,遂为夫妇。经七八年,父母与超取妇之后,分日而燕,分夕而寝,夜去晨来,倏忽若飞,惟超见之,他人不见。虽居暗室,辄闻人声,常见踪迹,然不睹其形。后人怪问,漏泄其事。玉女遂求去,云:我神人也,虽与君交,不愿人知。而君性疏漏,我今本来已露,不复与君通。积年交结,恩义不轻,一旦分别,岂不怆恨! 赠诗一首,把臂告辞,涕泣流离,肃然升车,去若飞迅。去后五年,超奉使至洛,到济北鱼山下,陌上西行,遥望曲道头有一车马似智琼。驱驰前至,果是也。遂披帷相见,悲喜交切。同乘至洛,遂为室家,克复旧好。至太康中犹在,但不日日往来,每于三月三日、五月五日、七月七日、九月九日、旦十五日,辄下往来,经宿而去。张茂先为之作《神女赋》,言智琼之踪迹将疏,犹期九月九日可会也。按智琼与弦超刻期有:三月三日、五月五日、七月七日、九月九日及旦十五日。此云“九日”,特举其大略也。

④ 《豫章记》曰:雷焕子爽,为建安从事。经浅濑,剑忽于腰中跃出,入水乃变为龙,见二龙相随而逝焉。按剑虽有终合之论,然在丰城得剑之后,孔章、茂先,各持其一,亦似别离时也。蔡邕《琴操》曰:商陵牧子娶妻五年无子,父兄欲为改娶,牧子援琴鼓之,歌《别鹤》以舒其愤懑。故曰《别鹤操》。嵇康《琴赋》云:“千里别鹤。”陶潜诗曰:“上弦惊《别鹤》,下弦操《孤鸾》。”《益州记》曰:司马相如宅在州西笮桥北百步许,李膺曰:市桥西二百步得相如旧宅,今梅安寺南有琴台。龙飞鹤别,喻夫妇远离也。

⑤ 《宜都记》曰:猿鸣三声泪沾裳。已上言兰香下嫁之日,尚有三秋可

期；智琼求去之后，犹有九日可会。未有分两龙于剑匣，别双鹤于琴弦，如今之悲泪也。

⑥《后汉书·郡国志》曰：江夏郡南新市，侯国。有离乡聚、绿林。《史记·秦本纪》：昭襄王八年，使将芈戎攻楚，取新市。注云：《晋帝纪》曰：江夏有新市。《汉书·张释之传》曰：上指视慎夫人新丰道曰：此邯郸道也。张宴曰：慎夫人，邯郸人也。言不能相见也。

⑦ 范泰《鸾鸟诗序》曰：昔罽宾王得鸾鸟，悬镜以照之，鸾睹影而鸣，一奋而绝。言仿佛相见之时也。

⑧《仪礼·昏礼》云：四爵合卺。郑注云：卺，破瓢也。四爵、两卺凡六，为夫妇各三酳。一升曰爵。《世说》曰：温峤娶姑女，既婚交礼，女以手披纱扇，抚掌大笑曰：我嫌是老奴，果如所疑。何逊《看新妇诗》曰："如何花烛夜，轻扇掩红妆？"后李商隐诗有《代董才却扇成婚之夕》，遂以"却扇"为名。有却扇诗、催妆诗，言昔成婚之时，可足思忆也。

⑨《神异经》曰：西海水上有人，乘白马、朱发、白衣、玄冠，从十二童子，驰马海上，如飞如风，名曰河伯使者。或时上岸，马迹所及，水至其处。所之之国，雨水滂沱。暮则还河。

⑩《淮南子》曰：乌鹊填河成桥，而渡织女。按"海神"、"织女"二语，似上黄世子夫妇南北隔绝之辞也。

【许评】

[1] 萧悫，字仁祖，梁宗室上黄侯通明之子。齐武定中，为太子洗马。后主时为齐州录事参军，待诏文林馆。

[2] 艳极韵极，恐被鸳鸯妒矣。

召王贞书[1]

杨 暕①

　　夫山藏美玉[2]，光照廊庑之间②；地蕴神剑，气浮星汉之表③。是知毛遂颖脱，义感平原④；孙惠文词，来迁东海⑤。顾循寡薄，有怀髦彦⑥。藉甚清风，为日久矣⑦。未获披觌，良深伫迟⑧。

　　比高天流火，早应凉飙⑨；凌云仙掌，方承清露⑩。想摄卫攸宜，与时休适⑪。前园后圃，从容丘壑之情⑫[一]；左琴右书，萧散烟霞之外⑬。茂陵谢病，非无《封禅》之文⑭；彭泽遗荣，先有《归来》之作⑮。优游儒雅，何乐如之⑯？

　　余属当藩屏，宣条扬越⑰。坐棠听讼，事绝咏歌⑱；攀桂摛词，眷言高遁⑲[3]。至于扬旌北渚，飞盖西园⑳，托乘乏应刘，置醴阙申穆㉑。背淮之宾，徒闻其语㉒；趋燕之客，罕值其人㉓。

　　卿道冠鹰扬，声高凤举㉔，儒墨泉海，词章苑囿。栖迟衡泌，怀宝迷邦㉕，徇兹独善，良以於邑㉖。今遣行人，具宣往意。侧望起予，甚于饥渴㉗。想便轻举，副此虚心㉘。无信投石之谈，空慕凿坏之逸㉙[4]。书不尽言，更惭词费。

【黎笺】

①《北史》曰：齐王暕，字世朏。美容仪，疏眉目，少为高祖所爱。开皇

〔一〕丘，底本作"邱"，避讳字。

中,立为豫章王,邑千户。及长,颇涉经史〔一〕,尤工骑射。初为内史令。仁寿中,拜扬州,总管江淮以南诸军事。炀帝即位,进封齐王。

②《尹文子》曰:魏田父有耕于野者,得玉径尺,不知其玉也,以告邻人。邻人诈之曰:此怪石也,畜之弗利其家。田父虽疑,犹录以归,置于庑下。其玉光明一室。颜师古《汉书》注曰:廊,堂下周屋也。庑,门屋也。

③《玉篇》曰:蕴,蓄也。《晋书·张华传》:初吴之未灭也,斗牛之间,尝有紫气,道术者皆以吴方强盛,未可图也。及吴平之后,紫气愈明。华闻豫章人雷焕妙达象纬,乃邀焕宿。登楼仰观,华曰:是何祥也? 焕曰:宝剑之精,上彻于天耳。华因问曰:在何郡? 焕曰:在豫章丰城。华曰:欲屈君为宰,密寻之。即补焕为丰城令。焕到县掘狱屋基,入地四丈余,得一石函,光气非常,中有双剑并刻题:一曰龙泉,一曰太阿。阴铿《经丰城剑池诗》:"清池自湛澹,神剑久迁移。"

④《史记》:平原君曰:夫贤士之处世也,譬若锥之处囊中,其末立见。今先生处胜之门下,三年于此矣。左右未有所称诵,胜未有所闻,是先生无所有也。先生不能,先生留。毛遂曰:臣乃今日请处囊中耳。使遂早得处囊中,乃脱颖而出,非特其末见而已。平原君竟与毛遂偕。

⑤《晋书》曰:孙惠,字德施,吴国富阳人。永宁初赴齐王同义,讨赵王伦。同骄矜僭侈,惠讽以五难、四不可,劝令归藩。同不纳,辞疾去。同果败。成都王颖荐惠为大将军参军,擅杀王颖牙门将梁儁,惧罪,改姓名以遁。后东海王越举兵下邳,惠乃诡称南岳逸士秦秘之,以书干越。越省书,榜道以求之。惠乃出见,越即以为记室参军,专掌文疏,豫参谋议。

⑥《十六国春秋》:慕容德笑谓群臣曰:朕虽寡薄,恭己南面,在上不骄,夕惕于位,可称自古何等主也? 毛苌《诗传》曰:髦,俊也。

⑦《毛诗》曰:"穆如清风。"

⑧《说文》曰:从旁持曰披。觌,见也。伫,立貌。迟,待也。

⑨《毛诗》曰:"莫高匪天。"又曰:"七月流火。"《说文》曰:飙,扶摇风

〔一〕颇,底本作"频",误。

也，潘岳《在怀县诗》：“凉飙自远集，轻襟随风吹。”

⑩《景福殿赋》曰：“建凌云之层盘，浚虞渊之灵沼。”《汉书》曰：孝武又作柏梁桐柱承露仙人掌之属矣。《西京赋》曰：“立修茎之仙掌，承云表之清露。”

⑪ 梁简文帝《与智琰法师书》曰：摄卫已久。

⑫《说文》曰：种菜曰圃。

⑬ 刘歆《遂初赋》曰：“玩琴书以条畅。”孔稚珪《褚伯玉碑》曰：泉石依情，烟霞在抱。

⑭《史记》曰：相如病免，家居茂陵。天子曰：相如病甚，可往取其书，若不然，后失之矣。使所忠往，相如已死，家无遗书。问其妻。对曰：长卿未尝有书也，时时著书，人又取去。长卿未死时为一卷书，曰：有使来求书，奏之。其遗札书言封禅事，所忠奏焉。天子异之。

⑮《晋书》曰：陶潜为彭泽令，义熙二年，解印去县，乃赋《归去来辞》也。

⑯《毛诗》曰：“优游尔休矣。”又曰：“慎尔优游。”

⑰《易林》：藩屏辅弼，福禄来同。《国策》：蔡泽曰：吴起南攻扬、越，北并陈、蔡。

⑱ 郑玄《毛诗·甘棠》笺曰：召伯听讼，不重烦百姓，止舍小棠之下而听断焉。国人被其德，说其化，思其人，敬其树。

⑲ 淮南王刘安《招隐士》曰：“攀援桂枝兮聊淹留。”

⑳ 魏文帝《与吴质书》曰：时驾言出游，北遵河曲。曹植《公宴诗》曰：“清夜游西园，飞盖相追随。”

㉑《说苑》曰：游江海者托于舟，致远道者托于乘，欲霸王者托于贤。魏文帝《与朝歌令吴质书》曰：从者鸣笳以启路，文学托乘于后车。又《与吴质书》曰：徐、陈、应、刘，一时俱逝。案谓徐幹、陈琳、应玚、刘桢。《汉书》曰：楚元王敬礼申公等，穆生不嗜酒，元王每置酒，常为穆生设醴。及王戊即位，常设。后忘设焉，穆生退曰：可以逝矣。醴酒不设，王之意怠，不去，楚人将钳我于市。称疾卧。申公、白生强起之，曰：独不念先王之德与？今

王一旦失小礼，何足至此？穆生曰：君子见几而作，不俟终日，先王之所以礼吾三人者，为道之存故也。今而忽之，是忘道也。忘道之人，胡可与久处？岂为区区之礼哉！遂谢病去。申公、白生独留。

㉒ 邹阳《上吴王书》曰：臣所以立数王之朝，背淮千里而自致者，非恶臣国而乐吴民也。

㉓《史记》：郭隗曰：王必欲致士，先从隗始，况贤于隗者，岂远千里哉！于是昭王为隗改筑宫而师事之。乐毅自魏往，邹衍自齐往，剧辛自赵往，士争趋燕。

㉔《毛诗》曰："维师尚父，时维鹰扬。"刘歆《甘泉赋》曰："回天门而凤举，蹑黄帝之明庭。"陆机《连珠》曰：金碧之岩，必辱凤举之使。

㉕《毛诗》曰："衡门之下，可以栖迟，泌水洋洋，可以乐饥。"《论语》曰：怀其宝而迷其邦。

㉖《孟子》曰：穷则独善其身。於邑，气逆结不下也。《楚辞》曰："气於邑而不可止。"

㉗《论语》：子曰：起予者商也。《孔丛子》：子思谓鲁穆公曰：君若饥渴待贤。

㉘《楚辞》曰："愿轻举而远游。"《老子》曰：圣人虚其心而实其腹。

㉙ 李康《运命论》曰：张良受黄石之符，诵《三略》之说，以游于群雄，其言也如以水投石，莫之受也。及其遭汉祖，其言也如以石投水，莫之逆也。《淮南子》曰：颜阖，鲁君欲相之而不肯，使人以币先焉，凿坏而遁之。

【许评】

[1] 贞好学，善属文。尝举秀才，授县尉，谢病于家。暕为齐王，镇江东，闻其名，以书召之。

[2] 南北朝文至隋始大坏，初唐始复，亦时运使然尔。此书犹是六朝剩馥，取其疏邕磊落。宋人四六宗风，实开于此。

[3] 写情如诉，流美不涩。

[4] 不甚斫削，然却有劲气。

卷　八

移文

北山移文

孔稚珪①

李善注

钟山之英[1]，草堂之灵②，驰烟驿路，勒移山庭。

夫以耿介拔俗之标，萧洒出尘之想③，度白雪—作"云"以方絜，干青云—作"霄"而直上，吾方知之矣④[2]。若其亭亭物表，皎皎霞外，芥千金而不盼，屣万乘其如脱⑤，闻凤吹于洛浦，值薪歌于延濑，固亦有焉⑥。岂期终始参差，苍黄翻覆。泪翟子之悲，恸朱公之哭⑦。乍回迹以心染，或先贞而后黩，何其谬哉⑧！呜呼！尚生不存，仲氏既往，山阿寂寥，千载谁赏⑨？

世有周子，俊俗之士⑩，既文既博，亦玄亦史〔一〕。然而学遁东鲁，习隐南郭⑪。偶—本作"窃"吹草堂，滥巾北岳⑫。诱我松桂，欺我云壑[3]。虽假容于江皋，乃撄婴本字，一作"缨"，误情于好爵⑬。其始至也，将欲排巢父，拉许由，傲百氏，蔑王侯[4]。风情张日，霜气横秋。或叹幽人长往，或怨

〔一〕玄，底本作"元"，避讳字。

184

王孙不游⑭。谈空空于释部,核玄玄于道流⑮。务光何足
比,涓子不能俦⑯[5]。及其鸣驺入谷[6],鹤书赴陇⑰,形驰魄
散,志变神动。尔乃眉轩席次,袂耸筵上。焚芰制而裂荷
衣,抗尘容而走俗状⑱。风云凄其带愤,石泉咽而下怆。望
林峦而有失,顾草木而如丧[7]。

至其钮金章,绾墨绶⑲,跨属城之雄,冠百里之首⑳。张
英风于海甸,驰妙誉于浙右㉑[8]。道帙长摈—作"殡",法筵久
埋。敲扑喧嚣犯其虑,牒诉倥偬装其怀㉒。《琴歌》既断,《酒
赋》无续㉓,常绸缪于结课,每纷纭—作"纶"于折狱㉔。笼张赵
于往图,架卓鲁于前箓㉕。希踪三辅豪,驰声九州牧㉖。使
我高霞孤映,明月独举㉗;青松落阴,白云谁侣[9]?涧—作
"硐"户—作"石"摧绝无与归,石径荒凉徒延伫。

至于还飙入幕,写雾出楹,蕙帐空兮夜鹤—作"鹄"怨,山
人去兮晓猿惊。昔闻投簪逸海岸,今见解兰缚尘缨㉘。于是
南岳献嘲,北陇腾笑。列壑争讥,攒峰竦诮。慨游子之我
欺,悲无人以赴吊㉙[10]。故其林惭无尽,涧愧不歇。秋桂遣
—作"遗"风,春萝罢月。骋西山之逸议,驰东皋之素谒㉚。

今又促装下邑,浪栧上京㉛。虽情殷—作"投"于魏阙,或
假步于山扃㉜[11]。岂可使芳杜厚颜,薜荔蒙圆沙本无,改"蒙"
耻㉝,碧岭再辱,丹崖重滓,尘游躅于蕙路,污渌池以洗
耳㉞[12]?宜扃岫幌,掩云关。敛轻雾,藏鸣湍。截来辕于谷
口,杜妄辔于郊端。于是丛条瞋胆,叠颖怒魄[13]。或飞柯以
折轮,乍低枝而扫迹,请回俗士驾,为君谢逋客㉟。

【黎笺】

① 萧子显《齐书》曰：孔稚珪，字德璋，会稽人也。少涉学，有美誉。举秀才，解褐宋安成王车骑法曹行参军，稍迁至太子詹事，卒。

② 梁简文帝《草堂传》曰：汝南周颙，昔经在蜀，以蜀草堂寺林壑可怀，乃于钟岭雷次宗学馆立寺，因名草堂，亦号山茨。

③《楚辞》曰："独耿介而不随。"孙盛《晋阳秋》曰：吕安志量开广，有拔俗风气。《庄子》曰：孔子彷徨尘垢之外，逍遥无为之业。

④《孟子》曰：白雪之白也，犹白玉之白也。长卿《子虚赋》曰："上干青云。"

⑤《尔雅》曰：芥，草也。《史记》曰：秦军引去。平原君乃置酒。酒酣，起前，以千金为鲁连寿。鲁连笑曰：所贵于天下之士者，为人排患、释难、解纷，而不取也；即有取者，是商贾之事，而连不忍为也。遂辞平原君而去。《淮南子》曰：尧年衰志闵，举天下而传之舜，犹却行而脱屣也。许慎曰：言其易也。刘熙《孟子》注曰：屣，草屦，可履。

⑥《列仙传》曰：王子乔，周灵王太子晋也。好吹笙，作凤鸣，游伊雒之间。[补] 孙志祖曰：吕向注：苏门先生游于延濑，见一人采薪，谓之曰：子以终此乎？采薪人曰：吾闻圣人无怀，以道德为心，何怪乎而为哀也！遂为歌二章而去。又案：延濑疑指延陵季子取遗金事。《论衡·书虚篇》云：披裘而薪，与此薪歌合。《韩诗外传》则以为牧者，盖传闻异词也。至吕注所引苏门先生事，不详出何书。

⑦ 终始参差，歧路也。苍黄翻覆，素丝也。翟，墨翟也。朱，杨朱也。《淮南子》曰：杨子见歧路而哭之，为其可以南可以北；墨子见练丝而泣之，为其可以黄可以黑。高诱曰：闵其别与化也。

⑧《苍颉篇》曰：黗，垢也。

⑨ 范晔《后汉书》曰：尚子平隐居不仕，性尚中和，好通《老》《易》。又曰：仲长统，字公理，山阳人也。性俶傥，默语无常。每州郡命召，辄称疾不就。

⑩ 萧子显《齐书》曰：周颙，字彦伦，汝南人也。释褐海陵国侍郎，元徽

中,出为剡令。建元中,为长沙王后军参军山阴令,稍迁国子博士。卒于官。

⑪《庄子》曰:鲁君闻颜阖得道人也,使人以币先焉。颜阖守陋闾。使者至曰:此颜阖之家与? 颜阖对曰:此阖之家。使者致币。颜阖对曰:恐听谬而遗使者罪,不若审之。使者反审之,复来求之,则不得矣。又曰:南郭子綦隐机而坐,仰天嗒然,似丧其偶。郭象曰:嗒焉解体,若失其配匹也。嗒,土合切。

⑫ 偶吹,即齐竽也。偶,匹对之名。巾,隐者之饰。《东观汉记》曰:江革专心养母,幅巾屦属。

⑬《楚辞》曰:"朝驰骛兮江皋。"《周易》曰:我有好爵,吾与尔縻之。

⑭《周易》曰:幽人贞吉。《西征赋》曰:"误山潜之逸士,悼长往而不反。"《楚辞》曰:"王孙游兮不归,春草生兮萋萋。"

⑮ 萧子显《齐书》:颙泛涉百家,长于佛理,著《三宗论》,兼善《老》《易》。释部,内典也。《汉书》曰:道家流者,出于史官,历记成败、存亡、祸福、古今之道也。

⑯《列仙传》曰:务光者,夏时人也。耳长七寸。好琴,服蒲韭根。殷汤伐桀,因光而谋。光曰:非吾事也。汤得天下,已而让光,光遂负石沉蓼水而自匿。《列仙传》曰:涓子者,齐人也。好饵朮,隐于宕山,能风。

⑰ 如淳《汉书》注曰:驷马以给驷使乘之。臧荣绪《晋书》曰:驷六人。萧子良《古今篆隶文体》曰:鹤头书与偃波书俱诏板所用,在汉则谓之尺一简,仿佛鹤头,故有其称。

⑱《楚辞》曰:"制芰荷以为衣,集芙蓉而为裳。"王逸曰:制,裁也。

⑲ 金章,铜印也。《汉书》曰:万户以上为令,秩千石至六百石。又曰:秩六百石以上,皆铜印墨绶。

⑳ 蔡邕《陈留太守行县颂》曰:府君劝耕桑于属县。《汉书》曰:县,大率百里。

㉑ 阮籍《咏怀诗》曰:"英风截云霓。"《字书》曰:江水东至会稽山阴为浙右。

㉒《过秦论》曰：执敲扑以鞭笞天下。《楚辞》曰："悲余生之无欢兮，愁倥偬于山陆。"王逸曰：倥偬，困苦也。

㉓《董仲舒集》：七言《琴歌》二首。《西京杂记》：邹阳《酒赋》。

㉔《广雅》曰：课，第也，然今考第为课也。《尚书》：王曰：哀敬折狱，明启刑书。

㉕何校，"篆"改"录"。《汉书》曰：张敞，字子高，稍迁至山阳太守。又曰：赵广汉，字子都，涿郡人也。为阳翟令，以化行尤异，迁京辅都尉。范晔《后汉书》曰：卓茂，字子康，南阳人也。迁密令，视人如子，吏人亲爱而不忍欺。又曰：鲁恭，字仲康，扶风人也。拜中牟令，螟伤稼，犬牙缘界，不入中牟。

㉖《汉书》曰：内史武帝更名京兆尹，左内史更名左冯翊，主爵中尉更名右扶风，是为"三辅"。《左氏传》：王孙满曰：夏之方有德也，贡金九牧。杜预曰：九州之牧贡金也。

㉗成公绥《鹰赋》曰："陵高霞而轻举。"

㉘投簪，疏广也，东海人，故曰"海岸"也。挚虞《征士胡昭赞》曰：投簪卷带，韬声匿迹。兰，兰佩也。

㉙《礼记》曰：凡讣于其君之臣曰某死。郑玄曰：讣，或作"赴"，赴，至也。

㉚驰、骋，犹宣布也。逸议，隐逸之议也。素谒，贫素之谒也。《史记》：伯夷叔齐诗曰："登彼西山兮，采其薇矣。"阮籍《奏记》曰：将耕东皋之阳。《稚珪集·酬张长史诗》曰："同贫清风馆，共素白云室。"杜预《左氏传》注曰：谒，告也，谓告语于人，亦谈议之流。

㉛《楚辞》曰："渔父鼓枻而去。"王逸曰：叩船舷也。浪，犹鼓也。韦昭《汉书》注曰：枻，楫也。

㉜《吕氏春秋》曰：中山公子牟谓詹子曰：身在江海之上，心居魏阙之下。高诱曰：魏阙，象魏也。《说文》曰：扃，外闭之关也。

㉝《书》曰：郁陶乎余心，颜厚有忸怩。

㉞皇甫谧《高士传》曰：巢父闻许由为尧所让也，以为污，乃临池而

洗耳。

㉟ 孔安国《尚书》传曰：逋，亡也。晋灼《汉书》注曰：以辞相告曰谢。

【许评】

[1] 钟山在今江宁府东北。其先周彦伦隐此，后应诏出为海盐令。秩满入京，欲却过此山，孔乃假山灵意移之，使不得再至。

[2] 此六朝中极雕绘之作。炼格炼词，语语精辟。其妙处尤在数虚字旋转得法。当与徐孝穆《玉台新咏序》并为唐人轨范。

[3] 造语精缛，却无一字拾人牙慧。

[4] 将高洁一层极意形容。下半转入正面，愈显得龌龊矣。

[5] 此段应"先贞"二字。

[6] 此下应"后黩"二字。

[7] 瑰迈奇古，真是精绝。

[8] 说得何等烜赫，仍是可怜。

[9] 王介甫喜诵此四语，以为奇绝。可谓先得我心。

[10] 写所以勒移之故，字字人人肺腑。我闻此语心骨悲。

[11] 勒移正面。

[12] 处处总不脱山灵，骨劲气完，刻镂尽态矣。

[13] 险语破鬼胆。

序

玉台新咏序①[1]

徐　陵②

吴兆宜注③

　　凌云概日,由余之所未窥④;万户千门,张衡之所曾赋⑤。周王璧台之上⑥,汉帝金屋之中⑦,玉树以珊瑚作枝,珠帘以玳瑁为柙—作"匣"⑧。其中有丽人焉。其人也,五陵豪族⑨,充选掖庭⑩;四姓良家⑪,驰名永巷⑫[2]。亦有颍川新市⑬,河间—作"涧"观津⑭,本号娇娥⑮,曾名巧笑⑯。楚王宫内,无不推其细腰⑰;魏国佳人,俱言讶其纤手⑱。阅—作"说"诗敦—作"明"礼,非直东邻之自媒⑲;婉约风流,无异西施之被教⑳。弟兄协律,自—作"生"小学歌㉑;少长河阳,由来能舞㉒。琵琶新曲,无待石崇㉓;箜篌杂引,非因—作"关"曹植㉔。传鼓瑟于杨家㉕,得吹箫于秦女㉖。

　　至若宠闻长乐,陈后知而不平㉗;画出天仙,阏氏览而遥妒㉘。且如东邻巧笑,来侍寝于更衣㉙;西子微颦,将横陈于甲帐㉚。陪游馺娑,骋纤腰于结风㉛;长乐鸳鸯,奏新声于度曲㉜。妆鸣蝉之薄鬓㉝,照堕—作"坠"马之垂鬟㉞。反插金钿㉟,横抽宝树㊱。南都石黛㊲,最发双蛾㊳;北地燕脂㊴,偏开两靥㊵[3]。

190

亦有岭上仙童,分丸魏帝^㊶;腰中宝凤,授历轩辕^㊷。金星与婺女争华,麝月共嫦娥竞爽^㊸。惊鸾冶袖,时飘韩掾之香^㊹;飞燕长裾,宜结陈王之佩^{㊺[4]}。虽非图画,入甘泉而不分^㊻;言异神仙,戏阳台而无别^㊼。真可谓倾国倾城^㊽,无对无双者也^{㊾[5]}。加以天情—作"晴"开朗,逸思雕华,妙解文章,尤工诗赋。琉璃砚匣,终日随身^㊿;翡翠笔床,无时离手^{51[6]}。清文满箧,非惟芍药之花⁵²;新制连篇,宁止蒲萄之树⁵³。九日登高,时有缘情之作;万年公主,非无诔—作"累"德之辞⁵⁴。其佳丽也如彼,其才情也如此。

既而椒房—作"宫"宛转⁵⁵,柘馆阴岑⁵⁶。绛鹤—作"剑"晨严⁵⁷,铜蠡昼静⁵⁸。三星未夕,不事怀衾⁵⁹;五日犹赊,谁能理曲⁶⁰?优游少托⁶¹,寂莫多闲⁶²。厌长乐之疏钟⁶³,劳中宫—作"宫中"之缓箭^{64[7]}。轻身无力,怯南阳之捣衣⁶⁵;生长深宫,笑扶风之织锦⁶⁶。虽复投壶玉女⁶⁷,为欢尽于百骁⁶⁸;争博齐姬⁶⁹,心赏穷于六箸⁷⁰。无怡神于暇景,惟属意于新诗。可得代彼萱苏,微蠲愁疾⁷¹。

但往世名篇,当今巧制,分诸—作"封"麟阁⁷²,散在鸿都⁷³。不藉—作"务"篇—作"连"章,无由披览。于是然脂暝写⁷⁴,弄墨—作"笔"晨书,撰—作"选"录艳歌,凡为十卷。曾无参于《雅》《颂》,亦靡滥于风人。泾渭之间,若斯而已⁷⁵。于是丽以金箱—本作"绳"⁷⁶,装之宝轴^{77[8]}。三台妙迹—作"札",龙伸蠖屈之书⁷⁸;五色花笺,河北胶东之纸⁷⁹。高楼红粉⁸⁰,仍定鲁鱼之文⁸¹;辟恶生香⁸²,聊防羽陵之蠹⁸³。灵飞六甲,高擅玉函⁸⁴;《鸿烈》仙方,长推丹枕⁸⁵。

至如青牛帐里㊱，余曲未终；朱鸟窗前㊲，新妆已竟[9]。方当开兹缥帙㊳，散此绍绳㊴，永对玩于书帷㊵，长循环于纤手[10]。岂如邓学《春秋》，儒者之功难习㊶；窦传黄老，金丹之术不成㊷。固胜西蜀豪家，托情穷于《鲁殿》㊸。东储甲观，流咏止于《洞箫》㊹。娈彼诸姬㊺，聊同弃日㊻。猗与彤管㊼，丽矣香奁㊽。

【黎笺】

① 晋陆机《塘上行》：“发藻玉台下。”注：玉台以喻妇人之贞。

②《南史》曰：徐陵，字孝穆，东海剡人也。八岁能属文，十二通《老》《庄》义。既长，博涉史籍，纵横有口辩。父摛为晋安王谘议。王立为皇太子，东宫置学士，陵充其选。陈受禅，加散骑常侍，领大著作。文、檄、诏、诰皆陵所制，为一代文宗。每讲筵商教，四座莫与之抗。目有清睛，时人以为聪慧之相也。迁至左光禄大夫。至德元年卒，时年七十七。

③ 依原本附录顾樵、徐炯、徐树毂、树屏、树声、树本、张尚瑗诸家注。

④《海录碎事》曰：凌云台，魏文帝黄初二年筑。又曰：燕昭王好神仙，仙人甘需与王登握日之台。《史记·秦本纪》：戎王使由余来聘，穆公示以宫室，引之登三休之台。[樵]《周书》：武帝既灭北齐，诏曰：伪齐或穿池运石，为山学海；或层台累构，概日凌云。

⑤ 张平子《西京赋》曰：“闲庭诡异，门千户万。”

⑥《穆天子传》：盛姬，盛柏之子也。天子赐之上姬之长，是曰盛门。天子乃为之台，是曰重璧之台。

⑦《汉武故事》：帝为胶东王，年数岁。长公主问曰：儿欲得妇否？曰：欲得。指阿娇，好否？帝曰：若得阿娇，当作金屋贮之。

⑧《汉武故事》：上起神屋于前庭，植玉树，以珊瑚为枝，碧玉为叶，花子青赤，以珠玉为之，空其中如小铃，枪枪有声。又以白珠为帘，玳瑁桷之。

⑨《西都赋》注：高、惠、景、武、昭帝五陵在北，士人多宅于此。

⑩《后汉·皇后纪》论：汉法：常因八月算人，遣中大夫与掖庭丞及相工，于洛阳乡中阅视良家童女，年十三以上、二十以下，姿色端丽、合法相者，载还后宫。

⑪《北史》：魏文帝宏，雅重门族，范阳卢敏、清河崔宗伯、荥阳郑羲、太原王琼四姓，衣冠所推，咸纳其女，以充后宫。[樵]后汉明帝时，外戚樊氏、郭氏、阴氏、马氏，是为四姓小侯，非列侯，故曰小侯。

⑫《史记·范雎传》：雎见昭王，佯为不知永巷而入其中。《正义》曰：永巷，宫中狱名也，宫中有长巷故名焉。后改名掖庭。

⑬《晋书》：明穆庾皇后，颍川鄢陵人。后美姿仪。《后汉书》：光烈阴皇后，南阳新野人。帝常叹曰：娶妻当得阴丽华。[补]《后汉书·光武帝纪》：伯升招新市平林兵。注曰：新市县属江夏郡，故城在今郢州。张正见诗："调鹰向新市，弹雀往睢阳。"

⑭《三辅黄图》：《列仙传》曰：钩弋夫人，姓赵氏，河间人。右手钩卷，姿色佳丽。武帝反其手，得玉钩而手展。《汉·外戚传》：孝文窦皇后，家在清河。亲早卒，葬观津。师古曰：观津，清河之县也。

⑮左思《娇女诗》："左家有娇女，皎皎颇白皙。"[补]扬子《方言》：秦谓好曰娥。

⑯《中华古今注》：段巧笑，魏文帝宫人，始作紫粉拂面。

⑰《后汉书·马廖传》：楚王好细腰，宫中多饿死。

⑱《毛诗·魏风》："掺掺女手，可以缝裳。"[补]毛苌传曰：掺掺，犹纤纤也。

⑲宋玉《登徒子好色赋》："臣东家之子，嫣然一笑，惑阳城，迷下蔡。然此女登墙窥臣三年，至今未许也。"[樵]司马相如《美人赋》："臣之东邻，有一女子，云发丰艳，蛾眉皓齿。欲留臣而共止，登垣而望臣，三年于兹矣。臣弃而不许。"

⑳《越绝书》：美人宫周五百九十步，陆门二，水门一。今北坛利里丘土城，句践所习教美女西施、郑旦宫台也。女出于苎萝山。

㉑《汉·外戚传》：孝武李夫人本以倡进。初夫人兄延年性知音，善歌舞，武帝爱之。每为新声变曲，闻者莫不感动。平阳主因言延年有女弟。上乃召见之，实妙丽善舞，由是得幸。以延年为协律都尉。

㉒《汉书·五行志》：成帝微行出游，常与富平侯张放俱称富平侯家人，过河阳主作乐，见舞者赵飞燕而幸之。

㉓晋石崇《王明君辞》序：昔公主嫁乌孙，令琵琶马上作乐，以慰其道路之思，其送明君亦尔也，其造新曲，多哀怨之声，故序之。

㉔箜篌，一名坎侯。《汉书》：孝武皇帝祷祠太乙后土，始用乐人侯调依琴作坎坎之乐。言其坎坎，应节奏也。侯，以姓冠章耳。或云空侯取其空中，琴瑟皆空，何独坎侯邪！斯是论也。《诗》云"坎坎伐鼓"，是其文也。乐府有曹植《箜篌引》。

㉕《汉·杨恽传》：恽报孙会宗书曰：家本秦也，能为秦声。妇，赵女也，雅善鼓瑟。

㉖《列仙传》：箫史者[一]，秦穆公时人。善吹箫，能致孔雀、白鹤。穆公女弄玉好之，公乃妻焉。共随风去。

㉗《汉武故事》：建章、长乐宫辇道相属，悬栋飞阁，不由径路。[谷]《汉书》：卫子夫为平阳主讴者。帝祓霸上，还过平阳主。既饮，讴者进。帝独悦子夫。帝起更衣，子夫侍尚衣轩中，得幸。还坐欢甚。主因奏子夫送入宫。陈皇后闻子夫得幸，几死者数焉。后遂立为皇后。

㉘桓谭《新论》：陈平为高帝解平城之围，言汉有好丽美女，为道其容貌天下无双，急以进单于。单于见此，必大爱之。爱之则阏氏日以远疏。不如及其未到，令汉得脱去，去亦不持女来矣。阏氏妇女有妒媢之性，必憎恶而事去之。

㉙注见上。

㉚《庄子》：师金曰：西施病心而矉。其里之丑人，见而美之，归亦捧心而矉。其里之富人见之，坚闭门而不出；贫人见之，挈妻子而去之。司马相

〔一〕箫，亦作"萧"。

如《好色赋》："花容自献，玉体横陈。"《汉武故事》：以琉璃、珠玉，明月、夜光，杂错天下珍宝为甲帐，其次为乙帐。甲以居神，乙以自御。

㉛《关中记》：建章宫中有驳娑殿。《拾遗记》：每轻风至，飞燕欲随风入水，帝以翠缨结飞燕之裾。[谷]傅毅《舞赋》序："激楚结风，阳阿之舞。"

㉜《飞燕外传》：帝居鸳鸯殿便房，省帝簿嬺上。簿嬺因进言：飞燕有女弟合德，美容体性，纯粹可信，不与飞燕比。

㉝《中华古今注》：魏文帝宫人，绝所爱者有莫琼树，始制为蝉鬓，望之缥缈如蝉翼，故曰蝉鬓。

㉞《后汉·梁冀传》：冀妻孙寿，色美而善为妖态，作愁眉啼妆、堕马髻、折腰步、龋齿笑，以为媚惑。

㉟龙辅《女红余志》：魏文帝陈巧笑，挽髻别无首饰，惟用圆顶金簪一只插之。文帝目曰：玄云黯霭兮金星出。吴均诗："莲花衔青雀，宝粟钿金虫。"

㊱《后汉·舆服志》：皇后步摇以黄金为山题，贯白珠为桂枝相缪，一爵九华。

㊲《梁书》：天监中，诏宫中作白妆青黛眉。[樵]《留青日记》：广东始兴县溪中石墨，妇女取以画眉，名画眉石。

㊳《古今注》：魏宫人好画长眉，令作蛾眉警鹤髻。

㊴《古今注》：纣以红蓝花汁凝作燕脂，以燕国所生，故曰燕脂，涂之作桃花妆。

㊵曹植《洛神赋》："靥辅承权。"注：靥，笑靥。权，颊也。

㊶《颜修内传》：乔顺二子，师事仙人于栖霞谷，服飞龙药一丸，千年不饥。故魏文帝诗曰："西山一何高，高高殊无极。上有两仙童，不饮亦不食。与我一丸药，光耀有五色。服药四五日，身轻生羽翼。"

㊷《汉书·律历志》：黄帝使泠纶取竹嶰谷，制十二箫以听凤之鸣。其雄鸣六，雌鸣亦六，以比黄钟之宫。[樵]《汉书》注：凤鸟氏为历正。轩辕黄帝受河图作甲子，岁纪甲寅，日纪甲子。

㊸顾野王诗："妆罢金星出。"晋杜预曰：婺女为已嫁之女，织女为处

195

女。梁简文帝诗:"约黄能效月,裁金巧作星。"张正见《艳歌行》:"裁金作小靥,散麝起微黄。"《酉阳杂俎》:近代妆尚靥,如射月曰黄星靥。靥,钿之名。盖自孙吴邓夫人也。王充《论衡》:羿请不死药于西王母,羿妻嫦娥窃以奔月。[樵]《史记》注:婺女四星,天少府也,主布帛、裁制、嫁娶。

㊹《北堂书钞》:袁宏赋云:"舞回鸾以纤袖。"《世说》:韩寿,美姿容,贾充辟以为掾。充女于青琐中见寿,悦之,与之通。充见女盛自拂拭,又闻寿有异香之气,是外国所贡,一著人衣,历月不歇,充疑寿与女通,取左右婢考问之。婢以状言。充秘之,以女妻寿。

㊺《西京杂记》:赵飞燕立为皇后,其弟合德上遗织成裾。陈思王植《洛神赋》:"愿诚素之先达兮,解玉佩以要之。"

㊻《汉·外戚传》:李夫人少而早卒,武帝怜悯焉,图画其形于甘泉宫。

㊼宋玉《高唐赋》:"昔者先王尝游高唐,怠而昼寝。梦见一妇人曰:'妾巫山之女也。为高唐之客。闻君游高唐,愿荐枕席。'王因幸之。去而辞曰:'妾在巫山之阳,高丘之岨,旦为朝云,暮为行雨,朝朝暮暮,阳台之下。'"

㊽汉李延年歌:"倾城复倾国,佳人难再得。"

㊾《古诗为焦仲卿妻作》:"精妙世无双。"

㊿陆云《与兄平原书》:常案行并视曹公器物,书刀五枚、琉璃笔一枝。

(51)《艺文类聚》:傅玄曰:汉末一笔之匣,缀以隋珠,文以翡翠。《树萱录》:梁简文制笔床,以四管为一床。[补]《东宫旧事》:皇太子初拜,给漆笔四枝、铜博山笔床一副。

(52)傅统妻《芍药花颂》:"晔晔芍药,植此前庭。晨润甘露,昼晞阳灵。"梁武帝《宛转歌》:"欲题芍药诗不成。"

(53)未详。

(54)魏文帝《与锺繇九日送菊书》:九为阳数,而日月并应。俗嘉其名,以为宜于长久,故以享宴高会。陆机《文赋》:"诗缘情而绮靡。"《晋书》:武帝左贵嫔,讳芬,思之妹也。少好学,善缀文,名亚于思。常作《菊花颂》曰:"英英丽质,禀气灵和。春茂翠叶,秋耀金华。"及帝女万年公主薨,帝痛悼不已,诏芬为诔。

(55)《汉官仪》：皇后所居殿曰椒房。以椒和泥涂壁，故名。温暖而香，辟除恶气，又取蕃实之义。

(56)《汉书》班婕妤赋："痛阳禄与柘馆兮，仍襁褓而离灾。"[炯]《三辅黄图》：柘观在上林苑。

(57)《江总集·为陈六宫谢表》：鹤籥晨启。

(58)未详。按《孟子》以追蠡。汉赵歧注：禹时钟在者追蠡也。追，钟钮也。钮磨啮处深矣。蠡，欲绝之貌也。

(59)《诗》："嘒彼小星，三五在东。"又："抱衾与裯。"

(60)《初学记》：汉律：吏五日得一休沐。言休息以洗沐也。[屏] 枚乘诗："当户理清曲。"[樵]《诗》："五日为期。"

(61)古逸诗孔子《去鲁歌》曰："盖优哉游哉，聊以卒岁。"

(62)《汉·扬雄传》：京师为之语曰：惟寂寞，自投阁。

(63)《汉官仪》：帝祖母称长信宫，帝母称长乐宫，皇后称长秋宫。《三辅黄图》：钟室在长乐中。

(64)司马彪《续汉书》曰：孔壶为漏，浮箭为刻。下漏数刻，以考中星，昏明生焉。

(65)庾仲雍《荆州记》：秭归县有屈原宅，女媭庙，捣衣石犹存。[屏] 古诗："闺中有一妇，捣衣寄远人。"

(66)臧荣绪《晋书》：窦滔妻苏氏善属文。苻坚时，滔为秦州刺史，被徙流沙。苏氏思之，织锦为回文诗寄滔。循环宛转以读之，辞甚凄惋。

(67)《神异经》：东王公与玉女投壶，袅而脱误不接者，天为之笑。

(68)一作"娇"。《西京杂记》：郭舍人善投壶，以竹为矢，激矢令还，一矢百余反，谓之为骁。

(69)未详。按《晋·胡贵嫔传》：贵嫔讳芳，奋之女也。武帝尝与樗蒲，争矢，遂伤上指。帝怒曰：此固将种也。

(70)《楚辞》曰[一]："琨蔽象棋有六博。"王逸注云：投六箸，行六棋，故云

〔一〕辞，底本作"词"，全书统一，改。

六博。鲍宏《博经》：用十二棋，六棋白，六棋黑。所掷头谓之琼。琼有五采：刻为一画者谓之塞，刻为两画者谓之白，刻为三画者谓之黑，一边不刻者五塞之间，谓之五塞。[声]《国策》：苏秦说秦王曰：临淄甚富而实，其民无不斗鸡、走狗、六博、蹋鞠。《说文》"博"作"簙"，局戏也，六箸十二棋，乌胄所作。

⑦ 魏王朗《与魏太子书》：萱草忘忧，罿苏释劳，无以加也。

⑦ 《三辅黄图》：麒麟阁在未央宫左，汉萧何建，以藏秘书。

⑦ 《后汉·蔡邕传》：邕对曰：鸿都篇赋之文可且消息，以示惟忧。[樵]《后汉》：元和元年，置鸿都门学士。

⑦ 《魏志·刘馥传》：夜然脂，照城外树。《提伽经》：庶人然脂，诸侯然蜜，天子然漆。

⑦ 《三秦记》：泾水出开头山，至高陵县而入渭，与渭水合流，三百里清浊不相杂。

⑦ 《北史》：齐衡阳王钧尝手自细书五经，置巾箱中。

⑦ 隋《牛弘集·请开献书表》：刘裕平姚，收其图籍，五经、子史，才四千卷。皆赤轴青纸，文字古拙。

⑦ 《汉官仪》：尚书为中台，谒者为外台，御史为宪台，谓之三台。《系辞》：尺蠖之屈，以求伸也；龙蛇之蛰，以存身也。[炯]《宣和书谱》：皇象，字休明，广陵人。官侍中，工八分篆草，世以书圣称。以比龙蠖蛰启，伸盘复行。

⑦ 《邺中记》：石虎诏书以五色纸，著凤皇口中，令衔之飞下端门。《桓玄伪事》：诏命平淮作青赤缥练桃花纸，使极精，令速作之。

⑧ 古诗："盈盈楼上女，皎皎当窗牖。娥娥红粉妆，纤纤出素手。"

⑧ 《抱朴子》：书字之讹，有写鲁为鱼，写帝为虎。

⑧ 鱼豢《典略》：芸台香辟纸鱼蠹，故藏书台称芸台。

⑧ 《穆天子传》：仲秋甲戌，天子东游。次雀梁，因蠹书于羽陵。

⑧ 《汉武内传》：帝受西王母《真形》、《六甲》、《灵飞》十二事。帝盛以黄金几，封以白玉函。

㊟《博物志》：刘德治淮南王狱，得《枕中鸿宝秘书》。及子向咸而奇之，信黄白之术可成，谓神仙之道可致。按《鸿烈解》，今《淮南子》是。

㊟《录异传》：武都郡立大特祠，是大梓牛神也。今俗画青牛障是。

㊟《博物志》：王母降于九华殿。王母索七桃，以五枚与帝，母食二枚。时东方朔窃从殿南厢朱鸟牖中窥母。母谓帝曰：此窥牖小儿，常三来盗我桃。

㊟《后汉·杨厚传》：厚祖父春，诫子统曰：吾绨褒中，有先祖所传秘记，为汉家用，尔其修之。《晋中经簿》〔一〕：盛书用皂缥囊布裹书，函中皆有香囊。[补]《说文》：缥，帛青白色。又：帙，书衣也。

㊟ 一作"缃编"。刘向《别录·孙子》：书以杀青简，编以缥丝绳。[补] 绍，通作"絛"，《说文》：扁绪也。《急就篇》注：织丝缕为之。

㊟《汉书·董仲舒传》：孝景时为博士，下帷讲诵。

㊟ 未详。按《后汉书》：明德马皇后好读《春秋》。[补]《汉》：和熹邓皇后，讳绥，太傅禹之孙也。六岁能史书。诸兄每读经传，辄下意难问。自入宫掖，从曹大家受经传，夜则诵读，而患其谬误。选诸儒等诣东观雠校传记。又诏中官近臣于东观受读经传，以教授宫人。左右习诵，朝夕济济。

㊟《汉书》：窦皇后，景帝母也。好黄帝老子之言。帝及诸窦不得不读《老子》，皆遵其术。晋灼曰：道家言治丹砂令变化，可铸为黄金。

㊟ [瑗]《蜀志》：刘琰为车骑将军，车服饮食皆侈靡。侍婢数十，能为声乐，悉教诵读《鲁灵光殿赋》。

㊟《汉·成帝纪》：元帝在太子宫生甲观画堂，为世嫡皇孙。[本]《汉·王褒传》：元帝为太子，常嘉褒《洞箫颂》，令后宫贵人左右皆诵读之。

㊟《诗》："娈彼诸姬，聊与之谋。"

㊟ 晋陶潜《戒子书》：见贤思齐，不宜忽略以弃日也。

〔一〕簿，底本作"薄"，误。

㊗《诗》:"静女其娈,贻我彤管。"

㊳[补]《玉篇》曰:㡜,盛香器也。

【许评】

[1] 是书所录,为梁以前诗,凡五言八卷、七言一卷、五言二韵一卷。虽皆绮丽之作,尚不失温柔敦厚之旨,未可概以"淫艳"斥之。或以为选录多闺阁之诗,则是未睹本书而妄为拟议者矣。

骈语至徐、庾,五色相宣,八音迭奏,可谓六朝之渤澥,唐代之津梁。而是篇尤为声偶兼到之作。炼格炼词,绮缟绣错,几于赤城千里霞矣。

[2] 名妃淑媛、声妓孽妾,搜奇抉奥,了了若数指上螺蚊。

[3] 黛痕欲滴,脂晕微烘,如汰腻妆而出靓面。

[4] 态冶思柔,香浓骨艳,飘飘乎恐留仙裙捉不住矣。

[5] 自"五陵豪族"至此,总为佳丽如彼,一语极意形容。

[6] 拭砚抽毫,骈花俪叶。有才如此,那得不令人羡极生妒邪?

[7] 叙作诗之由,灵折不穷。

[8] 纸醉金迷,鲜华朗映。唐人惟王子安,有此雕饰。

[9] 摹拟入骨。

[10] 当令西子、南威涤几奉席,安得青琴绛树,拂卷抽缃?

卷　九

论

郑众论[1]

梁元帝

　　汉世衔命匈奴,困而不辱者,二人而已①。子卿手持汉节,卧伏冰霜②;仲师固无下拜,隔绝水火。况复风生稽落,日隐龙堆③,翰海飞沙,皋兰走雪④。岂不酸鼻痛心,忆雒阳之宫陛⑤;屑泣横悲,想长安之城阙⑥。直以为臣之道,义不为生;事君之节,生为义尽。岂望拔幽泉,出重仞,经长乐,抵未央⑦。及还望塞亭,来依候火⑧,旁观上郡,侧眺云中⑨。虽在己之愿自隆,而于时之报未尽[2]。

【黎笺】

①《礼记》曰:衔君命而使,虽遇之弗斗。

②《汉书》曰:苏武,字子卿。以中郎将持节使,单于幽置大窖中,绝其饮食。天雨雪,武卧啮雪与旃毛并咽之。

③《后汉书》曰:窦宪拜车骑将军与北单于战于稽落山,大破之。《汉书》曰:楼兰国最在东垂,近汉。当白龙堆乏水草,尝主发导,负水儋粮,送迎汉使。

④《史记》曰:骠骑将军霍去病与左贤王接战,左贤王遁走。骠骑封于狼居胥山,禅姑衍,临瀚海而还。如淳注曰:翰海,北海名。《正义》曰:按

翰海自一大海名，群鸟解羽，伏乳于此，因名也。《汉书》曰：霍去病率戎士踰乌盭，讨遫濮，过焉支山千有余里，合短兵鏖皋兰下。师古曰：皋兰，山名。《水经注》曰：漓水又东，北径石门口，山高嶮绝，对岸若门，故峡得厥名矣。疑即皋兰山门也。

⑤宋玉《高唐赋》曰："寒心酸鼻。"《汉书·地理志》曰：河南郡县洛阳。鱼豢云：汉火行，忌水，故去洛水而加隹。如鱼氏说，光武以后改为"雒"字也。《东观汉记》曰：建武元年十月，车驾入洛阳，遂定都焉。《玉篇》曰：陛，天子阶也。鲍照《从过旧宫诗》曰："宫陛留前制，歌思溢今衢。"

⑥《楚辞》曰："涕渐渐其如屑。"《前汉书》曰：汉兴，立都长安。又《地理志》曰：京兆尹县长安，高帝五年置。惠帝元年初城，六年成。

⑦《史记》曰：高祖七年，自平城至长安，长乐宫成。八年，萧丞相营作未央宫。九年，未央宫成。高祖大朝诸侯群臣，置酒未央前殿。高祖奉玉卮，起为太上皇寿，殿上群臣皆呼万岁。《三辅黄图》曰：长乐宫本秦之兴乐宫也。高皇帝始居栎阳，七年，长乐宫成，徙居长安城。《括地志》曰：未央宫在雍州长安县西北十里。

⑧《汉书》曰：句黎湖单于立，汉使光禄徐自为出五源塞数百里，远者千里，筑城障列亭至庐朐。又曰：匈奴行攻塞外亭障，略取吏民去，是时，汉边郡燧火候望精明。又曰：孝文后四年，匈奴复绝和亲，大入上郡、云中，燧火通于甘泉、长安。

⑨《汉书·地理志》曰：上郡秦置，高帝元年，更为翟国。十月复故。又曰：云中，郡名，秦置。汉魏尚守云中，匈奴不敢近塞下。

【许评】

[1] 众字仲师。永平初，北匈奴求和亲，显宗遣众持节使匈奴。众至，北庭欲令拜，众不为屈。单于大怒，围守闭之，不与水火，欲胁服众。众拔刀自誓，单于恐而止。

"风生"四语，写得浓至有态。睹此光景，焉能不酸鼻痛心！

[2] 薄以赏功，节士为之短气。

卷　十

铭

石帆铭^[1]

鲍　照

应风剖流,息石横波^①。下濠地轴一作"钮",上猎星罗^②。吐湘引汉,歃蠡吞沱^③。西历岷冢,北泻淮河^④。眇森宏蔼,积广连深。沦天测际,亘海穷阴^⑤。云旌未起,风柯不吟。崩涛山坠,郁浪雷沉^{⑥[2]}。

在昔鸿荒,刊启源陆^⑦。表里民邦,经纬鸟服^⑧。瞻贞视悔,坎水巽木^⑨。乃剡乃铲,既刳既斫^⑩。飞深浮远,巢潭馆谷^⑪。涉川之利,谓易则难^⑫;临渊之戒,曰危乃安^⑬。泊潜轻济,冥表勤言。穆戎遂留,昭御不还^[3]。徒悲猿鹤,空驾沧烟。君子彼想,祗心载惕^⑭。

林简松栝,水采龙鹔^⑮。觇气涉潮,投祭沉璧^⑯,搜检含图,命辰定历^⑰。二崤虎口,周王凤趋^⑱;九折羊肠,汉臣电驱^{⑲[4]}。潜鳞浮翼,争景乘虚^⑳。衡石赪鼃,帝子察殂^㉑;青山断河,后父沉躯^㉒。川吏掌津,敢告访途。

【黎笺】

①《玉篇》曰:剖,判也,中分为剖。《楚辞》曰:"冲风起兮横波。"

② 毛苌《诗传》曰：漻，水会也。《博物志》曰：地有四柱，广十万里，有三千六百轴，犬牙相制。贾逵《国语》注曰：猎，取也。扬子云《羽猎赋》曰："方将上猎三灵之流。"又曰："焕若天星之罗。"

③ 湘、汉，皆水名也。《说文》曰：湘水出零陵阳海山北入江。《尚书》曰：东流为汉。《后汉书》注曰：歙，敛也。孔安国《尚书传》曰：彭蠡，泽名。《尔雅》曰：水自江出为沱。

④ 《尚书》曰：岷嶓既艺。又曰：导嶓冢至于荆山。孔安国传曰：岷山、嶓冢，皆山名。《华阳国志》曰：西岷、嶓冢，地称天府。《玉篇》曰：泻，倾也。《说文》曰：淮水出南阳、平氏、桐柏、大复山，东南入海。

⑤ 颜师古《汉书》注曰：眇，微也。《说文》曰：森，木多貌。李善《文选》注曰：蔼蔼，茂盛貌。高诱《淮南子》注曰：沦，入也。《广雅》曰：际，方也。《方言》曰：亘，竟也。扬子云《太玄经》曰：幽无形，深不测之谓阴也。

⑥ 《吕氏春秋》曰：其云状若悬釜而赤，其名曰云旍。旍与"旂"同。

⑦ 《法言》曰：鸿荒之世，圣人恶之，不是以法。

⑧ 《左氏传》曰：表里山河。南北曰经，东西曰纬。《尚书》曰：岛夷皮服。《汉书·地理志》作鸟夷。师古曰：居在海曲，被服、容止，皆象鸟也。

⑨ 孔安国《尚书传》曰：内卦曰贞，外卦曰悔。《周易》曰：坎为水。又曰：巽为木。

⑩ 《周易》曰：刳木为舟，剡木为楫。《苍颉篇》曰：铲，削平也。

⑪ 应劭《汉书》注曰：巢，居也。李善《文选》注曰：楚人谓深水为潭。《广雅》曰：馆，舍也。刘渊林《蜀都赋》注曰：水注壑曰谷。

⑫ 《周易》曰：利涉大川。

⑬ 《毛诗》曰："战战兢兢，如临深渊。"

⑭ 《庄子·逍遥篇》曰：北冥有鱼。《释文》曰：北冥，海也，冥表，谓海表也。《抱朴子》曰：穆王南征，一军皆化。君子为猿为鹤，小人为沙为虫。《左传》：齐侯伐楚曰：昭王南征而不复，寡人是问。对曰：昭王之不复，君其问诸水滨。杜预注曰：昭王成王孙，南巡守，涉汉，船坏而溺。

⑮ 毛苌《诗传》曰：山木曰林。颜师古《汉书》注曰：简犹选拣。《广雅》

曰：栝，柏也。薛综《西京赋》注曰：栝，柏叶松身。《淮南子》曰：龙舟鹢首。
高诱注曰：鹢，水鸟也。画其象，著船首。

⑯《帝王世纪》曰：尧与群臣沉璧于河，乃为《握河记》，今《尚书候》
是也。

⑰孔安国《尚书传》曰：揆，度也。孟康注《汉书》曰：刻石纪号，有金策
石函，金泥玉检之封焉。《路史》曰：轩辕黄帝受《河图》作历，岁纪甲寅，日
纪甲子。

⑱《左氏传》曰：崤有二陵：其南陵，夏后皋之墓；其北陵，文王所避风
雨也。《国策》曰：今秦四塞之国，譬如虎口。

⑲一作"驿"。《汉书》曰：王阳为益州刺史，行部至邛崃九折阪，叹曰：
奉先人遗体，奈何数乘此险！后以病去。及尊为刺史，至其阪，叱其驭曰：
驱之！王阳为孝子，王尊为忠臣。《史记》正义曰：羊肠阪道在太行山上。
高诱《吕氏春秋》注曰：羊肠山盘纡如羊肠。

⑳《列子》曰：夸父不量力，欲追日影，逐之于隅谷之际。又曰：周穆王
时，西极之国，有化人来，入水火，贯金石，反山川，移城邑，乘虚不坠，触实
不硋。《庄子》曰：列子御风而行，泠然善也。《音义》曰：列子。李云：郑
人，名御寇，得风仙，乘风而行。

㉑《山海经》曰：大荒之中，有衡石山。《西山经》曰：泰器之山，观水出
焉。多文鳐鱼，状如鲤，鱼身而鸟翼，苍文而白首赤喙，常行西海，游于东
海，以夜飞而行。《中山经》曰：洞庭之山帝之二女居之，是常游于江、渊、
澧、沅之风，交潇、湘之渊。出入多飘风暴雨。《楚辞》曰〔一〕："帝子降兮北
渚，目眇眇兮愁予。袅袅兮秋风，洞庭波兮木叶下。"刘向《列女传》曰：舜陟
方死于苍梧，二妃死于江、湘之间，俗谓之湘君。《说文》曰：殂，往死也。魏
曹植《洛神赋》曰："腾文鱼以警乘，鸣玉鸾以偕逝。"

㉒《山海经》曰：青要之山，实惟帝之密都。北望河曲，是多驾鸟；南望
墠渚，禹父之所化。《拾遗记》曰：尧命夏鲧治水，九载无绩，鲧自沉于羽渊，

〔一〕辞，底本作"词"，全书统一，改。

205

化为玄鱼,时扬须振鳞,横修波之上,见者谓为河精。

【许评】

[1] 盛弘之《荆州记》[一]：武陵舞阳县有石帆山,若数百幅帆。

[2] 奇突古兀,锤炼异常。昔人论鲍诗谓"得景阳之俶诡,合茂先之靡嫚",吾于斯铭亦云。

[3] "穆戎"二语,诸选家多误作"穆我戎逐,留御不还",今据宋刻鲍集校正。

[4] 属对固已精核,下字无不钩新。斯可谓摆脱俗儒酸相。

〔一〕弘,底本作"宏",避讳字。

飞白书势铭[1]

鲍　照

秋毫精劲，霜素凝鲜①。沾此瑶波，染彼松烟②。超工八法，尽奇六文③。鸟企龙跃，珠解泉分。轻如游雾，重似崩云④[2]。绝锋剑摧，惊势箭飞⑤。差池燕起，振迅鸿归⑥。临危制节，中险腾机。圭角星芒，明丽烂逸⑦。丝縈发垂，平理端密⑧。盈尺锦两，片字金镒⑨[3]。故仙芝烦弱，既匪足双；虫虎琐碎，又安能匹⑩。君子品之，是最神笔。

【黎笺】

① 成公绥《弃故笔赋》曰："乃发虑于书契，采秋毫之颖芒。"《纂文》曰：书缣曰素。班婕妤《怨诗》曰："新裂齐纨素，鲜洁如霜雪。"

② 曹植诗曰："墨出青松烟。"

③ 许慎《说文序》曰：秦书有八体：一曰大篆，二曰小篆，三曰刻符，四曰虫书，五曰摹印，六曰署书，七曰殳书，八曰隶书。蔡邕《篆势》曰：苍颉循圣，作则制文。体有六篆，巧妙入神。《南史》曰：会稽谢善勋能为八体六文，方寸千言。

④ 言书势如鸟之企，如龙之跃，如珠串之解，如泉流之分，轻如游雾萦空，重似崩云委地也。《说文》曰：企，举踵也。蔡邕《篆势》曰：龙跃鸟震。

⑤ 言绝锋如剑之摧折，惊势如箭之飞扬也。刘彦祖《飞白赞》曰：直准箭飞。

⑥ 晋索靖《草书状》曰：玄熊对距于山岳，飞燕相追而差池。《尔雅》曰：振，讯也。郭璞注曰：振者奋迅。高诱《淮南》"鸣鸠奋其羽"注曰：奋迅

其羽,直刺上飞也。蔡邕《篆势》曰:远而望之,若鸿鹄群游,络绎迁延。

⑦ 孔颖达《礼记》疏曰:圭角谓圭之锋铓有棱角。庾肩吾《书品》曰:真草既分于星芒,烈火复成于珠珮。

⑧ 或谓飞白法飞而不白,白而不飞,盖取其若丝发处谓之白,其势飞举谓之飞。

⑨《左氏传》曰:重锦三十两。杜预注曰:三十匹也。《西京杂记》曰:淮南王刘安著《淮南子》,扬子云以为一出一入,字直百金。公孙弘著《公孙子》言刑名事,亦谓字直百金。赵岐《孟子》注曰:二十两为镒。镒,通作"溢"。

⑩ 萧子良《古今篆隶文体》数十种,有仙人书、芝英书、虫书、虎爪书。

【许评】

[1] 飞白书,后汉蔡邕所作。邕在鸿都门,见匠人施垩帚,遂创意焉。晋刘绍字彦祖,作飞白势。

[2] 博奥苍坚,声沉旨郁。唐惟柳子厚,往往胎息此种。

[3] 锤字坚响。

药奁铭①

鲍 照

岁霣走丸②,生厌隙墙。时无骤得,年有遄方。水玉出烟,灵飞生光③。龟文电衣,龙采云裳。九芝八石,延正荡斜④;二脂六体,振衰返华。毛姬饵叶,凤子藏花⑤。景绝翠虬,气隐赪霞⑥。深神罕别,妙奇不扬。或繁虎杖,或乱蛇床⑦。故不世不可以服,未达不可以尝⑧。眩睛逆目,是乃为良⑨[1]。

【黎笺】

① 《说文》曰:"奁"本作"籢",镜籢也,今作"奁"。《玉篇》曰:盛香器也。

② 李善《文选》注曰:霣,即"陨"字也。

③ 《山海经》曰:堂庭之山多水玉。郭璞曰:今水精也。《列仙传》曰:赤松子服水玉以教神农。《汉武内传》曰:帝受西王母真形、六甲、灵飞十二事,盛以黄金几,封以白玉函。

④ 《汉书》曰:甘泉宫内产芝,九茎连叶。《神仙传》曰:老子所出度世之法,九丹八石,玉体金液。

⑤ 《列仙传》曰:毛女,字玉姜,秦始皇宫人。逃之华阴山中,食松叶,遍体生毛,故谓毛女。《修真录》曰:仙人名凤子,与笙进会于九口,各以生生二肆之符相授。《古今注》曰:蛱蝶大如蝙蝠者,或黑色,或青斑,名为凤子。

⑥ 扬雄《解难》曰:独不见夫翠虬绛螭之将登乎天,必耸身于苍梧之渊。师古注曰:虬,龙之无角者。《采兰杂志》曰:黄帝炼成金丹,炼余之

药,汞红于赤霞,铅白于素雪。宫人以汞点唇则唇朱,以铅傅面则面白,洗之不复落矣。

⑦《尔雅》曰:蓫,虎杖。郭璞注曰:似红草而粗大,有细刺,可以染赤。《尔雅》曰:盱,虺床。郭璞注曰:蛇床也,一名马床。《淮南子》曰:乌狗能立而不能行,蛇床似麋芜而不能芳。

⑧《礼记》曰:医不三世,不服其药。《论语》:子曰:丘未达,不敢尝。

⑨《说文》曰:眩,目无常主也。高诱《淮南子》注曰:睛,目瞳子也。《尔雅》曰:逆,迎也。

【许评】

[1] 换头紫粉,七返丹砂。此二药世人千百中无一人解作。读是铭,如得秘药于孟简,可以悦心脾,可以涤肠胃。即谓明远能为二药,亦何愧焉。

团扇铭

庾肩吾

武王玄览〔一〕，造扇于前①。班生赡博，《白绮》仍传②。裁筠一作“云”比雾，裂素轻蝉③。片月内掩，重规外圆④。炎隆火正，石烁沙煎⑤；清逾蘋末，莹等寒泉⑥。恩深难恃，爱极则迁，秋风飒至，箧笥长捐⑦。勒铭华扇，敢荐夏筵[1]。

【黎笺】

① 陆机《羽扇赋》曰：“昔武王玄览，造扇于前。而五明安众，升繁于后。”

② 《班孟坚集》有《白绮扇之赋》。

③ 郑玄《礼记》注曰：筠，竹之青皮也。比雾，言其薄也。班婕妤《怨歌行》曰：“新裂齐纨素，皎洁似霜雪。”《古今注》曰：汉成帝赐飞燕五明扇、七华扇、云母扇、翟扇、蝉翼扇。

④ 成公绥《天地赋》曰：“星辰焕列，日月重规。”徐幹《圆扇赋》曰：“仰明月以取象，规圆体之仪度。”

⑤ 杜预曰：黎为火正。贾谊《旱云赋》曰：“隆盛暑而无聊兮，煎沙石而烂熠。”

⑥ 《玉篇》曰：逾，越也。宋玉《风赋》曰：“夫风生于地，起于青蘋之末。”左思《招隐诗》曰：“前有寒泉井，聊可莹心神。”

⑦ 班婕妤《怨歌行》曰：“常愁秋节至，凉飚夺炎热。弃捐箧笥中，恩情中道绝。”

〔一〕玄，底本作“元”，避讳字。注同。

【许评】

[1] 值物赋象,姿致极佳。吾当以新制齐纨,倩羊欣书此,庶几清吹徐
来,秀采繁会。

后堂望美人山铭^[1]

庾 信

倪璠注

高唐疑雨—作"碛石",洛浦无舟^①。何处相望？山边一楼。峰因五妇，石是三侯^②。险—作"崟"逾地肺，危凌天柱^③。禁苑斜通，春人恒—作"常"聚。树里闻歌，枝中见舞。恰对妆台，诸窗并—作"昼"开。遥—作"斜"看已识，试—作"直"唤便回。岂同织女，非秋不来^{④[2]}。

【黎笺】

① 宋玉《高唐赋》曰："昔者先王尝游高唐，倦而昼寝。梦见一妇人，曰：'妾巫山之女也，为高唐之客。闻君游高唐，愿荐枕席。'王因幸之。"曹植《洛神赋》曰："河洛之神，名曰宓妃。"又云："御轻舟而上沂。"

②《述异记》曰：秦惠王献五美女于蜀王，王遣五丁迎之。乃见大蛇入山穴中，五丁曳蛇，山崩。五女上山，皆化为石。《南中志》曰：有竹王者，兴于遁水。有一女浣于水滨，有三节大竹流入女子足间，推之不肯去。闻有儿声，取持归，破之，得男儿。长有才武，遂雄夷濮。以竹为姓。捐所破竹于野成林，今竹王三郎是也。王与从人尝止大石上，命人作羹。从者曰：无水。王以剑击石，水出。今王水是也，破石存焉。武帝拜唐蒙为都尉，以重币喻诸种侯王。斩竹王，置牂柯郡，以吴霸为太守。后夷濮以竹王非血气所生，求立后嗣。霸表封其三子列侯，配食父祠，与竹王三郎是也。

③《高士传》曰：四皓隐于地肺山。《括地志》曰：终南山一名地肺山。《秦记》云：终南又名地肺。又《真诰》曰：金陵之地，地方三十七顷，是金陵

之地肺也。《尔雅》：霍山为南岳。郭云：天柱山，潜水所出也。《地理志》云：天柱在庐江潜县。又王子年《拾遗记》云：昆仑之山有铜柱焉，谓之天柱。

④《星经》曰：织女三星在天市东，常以七月、一月六七日见东方。《荆楚岁时记》曰：七月七日为织女牵牛聚会之夜。

【许评】

[1] 兰成诸铭，直可与明远竞爽。明远以峭胜，兰成以秀胜，蹊径自别耳。然兰成要未肯作小巫也。

[2] 不必作时世妆、挽飞仙髻，而一种妩媚之态，当不减画里唤真真也。

至仁山铭

庾　信

倪璠注

　　山一作"峰"横鹤岭,水学龙津①。瑞云一片,仙童两人②。三秋云薄,九日寒新。真花暂落,画树长春。横石临砌,飞檐枕岭。壁绕藤苗,窗衔竹影。菊落秋潭,桐疏寒井③[1]。仁者可乐,将由爱静。

【黎笺】

①《豫章记》曰:鸾冈西有鹤岭,王子乔控鹤所经。《三秦记》曰:河津一名龙门,两旁有山,水陆不通,龟鱼不能上;江海大鱼,薄集龙门,不得上,曝腮水次也。

②《洞冥记》:东方朔云:东海有大明之墟,有釜山,山出瑞云,应王者之符命,如黄帝黄云、尧时有赤云之祥之类。魏文帝诗曰:"西山一何高,高高上无极。上有两仙童,不饮亦不食。与我一丸药,光耀有五色。服药四五日,身轻生羽翼。"

③陆机《要览》曰:酉阳山中有甘谷,谷中皆菊花,堕水中,居人饮之多寿,有及一百五十有余岁。魏文帝诗曰:"双桐生空井。"

【许评】

[1] 有语必新,无字不隽。吾于开府,当铸金事之矣。

215

梁东宫行雨山铭①

庾 信

倪璠注

山名行雨，地异阳台②。佳人无数，神女看—作"羞"来③。翠幔朝开，新妆旦起④。树入床头—作"前"，花来镜里。草绿—作"色"衫同，花红面似[1]。开年寒尽，正月游春。俱除锦帔，并脱红纶⑤。天丝剧薄，蝶粉生—作"多"尘⑥。横藤碍路，弱—作"垂"柳低人。谁言洛浦，一个河神⑦！

【黎笺】

① 梁简文帝《行雨山铭》曰：岩畔途远，阿曲路深。犹云息驭，尚且抽琴。兹峰独擅，嵚崎千变。却绕画房，前临宝殿。玉岫开华，紫水回斜。溪间聚叶，涧里萦沙。月映成水，人来当花。树结如帷，碛起成基。芝香馥径，石镜临墀。是铭亦简文时同作也。

②《高唐赋》曰："旦为朝云，暮为行雨，朝朝暮暮，阳台之下。"

③ 宋玉《神女赋》云："楚襄王梦与神女遇，其状甚丽。"

④ 刘公幹《齐都赋》曰："翠幄浮游。"

⑤ 庾肩吾诗云："粉白映纶红。"[补] 梁徐君蒨《初春诗》曰："树斜牵锦帔，风横入红纶。"案原注引沈诗及子山诗"红纶"误作"红轮"，今删。

⑥ 天丝即游丝。道书云：蝶交则粉退。言行雨山游丝相折藕，飞蝶拟香尘，若有人也。

⑦《洛神赋》曰："河洛之神，名曰宓妃。"

【许评】

[1] 亦自华炼，而情韵绵牵。山灵有知，想应色然心喜。

卷十一

碑

相官—作"宫"寺碑
梁简文帝

真人西灭,罗汉东游①。五明盛士,并宣北门之教②;四姓小臣,稍罢南宫之学③。超洙泗之济济,比舍卫之洋洋④。是以高檐三丈,乃为祀神之舍;连阁四周,并非中官之宅⑤。雪山忍辱之草,天宫陀树之花⑥,四照芬吐,五衢异色⑦[1]。能令扶解说法,果出妙衣⑧。鹿苑岂殊,祇林何远⑨?

皇太子萧纬,自昔藩邸,便结善缘。虽银藏盖寡,金地多阙⑩,有惭四事,久立五根⑪。泗川出鼎,尚刻之罘之石⑫;岷峨作镇,犹铭剑壁之山⑬[2]。矧伊福界,宁无镌刻⑭?铭曰:

洛阳白马,帝释天冠⑮,开基紫陌,峻极云端⑯。实惟爽垲,栖心之地⑰。譬若净土,长为佛事⑱。银铺曜色,玉础—作"础"金光⑲。墙如仙掌,楼疑凤皇⑳[3]。珠生月魄,钟应秋霜㉑。鸟依交露,幡承杏梁㉒。窗舒意蕊,室度心香㉓。天琴夜下㉔,绀马朝翔㉕。生灭可度,离苦获常㉖。相续有尽,归乎道场。

【黎笺】

①《文子》曰：得天地之道，故谓之真人。《四十二章经》曰：佛言辞亲出家，识心达本，解无为法，名曰沙门。常行二百五十戒，进止清净，为四真道行，成阿罗汉。阿罗汉者，能飞行变化，旷劫寿命，住动天地。《修行本起经》曰：盖闻沙门之为道也，舍家妻子，捐弃爱欲，断绝六情，守戒无为，得一心者，万邪灭矣。一心之道，谓之罗汉。罗汉者，真人也。声色不能污，荣位不能屈，难动如地，已免忧苦，存亡自在。太子曰：善哉！惟是为快。

②《南史》曰：梁武帝太清元年三月庚子，幸同泰寺，设无遮大会。上释御服，服法衣，行清净大舍，名曰羯磨。以五明殿为房，设素木床，葛帐，土瓦器。乘小舆，私人执役。乘舆法服，一皆屏陈。《世说》曰：六通三明，同归正异名。注：经云：六通：天眼，天耳，身通，它心，漏尽。此五者皆在心之明也。又《天竺大论》曰：五明：一声明，二工巧明，三医方明，四因明，五内明。按此亦五明。

③《南史》曰：张缵出为豫章内史，在郡述制旨礼记正言义，四姓衣冠士子听者常数百人。袁宏《汉纪》：永平中，崇尚儒学，自皇太子，诸王侯及功臣子弟，莫不受经。又为外戚樊氏、郭氏、阴氏、马氏诸子弟立学，号四姓小侯，置五经师。以非列侯，故曰小侯。《汉书·儒林传》：高祖过鲁，申公以弟子从师入见于鲁南宫。

④《礼记》：曾子怒曰：商，女何罪也。吾与汝事夫子于洙泗之间。《毛诗》曰："济济多士。"《浮屠经》曰：临儿国王隐屠太子，父曰屠头邪，母曰莫邪屠。生处名祇洹精舍，在舍卫国南四里，是长者须达所起。又有阿输伽树，是太子所攀树也。《括地志》曰：沙祇大国即舍卫国也，在月氏南万里。即波斯匿王浚处，其九十种知身后事，城有祇树给孤独园。《佛国记》云：到拘萨罗国舍卫城。城内人民稀旷，都有二百余家，即波斯匿王所治城也。大爱道，故精舍处出城南门千二百步道西，长者须达起。精舍东向开门户，两厢有二石柱，左柱作轮形，右柱作牛形，池流清净，林木尚茂，众华异色，蔚然可观，即所谓祇洹精舍也。祇洹精舍本有七层，诸国王人，竞兴供养，悬缯幡盖，散花烧香，燃灯续明，日日不绝。《尚书》曰：圣谟洋洋。

⑤《后汉书》曰：和熹邓皇后诏中官近臣于东观受读经传，以教授宫人。

⑥《佛国记》曰：葱岭冬夏有雪，彼土人，人即名为雪山人也。度岭已到北天竺。《涅槃经》曰：佛言善男子，雪山有草，名曰忍辱。牛若食之，则成醍醐。《无量寿经》曰：天宫宝树，非尘世所有。《酉阳杂俎·贝编》：麒麟陀树又拘尼陀树，其花见月光即开。

⑦《山海经》曰：南山之首山曰鹊山。有木焉，其状如谷而黑，其华四照，其名曰迷谷，佩之不迷。郭璞注曰：言有光炎，若木华赤，其光照下地，亦此类也。又曰：少室之山其上有木焉，名曰帝休。叶茂，状如杨，其枝五衢，黄花黑实，服者不怒。郭璞注曰：言树枝交错相重五出，有象衢路也。

⑧《维摩诘经》曰：佛以一音演说法，众生随类各得解。《百缘经》曰：佛在世时，波罗奈国有梵摩达王，其妇生女，身被袈裟，年渐长大，衣亦随大。出城游戏，渐次往到鹿野苑中，见佛相好，心怀喜悦，前礼佛足，却坐一面。佛为说法，心开意解，得须陀洹果。后求出家，佛告善来比丘尼，头发自落，法服著身，成比丘尼。精勤修习，得阿罗汉果。诸天世人，所见敬仰。时诸比丘见是事已，请问所缘。佛告比丘，乃往过去无量世时，有佛出世，号加那牟尼，将诸比丘，游行教化。时有王女值行，见佛心怀喜悦，前礼佛足，请佛及僧三月，受请四事供养还，复以妙衣，各施一领。

⑨《佛国记》曰：迦尸国波罗捺城，城东北十里许，得仙人鹿野苑精舍。此苑本有辟支佛住，常有野鹿栖宿。世尊将成道，诸天于空中唱言，白净王子出家学道，却后七日当成佛。辟支佛闻已，即取泥洹，故名此处为仙人鹿野苑。世尊成道已后，人于此处起精舍。《贤愚经》曰：须达请太子欲买园造精舍。祇陀太子言：园地属卿，树木属我，我自上佛，共立精舍。佛告阿难，今此园地，须达所买，林树华果，祇陀所有，二人同心，共立精舍，应当与号太子祇陀树给孤独食园，名字流布，传示后世。

⑩《法华经》曰：表刹甚高广，此由塔婆高显大，为金地标表，故以聚相长表金刹。

⑪《宝如来三昧经》曰：佛言：菩萨以四事可知有劳。何谓四事可知有

劳？闻无央数人，其心恐怖，是为一劳；闻不可度生死，其心恐怖，是为二劳；闻不可限诸佛智，其心恐怖，是为三劳；闻无央数功德而成一相，其心恐怖，是为四劳。《诸法本无经》曰：曼殊尸利复言：世尊云，何当见五根？佛言：若信诸法不生，以本性不生，故此是信根；若诸法中心不发遣，以近想远想离，故此是精进根；若于诸法不作念，意以攀缘性离，故念不系缚，此是念根；若于诸法不念不思，如幻不可得，故此是定根；若见诸法离生离无，智本性空，故此是慧根。曼殊尸利如是应见五根。

⑫《鼎录》曰：鼎迁于周。成王定鼎于郏鄏，卜世三十，卜年七百，天所命也。及显王姬德衰，鼎沦于泗水。秦始皇之初，见于彭城。《史记》曰：始皇还过彭城，斋戒祷祠，欲出周鼎泗水，使人没水求之，弗得。大索十日，登之罘刻石。

⑬ 张孟阳《剑阁铭》曰：岩岩梁山，积石峨峨。远属荆衡，近缀岷嶓。南通邛僰，北达褒斜。狭过彭碣，高逾嵩华。惟蜀之门，作固作镇。是曰剑阁，壁立千仞。

⑭ 福界，犹言福地。《说文》曰：镌，琢石也。

⑮《洛阳伽蓝记》曰：白马寺，汉明帝所立也。佛入中国之始。寺在西阳门外三里，御道南。帝梦金人长丈六，顶皆日月光明。胡人号曰佛。遣使向西域求之，乃得经像焉。时白马负经而来，因以为名。《因本经》曰：须弥山顶为帝释天。梁元帝《荆州长沙寺阿育王像碑》曰：才渡莲河，即处天冠之寺。天冠，寺名也。

⑯ 王粲《羽猎赋》曰："倚紫陌而并征。"《礼记》曰：峻极于天。陆机《拟古诗》曰："飞陛蹑云端。"

⑰《西域记》曰：给孤独愿建精舍，佛命舍利子随瞻揆焉，惟太子逝多园地爽垲。寻诣太子，具以情告。太子戏言金遍乃卖。善施闻之，心豁如也。即出金藏，随言布地，有少未满。太子请留，曰：佛诚良田，宜植善种，即于空地建立精舍。

⑱《法华论》曰：无烦恼众生住处，名为净土。

⑲ 梁元帝《梁安寺铭》曰：似灵光之金扇，类景福之银铺。银铺，以银

为铺首也。

⑳ 墖，古"塔"字。《说文》曰：塔，西域浮屠也，或七级九级，至十三级而止。其五级者，俗谓之锥子。《洛阳伽蓝记》曰：瑶光寺有五层浮屠一所，去地五十丈，仙掌凌虚，铎垂云表。《晋宫阁名》曰：洛阳有凤凰楼。

㉑《淮南子》曰：蛤、蟹、珠、龟，与月盛衰。《释名》曰：魄，月始生魄然也。《参同契》曰：阳神日魂，阴神月魄，魄之与魂，互为宅室。《山海经》曰：丰山有九钟焉，是知霜鸣。郭璞注曰：霜降则钟鸣，故言知也。

㉒《妙法莲华经》序品曰：一一塔庙若千幢幡，珠交露幔，宝铃和鸣。《维摩经》曰：降服四种魔，胜幡建道场。司马相如《长门赋》曰："饰文杏以为梁。"谢朓《咏烛诗》曰："杏梁宾未散。"

㉓ 二语出佛经。

㉔ 未详。简文《大法师颂》曰：空华竞下，天琴自张。

㉕《起世经》曰：转轮王绀马之宝名婆罗诃。色青，体尾毛悦泽，头黑发披，有神通力，腾空而行。日初出时，乘此宝马，流大地，还至本宫，乃始进食。

㉖《金刚三昧经》曰：本生不灭，本灭不生，不灭不生，不生不灭，一切法相，亦复如是。《正法念经》云：尔时夜摩天王为诸天众生要言之，于天人中有十六苦：六曰爱别离苦。

【许评】

[1] 随手拈花。千载下见之，无不破颜微笑。不知正法眼藏，可能付迦叶否？

[2] 著此一联，使上下斗笋。而笔复圆折，那得不令顽石点头。

[3] 情思隽逸，华采斒斓。寻绎数四，几有"菩提非树，明镜非台"之妙。

陶征士诔 并序

*颜延之*①

李善注

夫璿玉致美[1]，不为池隍之宝②；桂椒信芳，而非园林之实③。岂期一作"其"深而好远哉？盖云殊性而已。故无足而至者，物之藉也④；随踵而立者，人之薄也⑤。

若乃巢高一作"由"之抗行，夷皓之峻节⑥，故已父老尧禹，锱铢周汉⑦[2]。而绵世浸远，光灵不属⑧，至使菁华隐没，芳流歇绝，不其惜乎！虽今之作者，人自为量⑨，而道路同尘，辍涂殊轨者多矣⑩。岂所以昭末景，汎一作"泛"余波⑪！

有晋征士寻一作"浔"阳陶渊明[3]，南岳之幽居者也⑫。弱不好弄，长实素心⑬。学非称师，文取指达。在众不失其寡，处言愈见其默[4]。少而贫病，居无仆妾⑭。井臼弗任，藜菽不给⑮。母老子幼，就养勤匮⑯。远惟田生致亲之议，追一作"近"悟毛子捧檄之怀⑰。初辞州府三命，后为彭泽令。道不偶物，弃官从好⑱。

遂乃解体世纷，结志区外⑲，定迹深栖，于是乎远。灌畦鬻蔬，为供鱼菽之祭㉑；织绚纬萧，以充粮粒之费㉑。心好异书，性乐酒德㉒，简弃烦促，就成省旷㉓，殆所谓国爵屏贵，家人忘贫者与㉔^[5]？有诏征为著作郎^[6]，称疾不到—作"赴"。春秋若干—作"六十有三"，元嘉四年月日，卒于寻阳县之某里—作"柴桑里"。近识悲悼，远士伤情。冥默福应，呜呼淑贞㉕！夫实以诔华，名由谥高，苟允德义，贵贱何算焉？若其宽乐令终之美，好廉克己之操，有合谥典，无愆前志。故询诸友好，宜谥曰靖节征士㉖。

其辞曰：物尚孤生，人固介立㉗^[7]。岂伊时遘，曷云世及？嗟乎若士，望古遥集。韬此洪族，蔑彼名级㉘。睦亲之行，至自非敦㉙。然诺之信，重于布言㉚。廉深简絜—作"洁"，贞夷粹温，和而能峻，博而不繁㉛^[8]。依世尚同，诡时则异，有一于此，两非默置。岂若夫子，因心违事㉜。畏荣好古，薄身厚志㉝。世霸虚礼，州壤推风㉞。孝惟义养，道必怀邦㉟。人之秉彝，不隘不恭㊱。爵同下士，禄等上农㊲。度量难钧，进退可限㊳。长卿弃官，稚宾自免㊴。子之悟之，何悟之辨？赋诗—作"辞"归来，高蹈独善㊵。

亦既超旷，无适非心㊶。汲流旧巘，葺宇家林㊷。晨烟暮蔼，春煦秋阴，陈书缀卷，置酒弦琴^[9]。居备勤俭，躬兼贫病㊸，人否其忧，子然其命㊹。隐约就闲，迁延辞聘㊺。非直也明，是惟道性㊻。

纠缠斡流，冥漠报施㊼，孰云与仁，实疑明智㊽。谓天盖高，胡愆斯义㊾。履信曷凭，思顺何寘㊿。年在中身，疢惟痁疾[51]。视死如归，临凶若吉[52]。药剂弗尝，祷祀非恤[53]。傫幽

223

告终，怀和长毕。呜呼哀哉(54)[10]！

敬述靖一作“清”节，式尊遗占(55)。存不愿丰，没无求赡。省讣却赙，轻哀薄敛(56)。遭壤以穿，旋葬而窆。呜呼哀哉(57)！

深心追往，远情逐化(58)[11]。自尔介居，及我多暇(59)。伊好之洽，接阎邻舍。宵盘昼憩，非舟非驾(60)。念昔宴私，举觞相诲(61)。独正者危，至方则阂一作“碍”(62)。哲人卷舒，布在前载(63)。取鉴不远，吾规子佩(64)。尔实愀然，中言而发(65)。违众速尤，迕风先蹶(66)。身才非实，荣声有歇(67)。叡音永矣，谁箴余阙？呜呼哀哉(68)！

仁焉而终，智焉而毙(69)。黔娄既没，展禽亦逝(70)[12]。其在先生，同尘往世(71)。旌此靖节，加彼康惠。呜呼哀哉(72)！

【黎笺】

① 何法盛《晋中兴书》曰：延之为始安郡，道经寻阳，常饮渊明舍，自晨达昏。及渊明卒，延之为诔，极其思致。[补] 沈约《宋书》曰：颜延之，字延年，琅邪人也。好读书，无所不览，文章之美，冠绝当时。吴国内史刘柳以为行军参军，后为秘书监、太常，卒。

②《山海经》曰：升山，黄酸之水出焉，其中多琁玉。《说文》曰：璇，亦“璿”字。

③《春秋运斗枢》曰：椒桂连，名士起。宋均曰：桂椒，芬香美物也。《山海经》曰：招摇之山多桂。又曰：琴鼓之山多椒。

④ 言物以希为贵也。藉，资藉也。《韩诗外传》曰：晋平公游于河而乐曰：安得贤士，与之乐此也？船人盖胥跪而对曰：夫珠出于江海，玉出于昆山，无足而至者，由主君之好也。士有足而不至者，盖君主无好士之意也。何患无士乎！

⑤ 言人以众为贱也。薄，贱薄也。《战国策》：齐宣王曰：百世一圣，若

随踵而生也。此亦不以文而害意。

⑥ 皇甫谧《高士传》曰：巢父者，尧时隐人也。《庄子》曰：尧治天下，伯成子高立为诸侯。尧授舜，舜授禹，伯成子高弃为诸侯而耕。《史记》曰：伯夷、叔齐，孤竹君之子也，隐于首阳山。《三辅三代旧事》曰：四皓，秦时为博士，辟于上洛熊耳山西。弥衡书曰：训夷皓之风。

⑦ 范晔《后汉书》曰：郅恽谓郑敬曰：子从我为伊吕乎？将为巢许乎？而父老尧舜乎？《礼记》：孔子曰：儒有上不臣天子、下不事诸侯，虽分国，如锱铢，有如此者。郑玄曰：虽分国以禄之，视之轻如锱铢矣。

⑧ 《东观汉记》曰：上赐东平王苍书曰：岁月骛过，山陵浸远。今鲁国孔氏尚有仲尼车、舆、冠、履，明德盛者光灵远也。

⑨ 《论语》子曰：作者七人。

⑩ 《老子》曰：和其光而同其尘。陆机《狭邪行》曰："将遂殊涂轨，要子同归津。"

⑪ 陆机诗曰："惆怅怀平素，岂乐于兹同。赏宴栖末景，游豫蹑余踪。"《尚书》曰：余波入于流沙。

⑫ 《礼记》曰：儒有幽居而不淫。

⑬ 《左氏传》：郤芮对秦伯曰：夷吾弱不好弄，长亦不改。《礼记》曰：有哀素之心。郑玄曰：凡物无饰曰素。

⑭ 范晔《后汉书》曰：黄香家贫，内无仆妾。

⑮ 《列女传》曰：周南大夫之妻谓其夫曰：亲操井臼，不择妻而娶。

⑯ 《礼记》曰：事亲左右，就养无方。[补]孙志祖曰：赵云："母"疑作"父"，靖节年十二丧母，三十七乃丧父也。

⑰ 《韩诗外传》曰：齐宣王谓田过曰：吾闻儒者亲丧三年，君之与父孰重？田过对曰：殆不如父重。王忿曰：则曷为去亲而事君？对曰：非君之土地，无以处吾亲；非君之禄，无以养吾亲；非君之爵，无以尊显吾亲；受之于君，致之于亲。凡事君者以为亲也。宣王悒然，无以应之。范晔《后汉书》曰：庐江毛义，字少卿。家贫，以孝称。南阳人张奉慕其名，往候之。坐定而府檄适到，以义守令。义捧檄而入，喜动颜色。奉者志尚之士，心贱

之,自恨来,固辞而去。及义母死,去官行服。数辟公府为县令,进退必以礼。后举贤良,公车征,遂不至。张奉叹曰:贤者固不可测,往日之喜,为亲屈也。

⑱ 孙盛《晋阳秋》曰:嵇康性不偶俗。《论语》子曰:从吾所好。

⑲《左氏传》:季文子曰:四方诸侯,其谁不解体!嵇康《幽愤诗》曰:"世务纷纭。"蔡伯喈《郭林宗碑》曰:翔区外以舒翼。

⑳ 潘安仁《闲居赋》曰:"灌园鬻蔬,供朝夕之膳。"《公羊传》:齐大夫陈乞曰:常之母有鱼菽之祭。

㉑《穀梁传》曰:甯喜出奔晋,织绚邯郸,终身不言卫。郑玄《仪礼》注曰:绚,状如刀衣,履头也。绚,音昫。《庄子》曰:河上有家贫恃纬萧而食者。司马彪曰:萧,蒿也,织蒿为薄。

㉒ 刘伶集有《酒德颂》。

㉓ 张茂先《答何劭诗》曰:"恬旷苦不足,烦促每有余。"

㉔《庄子》曰:夫孝悌仁义、忠信贞廉,此皆自勉以役其德者也,不足多也。故曰至贵国爵屏焉,至富国财屏焉。是以道不渝。郭象曰:屏者,除弃之谓也。夫贵在其身犹忘之,况国爵乎!斯贵之至也。《庄子》曰:故圣人其穷也使家人忘贫,其达也使王公忘爵禄而化卑。郭象曰:淡然无欲,家人不识贫可苦。

㉕ 张衡《灵宪图》注曰:寂寞冥默,不可为象。

㉖《谥法》曰:宽乐令终曰靖,好廉自克曰节。

㉗《汉书音义》:臣瓒曰:介,特也。

㉘ 葛龚《遂初赋》曰:"承豢龙之洪族,贶高阳之休基。"《史记》曰:赐爵一级。《说文》曰:级,次第也。

㉙《周礼》:二曰六行,孝、友、睦、姻、任、恤。郑玄曰:睦亲于九族。

㉚《前汉书》曰:季布,楚人也。谚曰:得黄金百斤,不如得季布一诺。

㉛《论语》:子曰:和而不同。《家语》:子贡曰:博而不举,是曾参之行。

㉜ 言为人之道,依俗而行,必讥之以尚同;诡违于时,必讥之以好异。

有一于身，必被议论，非为默置，岂若夫子因心而能违于世事乎！言不同不异也。《庄子》曰：列士壤植散群，则尚同也。郭象曰：所谓和其光、同其尘。班固《汉书赞》曰：东方朔戒其子以上容。首阳为拙，柱下为工。饱食安步，以仕易农。依隐玩世，诡时不逢。《毛诗》曰："因心则友。"

㉝《论语》：子曰：信而好古。

㉞ 世霸，谓当世而霸者也。蔡伯喈《郭有道碑》曰：州郡闻德，虚己备礼。推风，推挹其风也。

㉟ 范晔《后汉书论》曰：言以义养则仲由之菽，甘于东邻之牲。《论语比考谶》曰：文德以怀邦。

㊱《毛诗》曰："民之秉彝，好是懿德。"《孟子》曰：伯夷隘，柳下惠不恭，隘与不恭，君子不由也。綦母邃曰：隘，谓疾恶太甚，无所容也。不恭，谓禽兽畜人，是不敬。然此不为褊隘，不为不恭。

㊲《礼记》曰：诸侯之下，士视上农，夫禄足以代其耕。

㊳《孝经》：容止可观，进退可度。

㊴《汉书》曰：司马长卿病免，客游梁，得与诸侯游士居。又曰：清居之士，太原则郇相，字稚宾，举州郡茂材，数病去官。

㊵ 归来，归去来也。《左氏传》：齐人歌曰：鲁人之皋，使我高蹈。《孟子》曰：古之人穷则独善其身，达则兼善天下。

㊶《吕氏春秋》曰：夫乐有道，心亦适。《庄子》曰：知忘是非，心之适也。

㊷《广雅》曰：茸，覆也。

㊸《尚书》曰：克勤于邦，克俭于家。《史记》：原宪曰：若宪贫也，非病也。

㊹《论语》：子曰：贤哉！回也，一箪食，一瓢饮，在陋巷，人不堪其忧，回也不改其乐。《墨子》曰：贫富固有天命，不可损益。

㊺《周书》曰：隐约者，观其不慑惧。《登徒子好色赋》曰："因迁延而辞避。"

㊻《毛诗》曰："匪直也人，秉心塞渊。"高诱《淮南子》注曰：道性无欲。

㊼ 贾谊《鹏鸟赋》曰："斡流而迁,或推而还。夫祸之与福,何异纠缠。"陆机《吊魏武文》曰:悼缫帷之冥漠。《史记》司马迁曰:天之报施善人何如哉!

㊽ 言谁云天道常与仁人,而我闻之实疑于明智。此说"明智",谓老子也。《老子》曰:天道无亲,常与善人。《楚辞》曰:"招贤良与明智。"

㊾ 言天高听卑而报施无爽,何故爽于斯义而不与仁乎?《毛诗》曰:"谓天盖高,不敢不蹐。"《史记》:子韦曰:天高听卑。

㊿ 《周易》曰:履信思乎顺。毛苌《诗传》曰:寘,置也。

51 《尚书》曰:文王受命惟中身。《左氏传》曰:齐侯疥,遂痁。杜预曰:痁,疟疾也。

52 《吕氏春秋》曰:遗生行义,视死如归。

53 《魏都赋》曰:"药剂有司。"《论语》:子曰:丘之祷久矣。

54 傃,向也。《礼记》曰:幽则有鬼神。《孙卿子》曰:死,人之终也。

55 《汉书》曰:陈遵口占作书。占,谓口隐度其事,令人书也。

56 《礼记》曰:凡讣于其君,云"某臣死"。郑玄曰:讣或作"赴",至也。臣死使人至君所告之也。《周礼》曰:丧则令赗补之。郑玄曰:谓赗丧家补助不足。

57 《河图考钩》曰:有壤者可穿。《礼记》:孔子曰:敛手足形,还葬而无椁,称其财,斯之谓礼。《说文》曰:窆,葬下棺也。

58 《庄子》曰:既化而生,又化而死。

59 《汉书》:陈馀说武臣,曰将军独介居河北。《孙卿子》曰:其为人也多暇日者,其出入不远。

60 毛苌《诗传》曰:憩,息也。

61 《毛诗》曰:"诸父兄弟,备言燕私。"

62 《孙卿子》曰:方则止,圆则行。

63 潘岳《西征赋》曰:"蓬与国而卷舒。"《西京赋》曰:"多识前世之载。"

64 《毛诗》曰:"殷鉴不远。"

65 《礼记》曰:孔子愀然作色而对。

⑥ 班固《汉书》述曰：疑殆匪阙，违众忤世，浅为尤悔，深作敦害。《韩诗外传》：草木根荄浅，未必撅也；飘风与暴雨隧，则撅必先矣。［补］孙志祖曰：赵云：此延年自述之词，而中间"违众速尤"四语，则自咎之词也。

⑥ 言身及才不足为实，荣华声名，有时而灭。恐己恃才以傲物，凭宠以陵人，故以相诫也。

⑧《尔雅》曰：永，远也。《左氏传》：魏绛曰：百官箴王阙。

⑥ 应劭《风俗通》曰：传云五帝圣焉死，三王仁焉死，五伯智焉死。

⑦ 皇甫谧《高士传》曰：黔娄先生死，曾参与门人来吊。曾参曰：先生终，何以为谥？妻曰：以"康"为谥。曾参曰：先生存时，食不充肤，衣不盖形；死则手足不敛，傍无酒肉。生不得其美，死不得其荣，何乐于此而谥为"康"哉？妻曰：昔先生，君尝欲授之国相，辞而不为，是所以有余贵也；君尝赐之粟三十钟，先生辞不受，是其有余富也。彼先生者，甘天下之淡味，安天下之卑位，不戚戚于贫贱，不遑遑于富贵，求仁而得仁，求义而得义，其谥为"康"，不亦宜乎？展禽，柳下惠也。《论语》：柳下惠为士师。郑玄曰：柳下惠，鲁大夫也。展禽食采柳下，谥曰惠。

⑦ "同尘"已见上文。

⑦ 康，黔娄。惠，柳下惠也。

【许评】

［1］诔文骨劲色苍，不特为渊明写照。而其品概，亦因之翛然远矣。

［2］引古立案，恰得渊明身分；而句法亦宕逸可观。

［3］拈"有晋"字，自是通人卓识。

［4］定论。

［5］琐琐叙述，弥表旷怀。

［6］诏征著作，不书宋室。浦二田云，正与陶诗义熙后但书甲子同旨。

［7］峭拔。

［8］将渊明本领，摹拟写出，犹顾长康画人，尽在阿堵中矣。

［9］琢句近潘安仁，澹而弥旨。

［10］气格高迈。纯是临摹东京人手笔。

［11］追往念昔，知己情深。而一种幽闲贞静之致，宣露行间，尤堪讽咏。

［12］黔娄谥康，展禽谥惠，援据确核。

宋孝武宣贵妃诔 并序[1]

谢　庄

李善注

惟大明六年,夏四月壬子,宣贵妃薨[2]。

律谷罢暖,龙乡辍晓①。照车去魏,联城辞赵②。皇帝痛掖殿之既阒,悼泉途之已宫③。巡步檐而临蕙路,集重阳而望椒风。呜呼哀哉④!

天宠方隆,王姬下姻⑤。肃雍揆景,陟屺爰臻⑥。国轸丧淑之伤,家凝贯庇之怨⑦。敢撰德于旂旒,庶图芳于钟万⑧。

其辞曰:玄丘烟煴〔一〕,瑶台降芬⑨。高唐渫雨,巫山郁云⑩。诞发兰仪,光启玉度⑪。望月方娥,瞻星比婺⑫[3]。毓德素里,栖景宸轩⑬。处丽绨绤,出懋蘋蘩⑭。修诗贲道,称图照言⑮。翼训姒幄,赞轨尧门⑯。绸缪史馆,容与经闱⑰。陈风缉藻,临象分微⑱,游艺殚数,抚律穷机⑲。踌躇冬爱,怊怅秋晖⑳。展如之华,实邦之媛㉑。敬勤显阳,肃恭崇宪㉒。奉荣维约,承慈以逊。逮下延和,临朋违怨。祚灵集祉,庆蔼迎祥㉓。皇胤璿式,帝女金相㉔。联跗齐颖,接萼均芳㉕。以蕃以牧,烛代辉梁㉖。视朔书氛,观台告祲㉗。八颂扃和,六祈辍渗㉘。衡总灭容,翚翟毁衽㉙。掩彩瑶光,收华紫禁。呜呼哀哉㉚!

〔一〕玄丘,底本作“元邱”,避讳字。

帷轩夕改，辒辌晨迁㉛。离宫天邃，别殿云县㉜。灵衣虚袭，组帐空烟㉝。巾见余轴，匣有遗弦[4]。呜呼哀哉㉞！

移气朔兮变罗纨，白露凝兮岁将阑㉟。庭树惊兮中帷响，金釭暖兮玉座寒㊱[5]。纯孝擗其俱毁，共气摧其同栾㊲。仰昊天之莫报，怨凯风之徒攀㊳。茫昧与善，寂寥余庆㊴。丧过乎哀，毁实灭性㊵。世覆冲华，国虚渊令。呜呼哀哉㊶！

题凑既肃，龟筮既辰㊷。阶撤两奠，庭引双辒㊸。维慕维爱，曰子曰身㊹。恸皇情于容物，崩列辟于上旻㊺。崇徽章而出寰甸，照殊策而去城闉。呜呼哀哉㊻！

经建春而右转，循闾阖而径度㊼。旌委郁于飞飞，龙逶迟于步步㊽。锵楚挽于槐风，喝边箫于松雾㊾[6]。涉姑繇而环回，望乐池而顾慕。呜呼哀哉㊿！

晨辒解凤，晓盖俄金[51]。山庭寝日，隧路抽阴[52]。重扃闷兮灯已黯，中泉寂兮此夜深[53]。销神躬于壤末，散灵魄于天浔[54]。响乘气兮兰驭风，德有远兮声无穷[55]。呜呼哀哉！

【黎笺】

① 律谷，黍谷也。吹律以暖之，故曰律谷。刘向《别录》曰：邹衍在燕。有谷寒，不生五谷。邹衍吹律温之，至生黍。《陈留风俗传》曰：允吾县者，宋、陈楚地，故梁国宁陵种龙乡也，出鸣鸡。

②《史记》曰：齐威王与魏惠王会田于郊。魏王问曰：王亦有宝乎？威王曰：无有。魏王曰：若寡人，小国也，尚有径寸之珠，照车前后十二乘者十枚。奈何以万乘之国而无宝乎？又曰：赵惠文王得和氏璧。秦王闻之，使遗赵王书曰：愿以十五城易璧。赵王遂使相如奉璧西入秦。魏文帝《与锺大理书》曰：不损连城之价。

③《埤苍》曰：阒，静也。《风俗通》曰：梓宫者，存时所居，缘生事亡，因

以为名也。

④《上林赋》曰："步櫚周流，长途中宿。"《西都赋》曰：后宫则有兰林蕙草。《楚辞》曰："集重阳入帝宫兮，造旬始而观清都。"桓子《新论》曰：董贤女弟为昭仪，居舍号曰椒风。

⑤ 沈约《宋书》曰：淑仪生第二皇女。《周易》曰：在师中吉，承天宠也。《毛诗序》曰：王姬亦下嫁于诸侯。

⑥ 言王姬将降至，而贵妃遽薨。《毛诗》曰："曷不肃雍，王姬之车。"又曰："陟彼屺兮，瞻望母兮。"

⑦《穆天子传》曰：天子为盛姬谥，曰哀淑人。潘岳《秦氏从姊诔》曰：家失慈覆，世丧母仪。郑玄《礼记》注曰：庇，覆也。庇或为"妣"，非也。

⑧《周易》曰：杂物撰德。扬雄《元后诔》曰：著德太常，注诸旒旌。曹植《卞太后诔》曰：敢扬后德，表之旒旌。《国语》：晋襄公曰：昔克潞之役，秦来图败晋功，魏颗以其身却退秦师于辅氏，亲止杜回。其勋铭于景钟。《左氏传》曰：九月，考仲子之宫，将万焉。公问羽数于众仲。对曰：天子用八，诸侯用六。公从之。于是初献六羽，始用六佾。

⑨《列女传》曰：契母简狄者，有娀氏之长女也。当尧之时，与其妹娣浴于玄丘之水。有玄鸟衔卵，过而坠之，五色甚好。简狄得含之，误而吞之，遂生契焉。《楚辞》曰："望瑶台之偃蹇兮，见有娀之佚女。"

⑩《高唐赋》曰："昔先王游于高唐，梦见一妇人，曰：妾在巫山之阳，高丘之阻。旦为朝云，暮为行雨。"

⑪ 杨修《荀爽述赞》曰：其德克明，诞发幼龄。左九嫔《武帝纳皇后颂》曰：如兰之茂，如玉之莹。《左氏传》：宋向戌曰：以偪阳光启寡君。

⑫《易归藏》曰：昔嫦娥以不死之药奔月。《汉书》曰：北宫有婺女星。占曰：婺女为既嫁之女也。

⑬《周易》曰：君子以振民毓德。刘梁《季南碑》曰：栖景曜于衡门。

⑭《毛诗》曰："葛之覃兮，施于中谷。是刈是获，为缔为绤。"又曰："于以采蘋，南涧之滨。"又曰："于以采蘩，于沼于沚。"

⑮《广雅》曰：贲，美也。《世本》曰：史皇作图。宋忠曰：史皇，黄帝臣

也。图,谓画物象也。

⑯《列女传》曰:涂山氏之女,夏禹娶以为妃。既生启,涂山独明教训,而致其化焉。《史记》曰:禹,姒为姓。《汉书》曰:孝武钩弋赵婕妤,昭帝母也。妊身十四月乃生。上曰:昔闻尧十四月而生,今钩弋亦然,乃命所生门曰尧母门。

⑰ 史,三史。经,六经。

⑱ 风,国风。象,《易》象。

⑲ 艺,六艺。律,六律。

⑳《楚辞》曰:"蹇淹留而踌躇。"《左氏传》曰:郦舒问于贾季曰:赵衰、赵盾孰贤?对曰:赵衰冬日之日,赵盾夏日之日。杜预曰:冬日可爱,夏日可畏。《楚辞》曰:"心怊怅以永思。"

㉑《毛诗》曰:"展如之人兮,邦之媛也。"

㉒ 沈约《宋书》曰:文帝路淑媛,生孝武皇帝。即位,奉尊号皇太后。宫曰崇宪,太后居显阳殿。

㉓《毛诗》曰:"既受帝祉,施于孙子。"郑玄《礼记》注曰:高辛氏之世,玄鸟遗卵,娀女简狄吞而生契,后王以为媒官嘉祥,而立其祠焉。潘尼《上巳日会天渊池诗》曰:"外迎休祥,内和天人。"

㉔ 式,法也。言皇之胤嗣,如玉之有法也。沈约《宋书》曰:淑仪生始平王子鸾、晋陵王子云。《左氏传》:《祈招》之诗云:"式如玉,式如金。"《毛诗》曰:"追琢其章,金玉其相。"毛苌曰:相,质也。

㉕《毛诗》曰:"棠棣之华,萼不韡韡。"郑玄曰:承华者萼,不当作跗。萼,足也。

㉖《汉书》曰:文帝立武为代王,参为梁王。

㉗《左氏传》曰:公既视朔,遂登观台以望,而书礼也。《周礼》:眡祲掌十煇之法。郑玄曰:阴阳气相侵,渐以成灾也。

㉘《周礼》曰:占人掌占龟,以八簭占八颂,以视吉凶。郑玄曰:以八簭占八颂,谓将卜八事先以簭。簭之言颂者,同于龟占。《周礼》:太祝掌六祈以同鬼神示:一曰类,二曰造,三曰祓,四曰禜,五曰攻,六曰说。渗谓渗

漼，喻祉福也。

㉙ 包咸《论语》注曰：衡，辄也。《周礼》曰：王后之五路：重翟锡面朱緫，厌翟勒面缋緫，安车雕面鷖緫，皆有容盖。郑司农曰：緫，著马勒，直两耳与两镳。容，谓幨车也。《周礼》曰：司服掌王后之六服：袆服、揄狄、阙狄、鞠衣、展衣、褖衣。郑玄曰：狄当为翟。翟，雉名也。袆，衣画翚者也。《说文》曰：袿，衣袌也。

㉚ 宋孝武《伤宣贵妃拟汉武李夫人赋》曰："闶瑶光之密陛，宫虚梁之余阴。"又袁伯文《美人赋》曰："居瑶光之严奥，御象席之琼珍。"并以瑶光为殿名。盖贵妃之所处也。王者之宫，以象紫微，故谓宫中为紫禁。

㉛ 《释名》曰：容车，妇人所载小车，其盖施帷，所以隐蔽其形容也。《列女传》：齐孝孟姬曰：妾闻妃后逾阈，必乘安车辎轿。《苍颉篇》曰：轿，衣车也。

㉜ 《西都赋》曰："徇以离宫别寝。"

㉝ 潘岳《寡妇赋》曰："瞻灵衣之披披。"郑玄《礼记》注曰：袭，重衣也。《长门赋》曰："张罗绮之幔帷，垂楚组之连纲。"

㉞ 巾，巾箱也。匣，琴匣也。

㉟ 阑，犹晚也。

㊱ 夏侯湛有《金釭灯赋》。暧，不明也。《易是类谋》曰：假威出座玉床。

㊲ 纯孝共气，谓皇子也。《左氏传》：君子曰：颖考叔[一]，纯孝也。《孝经》曰：擗踊哭泣，哀以送之。郑玄《孝经》注曰：毁瘠羸瘦，孝子有之。《吕氏春秋》曰：父母之于子也，子之于父母也，一体而分形，同血气而异息。《毛诗》曰："庶见素冠兮，棘人栾栾兮。"

㊳ 《毛诗》曰："欲报之德，昊天罔极！"《毛诗序》曰：凯风，美孝子也。

㊴ 《淮南子》曰：茫茫昧昧，从天之道。《老子》曰：天道无亲，常与善人。《周易》曰：积善之家，必有余庆。

〔一〕颖，底本作"颕"，误。

㊵《易·小过》：君子以丧过乎哀。《孝经》曰：毁不灭性。

㊶牟秀四言诗曰："坤德尚冲。"《毛诗》曰："秉心塞渊。"

㊷《吕氏春秋》曰：题凑之室，棺椁数袭。《汉书音义》：韦昭曰：题，头也，头凑，以头内向，所以为固。

㊸《仪礼》曰：属引撤奠乃祖。郑玄曰：属，著也。引，所以引柩车也。在辒曰绋。又《礼记》注曰：辒，殡车也。

㊹沈约《宋书》曰：孝武大明六年，淑仪薨。又曰：大明六年子云薨。潘岳《妹哀辞》曰：庭祖两枢，路引双辒。尔身尔子，永与世辞。

㊺司马彪《续汉书》曰：根车旋载容衣。

㊻郑玄《礼记》注曰：旌，旌旗也。又曰：旌，葬乘车所建也。毛苌《诗传》曰：章，旒也。蔡邕《独断》曰：以策书诔其行而赐之也。《穀梁传》曰：寰内诸侯，非天子之命，不得出会。《尚书》曰：五百里甸服。孔安国曰：规方千里之内，谓之甸服。《说文》曰：阇，城曲重门也。

㊼《河南郡境界簿》曰：洛阳县东城第一建春门。《楚辞》曰："历太皓以右转。"《晋宫阁铭》曰：洛阳城闾阖门。《楚辞》曰："凌天池而径渡。"

㊽《毛诗》曰："周道逶迟。"

㊾锵，鸣声也。楚，辛楚也。《广雅》曰：喝，嘶喝也。边箫，箫声远也。

㊿《穆天子传》曰：天子西征至玄池之上，乃奏乐三日而终，是曰乐池。盛姬亡，天子乃殡姬于谷丘之庙，葬于乐池之南。天子乃周姑繇之水，以圉丧车。郭璞曰：繇，音姚。

51葬讫，故车解凤饰，盖斜金爪也。《汉书》曰：载霍光尸以辒辌车。如淳曰：辒辌车形广大，有羽饰。《甘泉赋》曰："乃登夫凤凰。"然羽饰则凤凰也。杜延年奏曰：载霍光枢以辌车，以辒车为倅也。臣瓒曰：秦始皇崩，秘其丧，载以辒辌车，百官奏事如故。此不得是辒车类也。然辒车吉仪，瓒说是也。辌，力强切。桓谭《新论》曰：乘舆凤凰盖，饰以金玉。蔡邕《独断》曰：凡乘舆皆羽盖，金华爪。郑玄《诗笺》曰：俄，倾也。

52《黄图》曰：陵冢为山。郑玄《周礼》注曰：隧，墓道也。

53《哀永逝》曰："户阖兮灯灭，夜何时兮复晓！"

⑭ 许慎《淮南子》注曰：浔，涯也。

⑮ 言惠问乘四气而靡穷，其芳誉驭六风而弥远。

【许评】

[1] 宋孝武殷淑仪薨，追进为贵妃，谥曰宣。

[2] 陡起绝奇。

[3] 绣思迅举，不诡正则。

[4] 叙述死后情形，语语凄绝。

[5] 调逸思哀。

[6] 由生而卒，由卒而葬，叙次不紊，综核有法。而一句一词，于严峻中仍有逸气，所以不可及。

祭文

祭屈原文[1]
颜延之

惟有宋五年月日，湘州刺史吴郡张邵①，恭承帝命，建旟旧楚②。访怀沙之渊，得捐珮之浦③。弭节罗潭，舣舟汨渚④。乃遣户曹掾某，敬祭故楚三闾大夫屈君之灵⑤。

兰薰而摧，玉缜则折⑥。物忌坚芳，人讳明絜⑦[2]。曰若先生，逢辰之缺⑧。温风怠时，飞霜急节⑨。嬴芈遘纷，昭怀不端⑩。谋折仪尚，贞蔑椒兰⑪。身绝郢阙，迹遍湘干⑫。比物荃荪，连类龙鸾⑬。声溢金石，志华日月⑭[3]。如彼树芳，实颖实发⑮。望汨心欷，瞻罗思越⑯。藉用可尘，昭忠难阙⑰。

【黎笺】

① 沈约《宋书》曰：张邵，字茂宗，吴郡人也。

② 贾谊《吊屈原文》曰：恭承嘉惠兮，俟罪长沙。《周礼》曰：州里建旟。郑玄《毛诗笺》曰：谓州长之属。陆机《高祖功臣颂》曰：旧楚是分。

③ 《楚辞》曰："怀沙砾而自沉兮，不忍见之蔽壅。"又曰："捐余玦兮江中，遗余珮兮澧浦。"

④ 《楚辞》曰："路漫漫其悠远，夕弭节而高厉。"《汉书》曰：乌江亭长舣舡待。如淳曰：南方人谓整舡向岸曰舣。

238

⑤ 王逸《楚辞序》曰：屈原与楚同姓，仕于怀王，为三闾大夫。

⑥《语林》曰：毛伯成负其才气，常称宁为兰摧玉折，不作蒲芬艾荣。《管子》曰：夫玉折而不挠，勇也。《礼记》：孔子曰：君子比德于玉焉，缜密以栗智也。郑玄曰：缜，致也。

⑦ 坚芳，即玉及兰。刘熙《孟子》注曰：白玉之性坚。蔡邕《度尚碑》曰：明絜鲜白珪。

⑧ 贾谊《吊屈原文》曰：嗟若先生，独离此咎。《楚辞》曰："悼余生之不辰，逢此世之匡攘。"

⑨ 温风长物，飞霜杀物也。《周书》曰：小暑之日，温风至。京房占曰：三月建辰，风衰怠。桓麟《七说》曰：飞霜厉其末，飙风激其崖。

⑩ 嬴，秦姓。芈，楚姓。王逸《楚辞序》曰：是时，秦昭王使张仪谲诈怀王，令绝齐交。又使诱怀王请与俱会武关，遂胁与俱归，拘留不遣，卒客死于秦。《大戴礼》曰：太子处位不端，受业不敬，此属太保之任也。

⑪《史记》曰：楚怀王既绌屈平，秦乃令张仪事楚。秦昭王欲与怀王会。欲行，屈平曰：秦不可信！王问子兰，兰劝王行。秦因留怀王。王逸《楚辞序》曰：同列大夫上官靳尚妒害其能，共谮毁之。《楚辞》曰："椒专佞以慢诒兮，樧又欲充夫佩帏。"王逸注曰：椒，大夫子椒也。《楚辞》曰："余以兰为可恃兮，羌无实而容长。"王逸曰：兰，怀王之少弟司马子兰也。

⑫ 郢，楚都也。毛苌《诗传》曰：干，崖也。

⑬《韩子》曰：连类比物，见者以为虚而无用。荃荪，香草也。王逸《楚辞序》曰：善鸟香草，以配忠贞；虬龙鸾凤，以托君子。

⑭ 金石，乐也，金曰钟，石曰磬。《吴越春秋》：乐师曰：君王之德，可刻之于金石。《史记》：太史公曰：屈原蝉蜕于浊秽，以浮游尘埃之外，推此志也，与日月争光可也。

⑮《毛诗》曰："实发实秀，实颖实栗。"

⑯ 吴质《答东阿王书》曰：精散思越。

⑰《周易》曰：藉用白茅，何咎之有？夫茅之为物薄，而用可重也。《左氏传》：君子曰：《风》有《采蘩》、《采蘋》，《雅》有《行苇》、《泂酌》，昭忠信也。

【许评】

[1] 少帝即位,出延年为始平太守。道经汨罗潭,为湘州刺史张邵作此文。

[2] 古来文士之厄,大都如此。每读一过,为凄咽久之。

[3] 文词之美、行谊之絜,二语尽之矣。

祭颜光禄文^{①[1]}

王僧达^②

李善注

维宋孝建三年^③九月癸丑朔，十九日辛未，王君以山羞野酌，敬祭颜君之灵：

呜呼哀哉！夫德以道树，礼以仁清^④。惟君之懿，早岁飞声^⑤。义穷几—作"机"象，文蔽班扬^⑥。性婞刚絜，志度渊英^⑦。登朝光国，实宋之华^⑧。才通汉魏，誉浃龟沙^⑨。服爵帝典，栖志云阿^⑩。清交素友，比景共波^⑪。气高叔夜，严方仲举^⑫。逸翮独翔，孤风绝侣^⑬。流连酒德，啸歌琴绪^{⑭[2]}。

游顾移年，契阔宴—作"燕"处^⑮。春风首时，爰谈爰赋。秋露未凝，归神太素^⑯。明发晨驾，瞻庐望路^⑰。心凄目泫，情条云互^⑱。凉阴掩轩，娥月寝耀^⑲。微灯动光，几榻谁照？衾衽长尘，丝竹罢调。揽悲兰宇，屑涕松峤^{⑳[3]}。古来共尽，牛山有泪^㉑。非独昊天，歼我明懿^㉒。以此忍哀，敬陈奠馈^㉓。申酌长怀，顾望歔欷。呜呼哀哉^㉔！

【黎笺】

① 颜光禄，即颜延年也。

② 沈约《宋书》曰：王僧达，琅邪人。少好学，善属文，为始兴王行军参军。稍迁至中书令。以屡犯上颜，于狱中赐死。

③ 沈约《宋书》曰：孝建，孝武年号也。

④《尚书》曰：树德务滋。孔安国曰：树，立也。清，明也。

241

⑤ 张平子《思玄赋》曰："盍远迹以飞声。"

⑥ "机象"谓《周易》。班,班固。扬,扬雄也。郭璞《三仓解诂》曰:扬音盈,协韵。

⑦ 《楚辞》曰："体婞直以亡身兮。"婞,犹直也。

⑧ 班固《汉书述》曰:弱冠登朝。蔡邕《陈太丘碑》曰:纡珮金紫,光国垂勋。《国语》:季文子曰:吾闻以德荣为国华。韦昭曰:为国光华。

⑨ 《汉书》曰:龟兹国王治延城,去长安七千四百八十里。《尚书》曰:被于流沙。《汉书》李陵歌曰:"经万里,渡沙漠。"《说文》曰:北方流沙。

⑩ 言服爵虽依帝典,而栖志实在云阿,言高远也。《管子》曰:将立朝廷者,则爵服不可贵也。张华《励志诗》曰:"栖志浮云。"

⑪ 共波,犹连波,以喻多。

⑫ 叔夜,嵇康字也。司马彪《续汉书》曰:陈蕃,字仲举,汝南人也。出为豫章太守,性方峻,不接宾客。

⑬ 郭璞《游仙诗》曰:"逸翮思拂霄。"《广雅》曰:风,声也。

⑭ 《汉书》:班伯曰:式号式谑,《大雅》所流连。刘伶有《酒德颂》。《毛诗》曰:"啸歌伤怀。"琴绪,绪,引绪也。

⑮ 何敬祖《杂诗》曰:"惆怅出游顾。"《毛诗》曰:"死生契阔。"

⑯ 《列子》曰:太素者,质之始。

⑰ 《毛诗》曰:"明发不寐。"

⑱ 李陵诗曰:"仰视浮云驰,奄忽互相逾。"

⑲ 姮娥掩月,故曰娥月。《周易》、《归藏》曰:昔嫦娥以西王母不死之药服之,遂奔月,为月精。

⑳ 《楚辞》曰:"涕渐渐其如屑。"

㉑ 《晏子春秋》曰:景公游于牛山,北临其国,流涕曰:若何去此而死乎?艾孔、梁丘据皆泣,唯晏子独笑。公收涕而问之。晏子曰:使贤者常守,则太公、桓公有之;使勇者常守,则庄公有之。吾君安得此泣而为流涕?是曰不仁也!见不仁之君一,谄谀之臣二,所以独笑也。

㉒ 《毛诗》曰:"彼苍者天,歼我良人。"

㉓《苍颉篇》曰：馈，祭名也。

㉔ 范晔《后汉书》曰：刘陶上疏曰：喟尔长怀，中篇而叹。

【许评】

[1] 颜延年尝为金紫光禄大夫。僧达以贵公子睥睨一切，乃独倾心光禄，益想见其居身清约矣。

[2] 冲淡有真味。

[3] 追感怆凄，错落尽致，绝无支蔓之笔。故佳。

祭夫徐敬业文[1]

刘令娴①

惟梁大同五年，新妇谨荐少牢于徐府君之灵曰②：

惟君德爰礼智，才兼文雅。学比山成，辨同河泻③。明经擢秀，光朝振野④。调逸许中，声高洛下⑤。含潘度陆，超终迈贾⑥。二仪既肇，判合始分⑦，简贤依德，乃隶夫君[2]。外治徒奉，内佐无闻⑧。幸移蓬性，颇习兰薰⑨。式传琴瑟，相酬典坟⑩。辅仁难验，神情易促⑪。雹碎春红，霜雕夏绿⑫[3]。躬奉正衾，亲观启足⑬。一见无期，百身何赎⑭？呜呼哀哉！

生死虽殊，情亲犹一。敢遵先好，手调姜橘⑮。素俎空干，奠觞徒溢⑯。昔奉齐眉，异于今日⑰。从军暂别，且思楼中⑱。薄游未反，尚比飞蓬⑲。如当此诀⑳，永痛无穷！百年何几，泉穴方同㉑[4]。

【黎笺】

①《梁书》曰：令娴，孝绰之第三妹也。孝绰三妹并有才学，令娴文尤清拔。

②《礼记》曰：大夫少牢。

③《论语》曰：譬如为山。《世说》曰：王长史问孙兴公曰：郭子玄定何如？孙曰：词致清雅，奕奕有余。吐章陈文，如悬河泻水，注而不竭。

④《汉书》曰：刘向忠直，明经有行，擢为散骑宗正、给事中。潘岳《悲邢生辞》曰：妙邦畿而高察，雄州闾以擢秀。

⑤《汉书·地理志》曰：颍川郡县许。故国姜姓，四岳后太叔所封。又曰：河南郡县雒阳。雒本作"洛"，后改字也。

⑥《晋书》曰：潘岳，字安仁。美姿仪，词藻绝丽。陆机，字士衡。身长七尺，其声如钟。少年异才，文章冠世。《汉书》曰：终军，字子云，济南人。少好学，以辨博能属文闻于郡中。至长安上书言事，武帝异其文，拜军为谒者给事中。《史记》曰：贾生，名谊，洛阳人。年十八，通诸子百家之书。文帝召以为博士。

⑦ 潘岳诗曰："肇自初创，二仪絪缊。"郑玄《周礼》注曰：判，半也。得耦为合。郑司农曰：掌万民之判合。判亦作"胖"。《礼记》曰：夫妻胖合也。《汉书·翟方进传》：天地胖合，乾坤序德。陆机赋曰："且伉俪之胖合，垂明哲乎嘉礼。"

⑧《说文》曰：隶，附著也。《楚辞》曰："思夫君兮太息。"又曰："思夫君兮往来。"夫读同扶。《说文》曰：治，理也。张揖《广雅》曰：佐，助也。

⑨ 郭象《庄子》注曰：蓬非直达者也。《说文》曰：兰，香草也。李善《文选》注曰：薰，香气也。梁元帝诗曰："佳人坐椒屋，接膝对兰薰。"

⑩《毛诗》曰："琴瑟在御，莫不静好。"《左氏传》：楚子曰：左史倚相，能读《三坟》、《五典》。

⑪《论语》：曾子曰：以友辅仁。《说文》曰：促，迫也。

⑫《说文》曰：雹，雨冰也。《释名》曰：雹，砲也，其所中物皆摧折，如人所蹙砲也。《广雅》曰：碎，敹也。雕，通作"凋"。《说文》曰：凋，半伤也。

⑬《玉篇》曰：衾，大被也。《论语》：曾子曰：启予足。

⑭《毛诗》曰："如可赎兮，人百其身。"《后汉书》注曰：赎，即续也。

⑮《齐民要术》曰：案木耳，煮而细切之，和以姜、橘，可为菹，滑美。

⑯ 颜延之《祭舜文》曰：咨尧授禹，素俎采堂。《说文》曰：觯，实曰觞，虚曰觯。

⑰《汉书》曰：梁鸿妻孟光，每馈食，举案齐眉。

⑱ 曹子建《七哀诗》曰："明月照高楼，流光正徘徊。上有愁思妇，悲叹有余哀。"

⑲《孙绰子》曰：或问：贾谊不遇汉文，将退耕于野乎？薄游于朝乎？《毛诗》曰："自伯之东，首如飞蓬。"此妇人以夫久从征役而作是诗。

⑳《说文》曰：诀别也。《玉篇》曰：死别也。

㉑《毛诗》曰："谷则异室，死则同穴。"

【许评】

［1］敬业名俳，东海剡人。为晋安内史，卒。丧还建业，刘为此文祭之。父勉欲造哀文，既睹此作，于是阁笔。

［2］一弱女子耳，而深情无限。复以简澹出之，自是伟作。

［3］哀艳。

［4］彩云易散琉璃脆，何痛如之！

记

　　余注《文絜》，合成十二卷，卷首不作凡例。夫言例始左氏，然三十凡皆散见篇中，未闻另勒一卷。盖古人著书，其例随文而见。李崇贤之注《选》也，旧注有者，著姓名于篇首；有乖谬，乃为注释，并称"某曰"以别之，何尝立例，殆能得古人之意者乎？余焉敢望古人，愿学崇贤焉耳。然崇贤博洽淹贯，号为精详。余则疏漏实多，有愧崇贤也。噫！笺释之难，苏玉局、陆放翁之绪论，可谓深知甘苦。余所征引，今多散佚，或采《选》注，或出近儒辑本，初未敢妄伪。而篇中雠句比字，悉取六朝史书、汪士贤《二十名家集》、张天如《百三家集》及各专集校刊，近古者罗列以别其同异。潜心校核，聊备参考云。

　　己丑春，经诰再记。

跋

　　重卦爻于一画，文始萌牙；广转注于六书，词邻骈拇。是以乐府中声，至齐梁而极；俪语雅制，视汉魏独工。譬之八音繁会，惟笙钟克谐；五簋错陈，皆饾饤所积。黎君觉人，博综群籍，斐然立言。谦谓雕虫，属以附骥。展册校读，慨然有怀。夫喁于之唱，由天籁自鸣；声气之应，或封域间阻。乃游踪甫憩，而宝笈纵窥。文字缘深，江湖道阔。绍黄楚望之学派，有待斯人；订许子威之新编，请贻来哲。

　　光绪戊子秋九月，歙浦汪宗沂跋。

附　录

叙

美哉富哉，文之掞于六朝哉。许君薙繁冗而絜是弋，岂漫为采掇哉！崇山之积也，撮土不捐；巨海之邃也，涓流毕汇。许君诚历观文囿，泛览词林，品盈尺之珍，搜径寸之宝，由博而反约者乎？

诰深嗜斯选，咀嚼之下，偶有所得，欣然忘倦。窃叹许君雠句比字，务求精核，历二十祀，易稿者数四，用心可谓至矣。而缃帙辉耀，金玉含宝。文体之粲备，可识全牛；艺囿之渊博，藉窥半豹。学者咸易钻厉而则法焉。

诰尝取此授谟、详、诏诸弟，读之澄心，握玩亦复欢然有喜。但典实纷披，难尽冰释。有疑义辄求讲解，诰枵腹自愧，每昧通津，初未敢言注缉也。积惑良久，适周君少濂曰：子盍为考往事、发古义乎？诰曰：难。周君曰：搜其所可知，阙其所不可知，何难也？是以不揣樗质，愿为笺释。旧有注者，如李注《文选》，倪注子山集，素称博赡，皆备述之，并妄附补正一二焉。其无注者，穷居诸力，弋钓书部，证前贤之遗迹，采词人之美藻。或引经传，或求训诂，勉深考索，力期谛当。几阅寒暑，亦如许君之数易稿者然。然其中脱略凡几，终不能无歉于许君也。及成帙，邮正谢师枚如。夫谢师之垂爱于诰深矣，音尘契阔，千里如一堂也。流览后尚不遗弃，复命林、丁二君雠校之。噫，二君与诰未识面，乃竟为之考得失、明是非，殆与诰有夙契乎？诰无以报二君，而二君之益诰为匪浅也。

戊子仲春，谢师以稿本寄还，诰拾之作家塾读本，未敢出示人。

秋九月,诰棘闱罢归,买舟东下,客广陵。载稿行箧中,时取讽诵,以消余闲。何伯梁、仲吕兄弟见而许可,即劝锓木,惠诸同好。诰曰:未能自信也。斯注浅劣陋略,能无贻当代有目者诮乎?言再四,并为参核。辞不获已,始付剞劂。今年春杀青甫就,略述颠末,书之简端。后有博雅君子,匡所不逮,则诰幸甚且感甚!

　　光绪十五年,岁次屠维赤奋若如月既望,柴桑黎经诰识于广陵之片石山房。

(此叙据上海图书馆藏枕溢书屋本整理)

《国学典藏》丛书已出书目

周易 [明] 来知德 集注
诗经 [宋] 朱熹 集传
尚书 曾运乾 注
周礼 [清] 方苞 集注
仪礼 [汉] 郑玄 注 [清] 张尔岐 句读
礼记 [元] 陈澔 注
论语·大学·中庸 [宋] 朱熹 集注
孟子 [宋] 朱熹 集注
左传 [战国] 左丘明 著 [晋] 杜预 注
孝经 [唐] 李隆基 注 [宋] 邢昺 疏
尔雅 [晋] 郭璞 注
说文解字 [汉] 许慎 撰
战国策 [汉] 刘向 辑录
　　　 [宋] 鲍彪 注 [元] 吴师道 校注
国语 [战国] 左丘明 著
　　 [三国吴] 韦昭 注
史记菁华录 [汉] 司马迁 著
　　　　　 [清] 姚苎田 节评
徐霞客游记 [明] 徐弘祖 著
孔子家语 [三国魏] 王肃 注
　　　　 (日) 太宰纯 增注
荀子 [战国] 荀况 著 [唐] 杨倞 注
近思录 [宋] 朱熹 吕祖谦 编
　　　 [宋] 叶采 [清] 茅星来 等注
传习录 [明] 王阳明 撰
　　　 (日) 佐藤一斋 注评
老子 [汉] 河上公 注 [汉] 严遵 指归
　　 [三国魏] 王弼 注
庄子 [清] 王先谦 集解
列子 [晋] 张湛 注 [唐] 卢重玄 解
　　 [唐] 殷敬顺 [宋] 陈景元 释文

孙子 [春秋] 孙武 著 [汉] 曹操 等注
墨子 [清] 毕沅 校注
韩非子 [清] 王先慎 集解
吕氏春秋 [汉] 高诱 注 [清] 毕沅 校
管子 [唐] 房玄龄 注 [明] 刘绩 补注
淮南子 [汉] 刘安 著 [汉] 许慎 注
金刚经 [后秦] 鸠摩罗什 译 丁福保 笺注
楞伽经 [南朝宋] 求那跋陀罗 译
　　　 [宋] 释正受 集注
坛经 [唐] 惠能 著 丁福保 笺注
世说新语 [南朝宋] 刘义庆 著
　　　　 [南朝梁] 刘孝标 注
山海经 [晋] 郭璞 注 [清] 郝懿行 笺疏
颜氏家训 [北齐] 颜之推 著
　　　　 [清] 赵曦明 注 [清] 卢文弨 补注
三字经·百家姓·千字文
　　　 [宋] 王应麟等 著
龙文鞭影 [明] 萧良有等 编撰
幼学故事琼林 [明] 程登吉 原编
　　　　　　 [清] 邹圣脉 增补
梦溪笔谈 [宋] 沈括 著
容斋随笔 [宋] 洪迈 著
困学纪闻 [宋] 王应麟 著
　　　　 [清] 阎若璩 等注
楚辞 [汉] 刘向 辑
　　 [汉] 王逸 注 [宋] 洪兴祖 补注
曹植集 [三国魏] 曹植 著
　　　 [清] 朱绪曾 考异 [清] 丁晏 铨评
陶渊明全集 [晋] 陶渊明 著
　　　　　 [清] 陶澍 集注
王维诗集 [唐] 王维 著 [清] 赵殿成 笺注

杜甫诗集 ［唐］杜甫 著

　　　　　［清］钱谦益 笺注

李贺诗集 ［唐］李贺 著 ［清］王琦等 评注

李商隐诗集 ［唐］李商隐 著

　　　　　［清］朱鹤龄 笺注

杜牧诗集 ［唐］杜牧 著 ［清］冯集梧 注

李煜词集（附李璟词集、冯延巳词集）

　　　　　［南唐］李煜 著

柳永词集 ［宋］柳永 著

晏殊词集·晏幾道词集

　　　　　［宋］晏殊 晏幾道 著

苏轼词集 ［宋］苏轼 著 ［宋］傅幹 注

黄庭坚词集·秦观词集

　　　　［宋］黄庭坚 著 ［宋］秦观 著

李清照诗词集 ［宋］李清照 著

辛弃疾词集 ［宋］辛弃疾 著

纳兰性德词集 ［清］纳兰性德 著

六朝文絜 ［清］许槤 评选

　　　　　［清］黎经诰 笺注

古文辞类纂 ［清］姚鼐 纂集

玉台新咏 ［南朝陈］徐陵 编

　　　　［清］吴兆宜 注 ［清］程琰 删补

古诗源 ［清］沈德潜 选评

乐府诗集 ［宋］郭茂倩 编撰

千家诗 ［宋］谢枋得 编

　　　　　［清］王相 注 ［清］黎恂 注

花间集 ［后蜀］赵崇祚 集

　　　　　［明］汤显祖 评

绝妙好词 ［宋］周密 选辑；

　　　　［清］项絪 笺；［清］查为仁 厉鹗 笺

词综 ［清］朱彝尊 汪森 编

花庵词选 ［宋］黄昇 选编

阳春白雪 ［元］杨朝英 选编

唐宋八大家文钞 ［清］张伯行 选编

宋诗精华录 ［清］陈衍 评选

古文观止 ［清］吴楚材 吴调侯 选注

唐诗三百首 ［清］蘅塘退士 编选

　　　　　［清］陈婉俊 补注

宋词三百首 ［清］朱祖谋 编选

文心雕龙 ［南朝梁］刘勰 著

　　　　　［清］黄叔琳 注 纪昀 评

　　　　　李详 补注 刘咸炘 阐说

诗品 ［南朝梁］钟嵘 著

　　　　　古直 笺 许文雨 讲疏

人间词话·王国维词集 王国维 著

西厢记 ［元］王实甫 著

　　　　　［清］金圣叹 评点

牡丹亭 ［明］汤显祖 著

　　　　　［清］陈同 谈则 钱宜 合评

长生殿 ［清］洪昇 著 ［清］吴人 评点

桃花扇 ［清］孔尚任 著

　　　　　［清］云亭山人 评点

部分将出书目
（敬请关注）

公羊传　　　三国志　　　心经　　　　白居易诗集
穀梁传　　　水经注　　　文选　　　　唐诗别裁集
史记　　　　史通　　　　古诗笺　　　明诗别裁集
汉书　　　　日知录　　　李白全集　　清诗别裁集
后汉书　　　文史通义　　孟浩然诗集　博物志